丝罗山民间故事集

钟新强　著

北京燕山出版社

图书在版编目（CIP）数据

丝罗山民间故事集 / 钟新强著 . —— 北京：北京燕山出版社，2023.7

ISBN 978-7-5402-6950-0

Ⅰ . ①丝… Ⅱ . ①钟… Ⅲ . ①民间故事—作品集—武宁县 Ⅳ . ① I277.3

中国国家版本馆 CIP 数据核字 (2023) 第 102717 号

丝罗山民间故事集

著　　者：钟新强
责任编辑：满　懿
出版发行：北京燕山出版社有限公司
社　　址：北京市西城区椿树街道琉璃厂西街 20 号
电　　话：010-65240430
邮　　编：100052
印　　刷：天津融正印刷有限公司
开　　本：170mm×240mm　16 开
字　　数：295 千
印　　张：17
版　　次：2023 年 7 月第 1 版
印　　次：2023 年 7 月第 1 次印刷
定　　价：80.00 元

前　言

江西九江武宁，是古之艾地、豫章郡属，有着悠久的人文底蕴和宜人的名山胜水清幽景观。其地处湘鄂赣边界，自先秦以来即与荆楚文化和吴越文化相交融，号称"吴头楚尾"。中原文化、赣鄱文化、客家文化及红色文化集中在此体现，呈现出兼收并蓄的文化风貌。

武宁博物馆、武宁历史文化研究会为弘扬地方文化，着手打造红色旅游、浔商文化、移民文化、古艾桃源等地方名片与文旅项目，因此同时策划出版了记载可歌可泣的革命历史故事集《武宁红色记忆》，记载解放前后移民故事的《武宁移民记忆》，记载武宁县境内之武陵岩的《武宁桃源》和这本集结地方传说故事的《丝罗山民间故事集》。

武宁山好水好人更好。在秦朝就有伊叟来此隐居避乱。在唐朝，柳浑来到武宁隐居在柳山，开创了武宁文脉；此后，有白玉蟾来到柳山，写下了脍炙人口的《涌翠亭记》。在这些文化名人的影响下，武宁地方文化得到丰富和发展，并由此有大量动人的故事与传说流传下来。《丝罗山民间故事集》即是依托当地的名山资源、多重文化，以及口口相传的民俗传说而集大成的一部民间故事集。对地方历史文化资源进行的挖掘、整理、研究、提炼和宣传，可以推动文化繁荣、服务文旅经济发展，让历史文化与武宁的山水生态、文化名人、区域历史、经济生活等无缝对接。

本书作者钟新强为武宁历史文化研究会会员，数十年来潜心研究当地文化，搜集了流传在武宁的许多故事及当地历史文化名人传说。此次编撰成书可视之为着当地文化宣传部门发扬优良传统、赓续精神血脉、"挖掘武宁历史文化 推动文旅融合发展"而摇旗呐喊。

目　录

吕洞宾钟鼎山飞升

公元 882 年，唐僖宗中和二年，江西武邑梅林钟鼎山。

一抹初夏的夕光拂着山上的一草一木。西边，残阳如血，晚霞似火。天地之间洋溢着一股神秘的气息。几只白色的仙鹤在天幕下盘旋，款款而飞，朝着燃烧的天边掠去。几声悠悠的鸟鸣，被晚风带得很远很远。

山之巅，一个身穿灰布道袍的道人，手提闪着寒光的宝剑，站在一棵参天的巨松之下，凝神定气。只见他缓缓举起了宝剑，对着几丈远的一个巨石凌空劈去。一股无形剑气激射而出。

"轰"的一声巨响，巨石一分为二。道人满意地笑了，把宝剑插入鞘内，缓缓走着。道人来到一个几丈见方的巨岩面前，伸出手掌，在岩石上拍了三下，念了一句咒语。岩石上忽然出现一个门洞。道人进去了。之后，门洞自动关闭，外人看来，仍是巨石一块，丝毫看不出什么异样。这岩石里面很是阔大，像是一间大房子，里头石桌、石椅等一概齐全。

道人将鞘中宝剑抽出来，搁在石桌上，随即点亮了灯盏，拿出一本发黄的《道德经》来，坐下诵读。他不时地放下书本，对着桌上的宝剑念念有词。那宝剑渐渐散发出奇异的蓝光。

这天，在黄婆洞酿酒卖的黄婆又送了一坛美酒来。她喊道："吕道长，我新酿的酒，给你尝尝。"这些年，黄婆在钟鼎山卖酒，道人吕洞宾在钟鼎山上捣药、修炼，是她的老主顾。吕洞宾笑道："黄婆婆，我的仙丹就要炼成了，不日即将飞升，我以后怕是难得喝到你的美酒了。"

黄婆道："恭喜吕道长即将位列仙班。这一坛酒，我不收你银钱，只当贺礼了。麻烦你以后给我宣扬宣扬。说你就是喝了我的酒才早早成仙的。"

吕洞宾道："好啊，好啊，真是黄婆卖酒自卖自夸啊，不过，你的酒还真是人间美味啊。"

接连几天，吕洞宾都在练剑。这天凌晨，吕洞宾正在钟鼎山上练剑时，来了两个道人，一个瘸腿，手持酒葫芦；一个袒胸露腹，头上梳着双髻，摇着一把芭蕉扇。他们同声说道："洞宾啊，恭喜你大功告成啊，我们到上面去等你了，你不要延误时机啊。"

吕洞宾低头回话："感恩两位师父提携。"

一轮朝阳照在武邑梅林钟鼎山上。吕洞宾白衣胜雪，握着寒光闪烁的宝剑，站在一块光滑如镜的石壁前，沉吟了一会儿。突然他以手指作笔，笔走龙蛇，"唰唰唰"，在石壁上写下了几行大字：

"还丹已就去升天，石室遗留记万年。问我身从何处去，蓬莱顶上会神仙。纯阳子吕岩题。"

写罢，他长啸一声，口作龙吟，突然将宝剑掷向天空。那宝剑在空中翻腾不息，忽然长大了数倍，缓缓地落了下来，停在吕洞宾的脚下。吕洞宾一顿足，重重地踏了上去，越飞越高，直入云端……

不久，云端飘下来一句话："五百年后，吾当来此域接引有缘者得道飞升。"

卢医尖上天竺观

宋宁宗嘉泰年间，一个春日的上午。澧溪卢医尖上天竺观。

一个年近六旬的老人，穿着蓝色的道袍，瘦削的脸上留着三缕白胡须，在风中飘拂。他走进了天竺观内，对着道观里的一位穿灰布道袍的老道士施礼问安。

灰衣道士问："道友从何处来？"

蓝衣老道士回道："我是本县石门楼人，姓柯名愈之，一心向道，是个没有传度的小道士。久闻天竺观有修仙秘籍，特来求道。"

灰衣老道说道："柯道友一心向道，可喜可贺。但你可知我天竺观的来历吗？"

蓝衣道士："不知，愿闻其详。"

这时，进来一位中年妇女，半眯着眼，大声大气地说道："道长，请你给我治疗眼睛吧，这两天眼睛红红的，又痛又痒，很难受。"

灰衣道士呵呵一笑道："好的，我来给你弄一下。"他转身对蓝衣道士道："等会再跟你聊。"

妇人毕恭毕敬地跪在神像前。道人取来一碗茶水，作剑指诀，在神像前，念起咒语卢医诰："请起卢医仙师貌堂堂，手指尖尖典药方，典出灵丹与妙药，又典清茶五味香，茶中有药又清凉，当人吃了茶中味，保佑长生不老方，我今志心皈命礼，志心皈命保长生。左手保男男安泰，右手保女女安康。口中吐出灵丹药，张张传流救急方。千处求来千处应，万方有请万方灵。今日神前人费后，脱身安全保长生。"

念毕咒语，老道让妇人一口气喝了茶水。然后，拿一根白色的象牙筷子，给病人按摩眼睛。一会儿，妇人就说眼睛好了。千恩万谢，告辞而去。

蓝衣道士拍手赞道："道友好手段！"

灰衣道士嘿嘿一笑道："不是我有什么手段，是卢医扁鹊灵验啊。你看，就是这位神仙。"

蓝衣道士上前细看，只见案台上，神仙卢医扁鹊头戴金冠，国字脸，长耳垂，眉宇间透出勃勃英气，手执杨柳净瓶，双目炯炯有神，仿佛时刻洞察民间疾苦。

蓝衣道士道："哦，卢医扁鹊是何方神圣，为何又在此显灵呢？"

灰衣道士道："据我师父讲，这天竺观供奉卢医扁鹊有几百年了。这山，因卢医扁鹊而名为卢医尖，这天竺观供奉的是卢医扁鹊与药王仙师和其他十多尊神圣。卢医扁鹊从远方来武宁，在此山建起天竺观，采药炼丹救人。他擅长治疗眼疾。凡是眼疾，只要不是全瞎，都可治愈。人们就把他唤作卢医仙人。卢医尖，山虽不高，因仙而灵。他升仙而去后，后人在此观内供奉他，有眼疾的人，来求一碗茶，便能痊愈，当然，也需要念一篇卢医诰的咒语才行。至于你讲的修仙秘籍，实在不知何物。"

蓝衣道士一边点头，一边凑近案台，细细察看，还往案台下探看。灰衣道士问道："道友，你在找什么东西吗？"

蓝衣道士忽然拱手施礼道："道友，我见你是个实诚人，我有一事相求，还请你成全。"

灰衣道士道："道友不必多礼，有事但说无妨。"

蓝衣道士道："道友，不瞒你说，我做了一个梦，梦中有仙人指点我，说卢医尖天竺观里藏有一部《三皇经》，叫我来此修习。因而，我不辞辛劳，跋涉至此，还望道友圆我心愿。"

灰衣道士道："《三皇经》？我可没有听说过啊，是一部怎样的经？"

蓝衣道士道："《三皇经》是古时一本道家秘籍，又名《三皇文》，为《天皇文》《地皇文》《人皇文》的合称，何人所写，已不得而知。据传三国帛和所得为最古，后郑隐传葛洪，葛洪之后，为武宁仙人吴猛所得。据说，修习此书，即可成仙，我听了一位道友提起此书后，便寻访多年，幸而有仙人梦中指点，称此书在天竺观。望道友不要吝啬，拿出此书，你我一起修习，共证仙果。不才识得些字，读过不少古书，定能助道友研读《三皇经》。"

灰衣道士道："得道成仙，是你我修道之人的夙愿啊，若有此书，我为何不修习呢？实在是没有啊。"

蓝衣道士见灰衣道士说得诚恳，相信他是不知有此书，于是说道："能否与我一起在道观里寻觅一番？"

灰衣道士点头答应了。二人就在道观里翻箱倒柜找起来。

最后，在墙角下方一块砖上发现一行字。字是凸出来的。蓝衣道士眼睛放光，一个字一个字念了出来：“人间再无《三皇经》，修道还宜到玉清。”

“唉唉，原来如此。《三皇经》已经没有了。可是，玉清是哪儿呢？是不是梅林玉清宫呢？”蓝衣道士连连叹气，自言自语道。

灰衣道士道：“我猜，玉清就是玉清宫吧。那儿供奉的是玄天上帝、吕祖洞宾等神仙。信众前往求财、求子、祛病，甚是灵验。”

蓝衣道士道：“梅林玉清宫我也有所耳闻，事不宜迟，我马上赶去。”

灰衣道士想留他住一宿再赶路，他却匆匆而别，直接往卢医尖下的仙人潭村而去。

仙人潭

这是江南的一个小村落，一色的低矮茅草泥墙屋散布在山岗下，错落有致。村右侧不远处是一座小山峰，名为卢医尖。村前左侧是修江，江水在这里静止下来，依偎着山崖，形成一潭碧水，潭水墨绿，深不可测。据说，很早以前曾有仙人卢医扁鹊在此潭中沐浴，然后冉冉升空而去。此潭因而被称为仙人潭。村庄以潭得名，故名仙人潭村。

夏天的傍晚，辛勤的农夫们已经忙完一天农活，都已回家吃晚饭了。村口的那棵大樟树，叶子深绿。树下站着一个中年男人。他手里挂着一把锄头，脸色红润，两眼微微眯着，蹙着眉头，眺望着远方。

有个挑着箩筐的男人走过来，打招呼道："克端兄，还不回家吃饭吗？站在这想心事吗？"

中年男人回过头来，点头一笑，向自己家里缓缓走去。

回到家中，放下锄头，早有女人端上一杯热茶，说道："官人，先喝口茶，再吃饭吧。"

中年男人喝了茶，端起饭碗，和女人一起吃饭，他往女人碗里夹了一块瘦肉。女人望着他微微一笑。

忽然，有人在外面叫道："章克端先生在家吗？"

中年男人放下碗筷，出门去看。草屋坪里站着一个陌生人。年近六旬，胡须三缕，穿着洗得发白的蓝色长袍，身体瘦弱，外表看上去不像一个农人，倒像一个道士。

中年男人作揖道："我就是章克端。不知老先生从何而来，找我有何贵干？"

"我乃石门楼村人，今日来到贵村，闻说你是善士，做过不少救人急难的好事，特来相扰。"老人拱手说道。

章克端伸手做了一个请的姿势，将老人迎进了家中。

章克端的妻子陈氏端上了一杯热茶。

章克端道："不知老先生有何吩咐？"

老人道："我姓柯名愈之，一向慕仙道之术，只是暂时还没有传度，算不得一个正式的道士。明日打算去梅林玉清宫，今日天色已晚，想在贵府住一宿，不知可否？"

章克端点头道："若不嫌我家被褥寒酸，就请将就一宿吧。"

饭后，柯愈之说："我听闻仙人潭之名，有意来访，已经去仙人潭看了一阵。难怪有仙人在此沐浴，果然是个好地方。可惜仙人一去不复返，此地空余碧玉潭。"

二人在房中聊天。一盏桐油灯如豆闪着。

柯愈之把自己爱慕修仙之道，游历了一些道观的经历讲了一遍。他说道："你知道吗，玉清宫的神仙很是灵验，有去求医的，回来就痊愈了；有去求子的，回来就结下珠胎了；有去求财的，回家出门做生意就财源滚滚了。"

章克端道："我听说过玉清宫，我对神仙菩萨一无所求，因此未曾去得。柯先生去玉清宫所为何事？"

柯愈之道："这要从我去卢医尖讲起。"

章克端又问："你去卢医尖又为何事？"

柯愈之道："为了一本修仙道的经书，《三皇经》。"

"《三皇经》，是一本什么样的书呢？"

两人谈兴正浓，蚊子却来吵闹。不知有几只蚊子，在屋里飞来飞去，闹个不停。在两人的手上、脚上，叮一下就走。

柯愈之道："这蚊子真是可厌，待我来制它一下，你去帮我打半碗水来。"他手里拿着碗，口里念念有词，然后，含一口水，闭目，凝神，一会儿，将口里的水喷在墙上。

不一会儿，屋子里安静下来，听不到蚊子喧闹了。章克端连连赞叹不已，说真是神奇。

"一只搅人终夕睡，此声元自不须多。"柯愈之得意地念起了两句诗。

两人又继续聊天。

柯愈之道："说起《三皇经》，我给你讲一个神仙故事吧。"

神仙吴猛

那一晚，柯愈之给章克端讲起了神仙吴猛的故事。

吴猛是晋朝西安县人，西安县，就是如今的武宁县。吴猛八岁时，就知道孝敬父母了。那时，他家里穷，床上都没有挂着蚊帐。夏夜，蚊虫嗡嗡地飞来。他为了不让蚊子去咬父母。就任由蚊子咬自己，他认为蚊子吃饱了血，就不去咬父母了。虽然叮他的蚊虫很多，吴猛总不用手去驱赶。这件事传出去后，有人说他傻，更多的人说他有孝心。在吴猛 40 岁时，当地一个有法术的异人，名叫丁义，见吴猛孝心可嘉，有仙根，就传授了他一些法术，教他修仙。

吴猛有了法术后，做了不少济困救贫的好事，名声传播开来，还收了不少徒弟。

话说武宁县东乡吕里山上有一个石头箱子，传说里面藏了宝贝。但是，历朝历代都没有人能打开一探究竟。有一回，吴猛带着十来个徒弟找到了这个石头箱子。只见这个石箱子长约一丈，宽约四尺，高六尺有余。那箱子外面雕刻有祥云连绵的花纹，盖子上还有开凿的痕迹，但是并没有打开。

一个弟子说："我来试试。"就去揭那个箱盖。他用尽力气，脸都憋红了，盖子丝毫不动。然后，十来个弟子，一起用力，都动不了那石头箱子，都说石箱子就像一座山一样重。弟子们说："请师父来开。"

吴猛走上前，说道："若是有缘，就让我打开吧。"他闭目运气，用力一提，"轰"的一声，尘土飞扬，盖子打开了。箱子里面是一些刻了字的石板，那些字，密密麻麻，一个个状如蝌蚪。弟子们都不认识。吴猛见了，眼睛里放出异样的光彩，赶紧提笔抄写，将那石板上的字全抄了下来。然后，又将箱子盖上。弟子们问："师父，你抄的是什么？是天书吗？"

吴猛只说了三个字："三皇经。"再多一个字也不说了。原来，这《三皇经》是一本上古奇书，道人熟读后必能得道成仙。吴猛就是看了这本书后，修为日益精进，最后得道成仙。可惜这装有《三皇经》的石箱子后来被擎龙毁掉了。好在吴猛抄了一份，流传下来，直到唐朝，此书被唐太宗李世民禁掉了。

吴猛得道后，有一次，他和徒弟去南山游玩。那山窝里有一个巨石，立在水中。巨石很高，很陡峭，除了鸟能飞过，就连猿猴都难以攀爬。吴猛拄着拐杖，说，我们走上去吧。说罢，他就那样斜着身子，随随便便走上去。十来个弟子跟在后面，不敢上。有的说这是不可能爬上去的。

吴猛回头说道："信我就跟着我一起走。"很多弟子徘徊不前，最后只有两个弟子咬着牙，闭着眼睛，也走上去了。走过去后，两人说，像是走平路一样。后来，吴猛就把《三皇经》传给了这两个弟子，其中一个就是许逊。对，就是后来擒蟒龙的许逊。他是吴猛最得意的弟子。两人还一起斩杀过海昏大蛇。

吴猛的神奇故事很多。一天傍晚，吴猛和朋友在喝酒，这时，刮起了大风。吴猛放下酒杯，皱了眉毛，说道："我要救这两个人。"说罢，他就画了一道符，抛到屋顶上去。一只青鸟飞来，衔了这道符就飞走了。过了片刻，风停了。有人问他是怎么一回事。吴猛道："刚才，南湖上有一艘船，船遇大风在湖上颠簸，就要翻船了，有两个道士在船上呼救，情况危急，我就出手救了他们。"过了两天，人们就听说南湖上这艘船遇险又获救的事情。从此，吴猛的名气越来越大了。

只说武宁县里有个叫邹惠政的，想拜吴猛为师，学修道成仙之术。他的妻子一直不想邹惠政学道，说他是不务正业，有学道的闲工夫不如去做生意赚钱，经常在旁边说闲话。邹惠政想外出拜师学道，妻子以死相逼。无奈，他邀请吴猛来家里，当面拜师。为了迎接吴猛，这天夜里，邹惠政在家中天井里点燃了檀香，诚心相候。妻子还在一边闲言闲语。邹惠政就叫她不要再乱说，吴猛师父就要来了。

忽然，传来了老虎的声音。一阵风吹来，有一只皮毛斑斓的老虎闯进屋来了。邹惠政的妻子吓得躲进了房里。邹惠政吓呆了，没有动。邹惠政的儿子才六岁，在地上玩耍。老虎衔着邹惠政的儿子就跑，把屋外的篱笆都冲破了。邹惠政这才大叫起来："儿子啊，救救我儿子啊。老虎把我儿子衔走了。"他的妻子闻讯跑出来，伤心地啼哭不止。

这时，吴猛来了，得知老虎衔走了小孩，他立即画了一道符，说道："不要担心，等一会儿老虎就会乖乖送你儿子回来的，包你儿子毫发无伤。"

不到半炷香时间，老虎就送邹惠政的儿子回来了，然后掉头就离开。小孩一点事都没有，嘻嘻笑着，神色自若，好像是跟同伴出门玩耍了一会儿回家了。邹惠政的妻子紧紧抱着儿子，说不出话来。邹惠政见儿子安然无恙，知道是吴猛的法术高明，让老虎送儿子回家。他向道之心更坚，立即跪拜吴猛，恳求收自己为徒弟。

吴猛问道："你家娘子可愿意你修道？"

邹惠政看了妻子一眼道："她愿意的。"

妻子点点头，说道："我家官人能跟师父修道，是他的福分，我哪有不赞成之理。"

邹惠政从此跟着吴猛学道，勇猛精进，后来也成为一个能用法术为民祈福的好道士。

玉清宫求嗣

早上，柯愈之叫章克端给他拿一碗水来，说是要放蚊子走。柯愈之手拿一碗水，口念咒文道："日出东方亮，吾今放你转还乡。"然后，将水泼在地上。

"我昨夜只是把蚊子收了起来，并没有杀害它们。早上要放它们走的。"柯愈之解释道。

早饭后，柯愈之辞别章克端前往玉清宫去了。临走，柯愈之将夜收蚊子的咒语传给了章克端，说是当年吴猛传下的道家法术。

送走了柯愈之，章克端对夫人陈氏说道："夫人，昨晚，我做了一个梦，梦见我们有了儿子。"

陈氏低头不语，暗暗垂泪。两人结婚近二十年了，一直没有一男半女。这是夫妻二人的心病。陈氏一直认为是自己的过错，自己就越心里不安。如果官人打自己，骂自己，或是去娶一个小妾来，自己心里都好过点。可是，没有。官人是个难得的好人，勤劳，识字，懂礼，与人为善，待人体贴。

章克端道："夫人不必难过。我夫妇二人一向鱼水情深，成亲以来，总以为结婚后生子，必是瓜熟蒂落水到渠成之事，因此不曾着急，谁知光阴似箭日月如梭，一晃我年近不惑。人生不孝有三，无后为大。我听柯愈之先生说玉清宫道祖，灵感十方，凡是诚心求嗣者，无不灵验。"

陈氏听了，把手放在额头上，欢喜道："既然如此，我们何不去求道祖？"

于是夫妻二人，沐浴斋戒三日，择日启程。

天刚蒙蒙亮，夫妻二人背着包袱就出发。夏虫鸣叫，露水沾衣，山路坎坷，行走不易。陈氏脚小，未曾长途跋涉过，更是疲惫不堪，汗水淋漓，但也咬紧牙关坚持。章克端眼见妻子辛劳，连忙上前，背起她走。走了几步，妻子坚决要下地，两人歇息一会儿，接着走。走到午饭时分，二人吃点干粮，饮点泉水，继续赶路。

直到日头偏西，才看到不远处苍然古柏中露出玉清宫的檐角来。二人精神振奋，加快脚步往前。

好大一座道宫！在夕阳的照耀下，流光溢彩，气势非凡。进入山门殿后，两边分别是钟楼和鼓楼。走过一座石头雕砌的桥，就进入了第二重殿。章克端认得那三个字："三清殿。"

梁柱和走廊间绘制了许多花鸟、山水、人物图画，章克端夫妻二人无心细看。

正面殿上坐着三位神仙，乃是玉清、太清、上清。三清下方，是吕洞宾的神像。吕仙佩着宝剑，神采奕奕。案上摆着香炉，供奉着瓜果、鲜花。两旁是十大雷神，手执各色兵器，威风凛凛。

早有一位道人上前招呼章克端夫妻二人。那道人须发皓白，皮肤黝黑，个头瘦小，说话嗓音尖细："两位居士好。"

章克端道："我夫妻二人，想来求子，还请师父行个方便。"

道人便拿出笔墨纸砚，在一张黄色的纸上写下数行字，写的是求嗣表章。末尾，写上了章克端夫妇二人的名讳。

焚香，祷告，点燃了表章。青烟冉冉。

道士带二人去用了斋饭，暮色降临，夏虫唧唧更显得空山幽静。

道人又带章克端去寝室。一名坤道引着陈氏去房间休息。

章克端问道人，宫中可有一位名叫柯愈之的。道人说道，来了，在后面山上睡仙人床呢。

"仙人床？"章克端不解地问道。

"就是传说吕洞宾道祖睡过的石板床啊。"道人解释道。

天将亮未亮时分，章克端就被道观里的钟声叫醒。他起身来，走到外面。只见有三四个道人在坪里练功。他们双脚分开，与肩同宽，面朝东方，吐纳引导，吸天地之精华。之后引颈长啸，空谷清音回荡。

早饭后，章克端带着夫人来到第三重殿观看，殿堂中供的是佑圣真君玄天上帝。玄天上帝道相庄严，栩栩如生，披发黑衣，金甲玉带，仗剑怒目，足踏龟蛇，顶罩圆光，十分威猛。旁边立着金童、玉女，形象可爱。章克端夫妻二人又在玄天上帝神像前诚心祈祷一番。

天井里有两棵四季飘香的桂花树，散发出馥郁香气。

该告辞回家了。章克端这才注意到，玉清宫真是个好地方。依山傍水，左青龙，一道青山自南向北环绕而过，右白虎，一条山涧水自北向南潺潺流淌，形成"聚宝盆"之势，是仙家修行福地。

回家时，章克端夫妻觉得比来时路好走多了，晚上，章克端心疼妻子，为她打水洗脚。陈氏酣然入睡，做了一个梦。梦见那玄天上帝在金童玉女的陪伴下，站在空中，将一颗熠熠闪亮的金星抛掷下来，然后，玄天上帝带着金童玉女消失了。那颗金星，坠落在地，倏忽不见。陈氏感觉到那金星进入自己腹内了。

一个月后，陈氏对章克端说道，官人，我有孕了。章克端欣喜不已。宋宁宗嘉泰二年（1202）壬戌年二月十九日，陈氏生了一个儿子。婴儿额头饱满，哭声嘹亮，个头十分大。取名为章哲。满月之后，章克端特意去玉清宫还愿，献上香火钱若干，茶籽油一百担。

玉清万寿宫旧貌

松下童子

　　章哲三四岁的时候，就听到村里人说自己是父母从玉清宫求来的。说自己的父母，如何翻山越岭，走了一天的路，到玉清宫求神仙，跪拜多时，终于感动了神仙，送给他们一个儿子。

　　五岁的时候，章哲就发现自己和村里的孩子不一样。自己的个头明显比他们大，高出半个头。他们玩的游戏，比如玩泥巴，玩石头，玩草叶，蹦跳之类的，兴致勃勃，乐此不疲，自己却一点不感兴趣，无动于衷。他也不喜欢看着他们玩，常常独自走开，一个人默默想心事。村里的孩子邀过他几回，后来就不邀他玩了。

　　章哲6岁的时候，柯愈之来到村里，在章克端的帮助下，筑了一间茅屋，在村里居住。他说他老了，不想再云游四方寻仙访道了，只想在仙人潭住下来。他说，他的愿望就是在仙人潭遇上神仙，带他飞升。他把这个愿望反复地给章哲讲，还讲了很多仙人的事情给章哲听。丁令威化鹤归来、许逊斩孽龙、王乔青牛洞访张宁等等。他说这些仙人的故事都发生在武宁境内。他说他被自己耽误了，年轻时，舍不得离别父母，后来又舍不得离别妻子，再后来舍不得离别儿女，直到60岁才下决心出来访道。他做了一个梦，梦中有仙人指点他，到卢医尖去，到玉清宫去，可是，在卢医尖没有收获，在玉清宫睡了几年的仙人床也没有遇上神仙。外出云游几年，历尽千辛万苦，也没有遇到神仙指点迷津。看来，他自己这一辈子是无法实现成仙梦了，只有把梦想寄托在章哲身上。章哲如果早日成仙了，自己就能沾光。

　　柯愈之教章哲打坐，如何呼吸吐纳。章哲对此很有兴趣，一学就会，学起来有模有样。柯愈之为了把道家的经典《道德经》《清静经》传给章哲，就教他认字、写字。章哲很聪明，读书写字一教就会。

　　章克端看到柯愈之教儿子读书写字，很高兴。他是希望儿子能读书出去，考取功名，光宗耀祖的。后来，他发现柯愈之教的是道家玄之又玄的经典，不是儒家的四书五经，就问道："柯先生，何不教犬子读儒家圣贤书呢？"

柯愈之说："克端兄啊，你说要儿子读书是为了什么？"

章克端说："读书，一则是明事理，学做人；二则是为了考取功名，好为官。"

柯愈之道："当官，又是为了什么？"

"当官当然好，有权，有势，有钱，风光得很啊。"

"当官有做神仙好吗？"

章克端迟疑了一下，说道："那可是没有。"

柯愈之于是又说道："你看如今这个世道，是考取功名做官的世道吗？这是个乱世啊。山雨欲来风满楼。你明白吗？再者，你儿子跟仙道有缘，天生不凡，你心里清楚吧。"

章克端不由自主地点点头。他知道柯愈之云游四海，见多识广，算得上是个异人。说的话是有道理的。于是，他不再干涉儿子修道了。

章克端屋后有松树一棵，历尽风霜，几经剥蚀，苍颜古色。树下有古石一块，平如板，光如镜，洁净无瑕。章哲6岁时就盘桓在石板上，时而坐，时而卧，寂然不动，就像是修仙一样。村里的孩子起初看着很新奇，在旁边吵闹。柯愈之就挥舞木拐杖赶走他们："你们走开，不要吵闹。"

孩子们起先故意来吵，就是要逗柯愈之生气。柯愈之后来实在忍不住了，就拿出看家绝技来驱赶孩子。他拿出一根长长的皮鞭，挥舞起来。皮鞭响动，呼啦啦的，皮鞭影子舞成了一道墙，密不透风。这道墙，紧紧围着，让孩子们看得傻了眼，吓得四散逃开，再也不敢来吵闹了。章哲练功的地方，从此成了清静之地。

柯愈之见章哲很听话，每天在树下修炼，很是欣慰。他常常对章哲说："我看好你啊，我的希望就寄托在你身上。你成了仙，别忘记我就好。"

小章哲懂事地点点头。

吴鹏成仙

那一天，柯愈之跟章哲讲起了一个修仙的故事。

武宁有个人，名叫吴鹏。他住在一个小山村里。小时候，就嗜好修道成仙之事。他不知从何处得到一本残缺不全的修道秘籍，每天在家修炼。父母劝他好好念儒家圣贤书以博取功名，他只是虚与委蛇，同伴邀他去玩也不应，一心只是沉迷在修道之中。

有一日，村里来了一个道人。这个道人年约四旬，面皮白皙，三缕短须，目光有神，背上背着一把宝剑，腰里挂着一个葫芦，手里拿着一个"卜卦看相"的小幡子。他在村里转来转去，也没什么人搭理他。这时，吴鹏来了，恭敬地称呼他为"道长"。道长看到吴鹏时，细细打量一番后，点头说道："不错，不错，这个孩子有仙骨，将来是要成仙的。"

吴鹏那时才16岁，听了这话，问道："道长，我名叫吴鹏，因为听过家族里有个吴猛得道成仙的故事，于是自小诚心向道，也想做神仙，不知道长可以教我吗？"

道人说道："我教不了你，缘分到了，自然有人来做你师父。"

正说话间，吴鹏的父亲过来了，说道："这位道长，你不要乱说话啊，我这个孩子，他爷爷给他取名为吴鹏，是想他一朝高飞的，考取功名，将来做官，光宗耀祖的。修道成仙，那是虚无缥缈不可能的事情，你不要乱说了。"

道人正色道："我乃修道之人，不打诳语。这个孩子确实会得道成仙的。再说，鹏举，不一定就是考中状元，也可以是白日飞升啊。"

村里人来围观了。有人道："你说这个孩子能成仙，有何证据？你空口说白话，谁人信你啊？"

道人笑道："人各有命，此乃定数。我给你们看看吧，谁能借我一只坛子啊？"

有人就递给他一只装酒的空坛子。道人抱起坛子，闻了闻，说道："好香的酒。可惜被你们喝完了，也不知道留一点给我。"众人笑了。

道人又问道："谁家有墨吗？就是写字的墨。"

吴鹏去家里取来一块乌亮乌亮的墨锭，给了道长。道长接过墨锭，又要了一些水来，慢慢磨墨。不久，墨水就满了一坛。

道人又找人要了一把小巧的棕扫帚。那把扫帚是用旧了的，还有一些灰土在上面。道人拍打了几下，抖落了灰土。

然后，道人用棕扫帚，蘸满了墨汁，在一面白纸糊的墙壁上，"唰唰唰"，画个不停。众人也看不懂他画的是什么，反正是一片墨黑墨黑的。问他画什么，道人也不作答。

画毕，道人取出宝剑，挥出一剑，把纸墙壁划开。纸张破处，出现了五颜六色的云朵，缭绕着远处的楼殿，从楼殿里飘出来两个仙女，拉着一个条幅，上面还有字。仙女越飞越近，那四个字也越来越清晰。"吴鹏成仙"，吴鹏最先读出这四个字，激动得说不出话来。

村人也有认得字的，异口同声，大声读了出来："吴鹏成仙。"

吴鹏的父亲也读了出来："吴鹏成仙。"他忍不住问道人："那云朵里的楼房是神仙居住的地方吗？"

道人并不回答。原来，就在众人专心看画的时候，道人忽然不见了。一会儿，墙上的画也消失了。

村里人恍惚一起做了一个梦，这才知道，道人不是凡人，是神仙下凡，点化吴鹏的。既然神仙说吴鹏要成仙，那确凿无疑了。于是，村里人从此看吴鹏的眼光就不同了，都知道吴鹏是要成仙的，他修道成仙是一件正经的事，不能嘲笑他。

父亲也不再干涉吴鹏修炼了，因为看到儿子将来能得正果，很是为儿子高兴。

过了两年，吴鹏来到钟鼎山玉清宫修炼。在玉清宫，拜了师父，学会了许多道家的法门，能够以符水济人，甚是灵验。

"后来呢？"章哲听得津津有味，眼睛一直盯着柯愈之。

"后来啊，吴鹏遍游名山，最后到了庐山，人们就再也见不到他的身影，据说是升仙而去了。"

"好啊，我以后也要去玉清宫修炼！"章哲说道。

玉清万寿宫

15 岁那年秋天，章哲对父亲说："父亲，我想去梅林玉清宫看看。"

章哲早想去玉清宫游历一番。儿时，村里人经常说他是玉清宫道祖面前求来的，他就想去看看玉清宫的神仙菩萨。柯愈之爷爷虽然不在了，但他讲过的话，章哲一直记得。柯愈之爷爷跟他讲过一进三重殿的玉清宫，讲过钟鼎山、黄婆洞、吕洞宾修炼的仙人床、捣药的石臼、试剑石等等。他多想亲自去看看。他多次在梦里见到玉清宫。只是，哪里看得真切？

章克端说："路途有点远啊，路面不好走，听说路上还有强盗。如今，世道不太平啊。"

"我不怕！"章哲回答得很坚决。

章克端沉吟一会儿，说："好吧，我带你去。"陈氏说也要去，章克端说走路太辛苦，不让她去。陈氏就准备了一些干粮，让二人带去。

月亮没有隐去，父子二人就动身出发。章克端走在前面，背着包袱，挂着一根木棍，时不时地敲打路边的野草。十几个春秋过去，去玉清宫的路还是没有什么变化。还是那样的小路，只是野草更多更密了些。章哲的腰里缠着一根牛皮带，那是他用来保护自己和父亲的武器。柯愈之爷爷教了他一套鞭法。他熟记在心，如果遇上强盗，他倒想一试身手。

午饭时分，父子二人就到了玉清宫。道宫坪里，长满了茅草，淹没了路径。不闻钟鼓声，不见往来人，守山门的神像已经斑驳，面目全非。钟楼上，钟无踪；鼓楼上，鼓无影。

昔日的道士，一个也看不到，那些雕梁画栋熏黑了，失去往日颜色。

三清殿内，三清和吕洞宾的塑像被弄倒在地，上面布满了蛛丝网。章哲小心地擦去蛛丝网。章克端嗟叹不已。父子二人在三重殿内走了一圈，就出来了。那两棵桂花树不见了，只剩下低矮的树桩。

荒草坪里，遇上一个老年农夫，手提一个葫芦，在那里喝水。章克端上前施礼打听缘由。

农夫告诉章克端，几年前，玉清宫被一伙强盗占领，杀死几名道士，在玉清宫里扎寨。这个道宫成了强盗盘踞的巢穴。他们白天在巢穴里睡觉，夜晚便打起火把，去附近村里抢劫。后来，他们去梅林曹家抢劫。那曹家是有来历的，大户人家，人多势众。强盗去上门抢劫，曹家一边抵抗，一边派人骑马去通知县衙，不久，来了一队官兵，把强盗抓了起来。但是，玉清宫的香火就这样断了，时难年荒的，人们也没有能力恢复玉清宫往日胜景了。

农夫还告诉他们，有一块宋徽宗题字的石碑，都被强盗推倒了，摔成两半。章克端去看了，果然，在道宫外墙地上，有一块石碑丢弃在地上。石碑很大，有四五尺长，有半尺厚，石质温润如玉。石头上刻的字很清晰，可以看到"宣和四年正月旨牒"字样，还有"武宁县玉清万寿宫"字样。原来，玉清宫全名是"玉清万寿宫"。万寿宫三字是皇上赐封的。宣和三年，宋徽宗为了向上天求得子嗣，令天下道观同时做法会，并把各处写好的青词上报给朝廷，写得好的有奖赏。武宁玉清宫当时也献上青词，做了法会，得到宋徽宗的赐封。章克端抚摸石碑，惋叹不已。章哲说道："父亲，我们也能为玉清宫做一点事情的。"

他想要父亲帮他一起抬起倒掉的神像放归原位，章克端请农夫帮忙。三个人费力抬起塑像，章哲和父亲都累得气喘吁吁的。

抬塑像的时候，章哲仿佛看到神仙吕祖的眼睛发出亮光，对他笑了一笑。他就对父亲说道："刚刚，吕祖对我笑了。"

父亲笑了。农夫也笑了，说："你这孩子，渴了吧？"他起身去，在玉清宫古井里舀起一些水，给父子二人喝。他接着说道，这个古井的井水有药效，能祛病。附近村民常来舀水祛疾。他今天就是特意来装水回家去的。章氏父子二人一边喝水，一边嚼了点干粮，歇息一会儿。

章哲还打算去玉清宫后面的钟鼎山一游，那儿有吕洞宾修炼的遗迹。章克端说早点赶回家算了，下次再来。于是，父子二人与农夫作别，就急急忙忙地赶回家里。

初游钟鼎山

20 岁的时候，章哲取了表字："权孙。"生日那天，父亲为他取字，父亲说："哲儿，从今天起，你就是成年人了。"母亲陈氏站在旁边，望着高大的儿子，眉开眼笑。

20 岁的章哲，身材高大，国字脸，眉毛又粗又黑，鼻梁高挺，只是皮肤黑点。村里的姑娘大婶都夸章权孙长得英俊，陆续有人上门说媒了。父亲和母亲当然很乐意为儿子娶亲，都想儿子早日成婚，生下一个孙子来。只是章哲不愿意成家。他对来说媒的人说，自己还不想成亲，以后再说。他对父母却说了实话，说自己一辈子不想成亲，要修炼成仙。仙人，是不必成亲的。母亲陈氏大惊失色，她没想到自己的儿子会有这样的念头，以前儿子在松树下修道，她未曾反对。没想到儿子越走越远，居然不打算成家立业了。她眼巴巴地望着章克端，希望丈夫能劝阻儿子，打消他的蠢念头。

章克端望了望儿子，拉着陈氏的手走到一边说："夫人，你记得你怀上儿子时做的金星投怀的梦吗？也许，我们的儿子确实是与众不同的。随他去吧。"

章哲见父母不强迫自己娶亲，很是高兴，他又说要去玉清宫修炼，免得别人打扰。他还是 15 岁那年去过一次玉清宫。是父亲带他去的。现在，他长得更高大了，可以一个人去了。他心意很坚决，父母无法劝阻，只好随他去。

那是春天，刚陪父母过完清明节，章哲就挑着一担行李，带着粮食，独自往玉清宫去。一路无事。

玉清宫依然是一片败落景象。章哲将坪里茅草铲除，收拾了一间房子，安顿下来。

早上，有农夫在玉清宫前面种地。章哲认识了一个当地的农夫，姓梅，年纪比自己大不了多少，二人谈得投机。一日，二人登上了钟鼎山，山上树木青翠，鸟语花香。走了一段，先是看到了仙人床。一块长条形的巨石平铺在地上。石头上面，是一岩洞，刚好遮盖石床。人睡在石床上，不惧风雨，还可观看星星月亮，听到山泉声音。农夫躺在石床上，头枕在臂上，脚架起来，悠然自得，颇有仙家风度。

农夫起来后，章哲也躺了下去试试，发现自己的腿超出石床许多，只得蜷缩起来。农夫笑着说，你太长了，像你这般高个的，少有。章哲咧嘴一笑，起来了。

二人继续爬山，来到试剑石处。一块巨石中间有一个裂缝。裂缝之间还长出一棵树。农夫说，传说仙人吕洞宾就是在这里一剑劈开石头的。章哲右手做剑状，对着石头虚空一劈。"好剑法！"农夫拍手笑道。

农夫又带他去看了捣药的石臼，那是在悬崖上，有一个深洞。那洞比拳头大一点，深度可以容纳一个人的小臂。据说当年吕洞宾就在这里捣药。

二人继续往上爬去，来到石室前。说是石室，其实是一块巨大的方形石头。三面在外，一面与山体相连。也许中间是空的，藏了宝贝。可是，门在哪儿？农夫用手拍了拍石头，说道："开门啊，开门！"

章哲围着石头转了一圈，发现石头旁边有一块石碑，上面刻着几行字：

"还丹已就去升天，

石室遗留记万年。

问我身从何处去，

蓬莱顶上会神仙。"

章哲念完诗句，说道："想必这就是吕祖当年写的诗了。蓬莱顶上会神仙，此情此景，真让人神往啊。"他站在山顶，山风吹拂，衣袂飘飘。他闭上眼睛，心旷神怡，感觉自己乘风归去，身在白玉京了。

"走吧，我们该下山了。"农夫的声音让章哲从仙境中醒来。他微微一笑，随着农夫下山去。农夫说："山上还有一个地方，叫黄婆洞。那里曾有个黄婆，比吕洞宾还要早来钟鼎山。她在黄婆洞做酒卖。吕洞宾常常找她买酒喝。下次，我再带你去吧。"

章哲连声感谢。他一边下山，一边回头看。他喜欢这个地方，决心要在此地好好修炼，总有一日，他会和神仙吕洞宾相见的。对此，他深信不疑。

狐妖渡劫

夏夜，繁星点点，虫儿鸣叫，凉风徐徐。章哲像往常一样，在钟鼎山仙人床上静坐。虽说是静默打坐，脑海里却不时闪现父母的脸庞。离家几个月了，也不知道家中一切可安好。唉，为了修仙大业，只能暂时离别父母了。好在父母身体还健壮，自己也少些牵挂了。他收回了思绪，又静心打坐。

也不知过了多久，忽然，天上电光闪闪，雷声轰隆，空中升起一片乌云，颇有雷雨来临之势。章哲收了功，正欲起身回到道宫，忽然有一个人影向他奔来。

这时候会有谁来呢？章哲诧异不已，站起来打量来人。只见一个年轻女子气喘吁吁地跪在面前，叩头跪拜说："请你救救我，请你救救我。"声音哽咽，边说边流眼泪。

"你是什么人？我怎么救你？"章哲望着地上的女子，不解地问道。

女子仍跪在地上，浑身哆哆嗦嗦地说道："我说出来，请你不要害怕。我是狐狸精，在黄婆洞已修炼一千年，即将修成正果，不料今夜要历此大劫。天庭命雷公要劈死我。我无处可逃，知道你每晚在此修炼，特来求你，请你慈悲为怀，救我一命。"狐狸精一边说一边叩头。

章哲说道："你是狐妖吗？天庭要斩除你，自然有天庭的道理，我是一个凡人，又怎么能够救得了你？"

"你一定能救我的，你是一个修仙的凡人，没有犯戒，雷公不能把你怎样，他的雷不能劈到你身上。我是狐妖，本该安心为妖，可我不甘心，苦苦修得人身，还想修得仙果。这就是犯了天条，要遭天劫。我死不足惜，但我有孕在身，很快就要分娩。天庭劈死我，可我腹内的胎儿是无辜的啊……"狐狸精泣不成声地哭诉。

听完狐狸精的哭诉，章哲颇有怜悯之意。心想："天生万物，都有灵根。狐狸精修炼也不容易，也许她在修炼时犯了罪过，但她腹中狐婴不能受到株连啊。如果狐狸精能改恶从善，我救她一命，不也是好事一桩吗？"

于是，章哲指着狐狸精说道："我不知道你以前是否作过恶，我今日救你可以，但你要答应我几件事。"

狐狸精叩头问道："请问哪些事？只要我能做到的，一定做到。"

章哲答道："我想一下。对了，你要持斋，以后不许残害其他动物，更不能伤害人类；还有就是要离开黄婆洞，另外择地隐居，不得骚扰百姓；以后还要早晚诵经，改恶从善，为民做好事。"

狐狸精拱手立誓说："好的，我一定做到，决不违犯。"

章哲又问道："你再告诉我，我该如何救你？"

狐狸精说道："待我现出原形，藏身在你衣袍之下，雷公便无法劈到我了。"

说完，女子便就地一滚，现出狐狸原形来。一只狐狸轻柔地移到章哲脚下，一动不动，十分乖巧。章哲感觉到了脚下毛茸茸温热的一团，他闭目念清静经不止。

此刻，雷声大作，似乎雷公在发泄愤怒。那雷声围绕着章哲四周轰鸣。章哲念经的声音越来越大了。"夫人神好清，而心扰之；人心好静，而欲牵之。常能遣其欲，而心自静，澄其心，而神自清。自然六欲不生，三毒消灭……"

约莫持续了一盏茶时间，雷声慢慢远去。不一会儿，乌云散开，又是漫天星光。

那狐狸精从章哲脚下探出脑袋，钻了出来，原地转了几转，又变成一个女子。章哲这才看清楚，女子身穿黄衫，面容清秀，腹部隆起。看来她所言不虚。

狐狸精又跪下，说道："大恩不言谢，容我日后相报。请教恩公尊姓大名。"

章哲扶起了她，说道："我叫章哲，我救你，不求你报答。只是请你记住自己答应的三件事，千万莫忘。"

狐狸精连连点头，说道："恩公，我名叫小慧，以后若有吩咐，请连叫我小名三声，一定及时赶来。"说罢，告辞而去。

章哲慢慢走下山去。他心想，狐狸尚能坚持修炼，欲成仙果，我有幸拥有人身，如何不勇猛精进，获取成功呢？

可怜父母心

章哲没想到，在这个秋风乍起的时候，父亲和母亲会来看他。那天，章哲正在吃晚饭，就听到有人喊他的名字。他连忙走出去看。

"你们怎么来了？"章哲放下手里的碗，惊异地问道。父亲、母亲，还有两个村里人站在面前。

母亲笑着说："秋凉了，给你带些厚点的衣服来。"

父亲说："给你带了些粮食来。"父亲年纪大了，挑不起担子，请两个人挑来的。两位乡亲当夜又转回家了。

母亲掏出一些煎饼，三个人一起吃晚饭。一个熏得漆黑的铜罐子，在石头垒砌的灶上烧水，水开了，咕咕咕地响着。

父亲喝了口开水，问："还好吗？"

章哲点点头。章哲知道，父亲原本是希望自己去考功名的。金榜题名，那是很荣耀的事情。可是，自己志不在此，只对修仙之道有兴趣。可是，修仙之道，并非立竿见影的事情。

父亲拍拍儿子的背说道："路，是你自己选的，一切靠你自己了。"

母亲望着高大的儿子说："你知道吗，王灵芝嫁人了。那可是个好姑娘啊，我一直想她做儿媳妇的。她多乖巧，长得好看，又会做事。她绣花的手艺，在村里是第一啊。你记得她曾绣过一个荷包给你吗？"

章哲摇了摇头。提起王灵芝，他记得这个名字，是儿时的玩伴。少时，一起去山上砍过柴的。至于绣荷包，他早已经忘记这些往事了。

母亲又掏出一个绣花手帕，说是王灵芝带来的。手帕上绣的荷花、鸳鸯很精美。丝丝线线，费了不少心血。可是，作为一个修道之人，这种手帕用不着了。章哲对母亲说，退回给她吧，谢谢她。

父亲住了一晚就回家了，说家中还有事。临走，在三清殿里拜了几拜。母亲把绣花手帕交给父亲，说退回给灵芝吧。

母亲留下来，说是住一段时间再去，要帮儿子洗衣服，煮饭。

早上，母亲在扫地、擦洗。忙完了，她跪在三清殿祷告着。她说，本来，她是想让儿子娶妻生子，她可以做婆婆，可是，儿子走上了另外一条路。这是一条修仙的路，希望道祖能帮帮儿子，早日得道成仙。

难得天放晴，母亲去帮儿子洗衣服。在玉清宫后边，有一股温泉水，汇成一个水潭。母亲就拿着衣服在水潭边洗。水是温的，她用木槌捶衣。夏天的衣服要洗干净晒起来收拾好，她整整在潭边洗了好几个半天。后来，那个洗衣服的地方，人们称之为章婆潭。

那一天，寒风起，山上黄叶纷飞。母亲捡了一些柴火，站在坪里，凝神眺望。

"不知道你父亲在家冷吗？寒衣他找得到吗？"母亲整了整被微风吹乱的白发，喃喃道。

章哲听到了，心想，母亲在担忧父亲呢。章哲其实也想到，为了自己的事情，让父亲和母亲分居多时了，母亲和父亲感情很好，从没有分开过的，父亲一个人在家，要自己弄饭，要自己洗衣，要照看家里的鸡，还要去田地里干活，很是不容易；自己这么大了，还要母亲特意来照顾自己，心里也有点过意不去。

他就说："母亲，我们明天回家吧。"

母亲说："怎么？你不修道了？"

章哲说："我回家还是要继续修的，只是不想你在这里跟我一起吃苦罢了。"

母亲听说要回家，很是高兴，麻利地将东西收拾好。

章哲带着母亲回家了。一回家，他看到父亲苍老了许多，背也有点佝偻了。父亲看到儿子回来，笑着说："回来了。"

章哲说："回来了，这回不走了。"

章哲跟着父亲去田地里干活，有空就研读经文，他读的是《道德经》，还有《清静经》。坚持打坐，未曾放松修炼。知道了章哲坚定的修仙志向，那些说媒的人也就不再来打扰了。

几年后，父亲因病去世。母亲在父亲的葬礼上昏厥过去。章哲这才知道，死亡是一件多么可悲的事情；人生就像一盏灯，人死如灯灭，无法再光明，就像果子告别了枝头，再也无法返回枝头。只有修炼成仙，才能得到永生。

章哲葬母

章母陈氏 61 岁那年，得了一场大病，卧床不起。临终前三天，陈氏对章哲说："儿啊，我死的那天，天会下雪。我不要棺木，你将我背到离村子不远处，一个不聚雪的地方下葬就可以了。"

章哲含泪答应了。6 月 28 日那天，果然下起雪来。先是雪水噼里啪啦地在地上乱溅，后来就飘起雪花，一小朵一小朵的。村里人说，陈氏去世，六月下雪，这是天地同悲。

雪花在不紧不慢地飘着，天阴沉沉的。章哲背着母亲出门，走进雪地里，雪花粘在他的眉毛上、睫毛上。他边走边东找西看，走了一阵，还是没有看到一个不聚雪的地方。飞舞的雪花，迷蒙了眼前的路，章哲轻轻地将母亲的身体往上托了托。母亲的身体似乎还是温热的。母亲的头靠在章哲的耳畔，似乎要说什么。

"母亲啊。不要急，我会找到的。"章哲安慰道。母亲的身体真轻啊，似乎已经滤去了岁月里的沉重。章哲背着母亲翻过仙人潭旁边的小山坡，来到石渡官田流洞，果然看到了一小块地方，周围都是白雪，只有这一小片地方，黑乎乎的，没有聚雪。那雪花如白色小蝴蝶，扑进了那片地方，就消失了，似乎是被地里升起的暖气消融。章哲自言自语道："母亲真是神灵，能预见这样的地方。"

章哲把母亲轻轻地放下，让母亲的头朝西面，脚朝东面。然后，到附近人家去借锄头。章哲走进一户人家，看见一个中年妇人在家里扫地，就上前说道："大姐，我想跟你借把锄头，可以吗？"

妇人打量了章哲一番，问道："你不是本地人，借锄头何用啊？"

章哲道："我要挖一个圹，安葬我母亲。"

"你是哪里的？怎么把母亲安葬到我们村里？"妇人不解地问道。

章哲道："我家离这里也不远，翻过一座小山就到了，我是仙人潭的，我娘亲临终前交代我，要把她安葬在此地，我不能不遵命啊。"

妇人道："难得你有如此孝心，好吧，锄头你拿去，用完后给我送来就好。"

章哲谢过，扛了锄头就走。刚走几步，后面有人在追赶，喊道："前面那个汉子请留步。"

章哲只好停步不前，转身看去，来了三个男子，都是彪形大汉。追上来后，一个汉子说道："你这汉子，怎么能把你家老娘安葬在我们村里，经过我们应允了吗？真是岂有此理！"

章哲放下锄头，拱手施礼道："没有经过你们许可就擅自来挖圹，是我的不是，不过，我是遵照我娘亲之命来此安葬的，葬是一定要葬的，你们要打要罚，我也只能认了。这雪就要停了，我要赶紧去挖。"

有个汉子说道："今日你说得再好听也不能让你动土了。你把锄头放下来。"

章哲见他们如此说，便不再多言，扛着锄头拔腿就跑。后面三个汉子边追边喊道："不要跑，不要跑。"

一会儿，章哲就跑到母亲躺的地方。母亲却不见了，只看见地上有一个坟堆。新鲜的土堆，夯得平平实实，显然是刚刚掩埋好。看得出此坟坐西朝东，一头高耸，一头低矮。

"啊，天葬，天葬！"一个汉子嚷道："天命不可违。既然是天葬，我们就无话可说了。"三人转身离去，边走边议论这场怪异事。

章哲在母亲坟前跪下，拜了三拜，又对着上天，拜了三拜，说道："天佑我母，天佑我母。"翌日，章哲请人刻了石碑，写的是"故妣陈氏太和老孺人之墓"。

后来，陈氏得到了宋、元、明三朝皇帝的赐封，碑文就改成了"章妣纯和毓德圣母陈太元君之墓"。后来，人们在这里建起了一座纯和宫，供奉的是章真人的父母，附近的村民常来朝拜祈愿。

柳峰尖

清明节，祭拜了父母，二十七岁的章哲开始考虑自己的修道之旅了。他不打算再去梅林玉清宫。他想起柯愈之爷爷的话，"非名山不留仙住，惟秀川才引龙居"，要外出寻师访友，才能道术精进。他沿着修河而下，登岸，来到柳山脚下，在涌翠亭中歇息了一阵。亭子不甚大，但很整洁，典雅，风从四面来，叫人坐而忘忧。

柳山，地处修河南岸，原名飞来峰。独柱擎天，一峰特秀。相传当年许逊真君追捕危害百姓的蛟龙来到修河畔。蛟龙沿修河东窜，许真君口念咒语，用剑劈土，欲堵其去路，土落岸边，遂成此峰。这个传说，章哲小时候听过的。

后来，飞来峰更名柳山，为的是纪念唐朝的柳浑。他弃官隐居于此读书，与文人游玩唱和，带动了武宁的文风，这些，章哲也听人说过。他也知道，柳山上有很多修炼的人，6年前，谪仙白玉蟾也到过柳山，因此，他才把柳山当作修真访道第一站。

柳山不是很高，从山脚下涌翠亭出来，慢慢走上去，半个时辰就到了半山腰。路上开满了黄色的小花。看到了一座寺庙——柳峰尖禅寺。一个老僧人，穿一身灰色僧衣在坪里晒太阳。章哲继续走，还看到两个道观。一个叫柳峰尖观；一个叫某某观，由于匾额陈旧，字迹已不清楚。

章哲走进柳峰尖观，对着道祖神像叩拜。

一个年轻道士过来了。章哲对着他施礼。

道士还礼，见章哲一身道服，便问："道友从何而来？"

章哲答道："我从仙人潭来。想在此山修道，不知方便否？"

小道士道："好啊，如果你来了，我就是你师兄了。你叫我明心师兄就好了。你要在道观里修炼，我很高兴。不过，师兄我做不了主，这个要等师父回来再定，他有事下山了。师父姓明，跟我是一个村的，按辈分，我管他叫叔公的。是他带我出家修道，谋一碗饭吃。他常常下山给人打醮的，我们做道士就靠这个吃饭。"

章哲喜欢和这个心直口快的明心聊天。聊了一会儿，明心说："反正闲着无事，不如带你四处走走。"说罢，就带着章哲出门。

一路上，明心介绍道："柳山风景秀美，名胜古迹甚多，有石井、书院、棋盘石等。山腰有九寺十八观，我们柳峰尖道观历史最为悠久。"

他们往山腰右边走，经过龙首岩，再转到佛洞。佛洞是一个很大的溶洞，仿佛有一间房子一般大。那儿，坐着一个清瘦的中年和尚，闭目凝神，对外界不闻不问。离和尚不远处，插有一些香火，还有供品。

两人继续走着，登上山顶，站在棋盘石上举目远眺，脚下的修河如同一条细长的丝带蜿蜒在群山峻岭之中。

两人下山来，进了柳贞公祠，一起叩拜了柳公塑像。墙壁上，刻有柳浑和文友写的诗词，还有《涌翠亭记》全文。章哲面壁站着，把全文读了一遍。"……若夫风开柳眼，露浥桃腮，黄鹂呼春，青鸟送雨，海棠嫩紫，芍药嫣红，宜其春也。碧荷铸钱，绿柳缫丝，龙孙脱壳，鸠妇唤晴，雨酿黄梅，日蒸绿李，宜其夏也。槐阴未断，雁信初来，秋英无言，晓露欲结，蓐收避席，青女办装，宜其秋也。桂子风高，芦花月老，溪毛碧瘦，石骨苍寒，千崖见梅，一雪欲腊，宜其冬也。复何所宜哉？朝阳东杲，万山青红，夕鸟南飞，群木紫翠，桐花落尽，柏子烧残，闲中日长，静里天大。渔舟唱晚，樵笛惊霞。有时而琴，胸中猿咽，指下泉悲；有时而棋，剥啄玉声，纵横星点；有时而书，春蛇入草，暮鸦归庐；有时而画，溪山改观，草木生春。以此清兴，以此幽景，收入酒生涯，拥归诗世界，盖有得于斯亭，而不知有身世矣！……予亦酩酊，明日追思，世事如电沫，人生如云萍，蓬莱在何处？黄鹤杳不来！抱琴攫剑，复起舞于亭之上。神霄散吏书。"

章哲读着读着，不觉口齿生香。又见那白玉蟾的手迹，一字字，一行行，若龙蛇飞动，行笔气势不凡，情感淋漓尽致，令人叹为观止。

小道士说："师弟认得这些草字啊，真好，师父说打醮就需要会写字认字的人。"

傍晚，明师父回来。他五十来岁，中等身材，相貌平平。明心把章哲的事给师父讲了。明师父应允章哲先在道观里住下，至于能否收为徒弟，还要考察三个月。

晚上，章哲做了一个梦。他看到一个道人，身材魁梧，蓬头跣足，端着一个酒坛喝酒；仰着脖子，将一坛酒喝掉了；抛了酒坛，开始舞剑；舞剑毕，道人又提笔画画，画的是竹子。

道人又提笔写诗，口中吟道："昔在虚皇府，被谪下人间。笑骑白鹤，醉吹铁笛落星湾。十二玉楼无梦，三十六天夜静，花雨洒琅玕。瑶台归未得，忍听洞中猿。也休休，无情绪，炼金丹。"

章哲听到这里，心头大喜。拍手叫道："好一个炼金丹！"

道人说道："来者可是章权孙？"

章哲上前施礼。

道人说道："我乃谪仙白玉蟾是也。我们也算有缘来相遇。来来来，我送你一点功力，让你体验一下仙家妙法。"

章哲坐下，白玉蟾以手掌按在章哲的头顶。章哲便感觉到自己百会穴有热流缓缓注入。不一会儿，道人说声好了，撤掌，然后叫章哲记下几句口诀。

"我传给你的是飞腾功，还有掌心雷的功夫，掌心可以发出雷霆之力。不过你只能用一次。飞腾的功夫也只能用两次，你可飞一下试试。"

章哲意念一起，自己便腾身而起，飞到了半空。

白玉蟾也一起飞。二人如白鹤在空中飞翔。盘旋良久，下落在地。

"多谢师父。"章哲谢道。

"不必多谢，我不是你的师父。这些功法，不能长久，关键还是要靠你自己修炼，那才是你自己的本事。柳山，因柳浑而得名，山因人而得名，人依山而不朽，希望你也能找到属于自己的一座山。"白玉蟾说完，翩然远去。

初试掌中雷

章哲在柳山住了一些日子。跟明师父学了些关于打醮的科仪。至于修仙的法门，明师父还未曾提及。章哲心想，要早日找时机向师父请教。

那一天，听人说，柳山来了一个恶和尚。四处打听他师弟痴和尚的消息。

"看来，平静多年的柳山上要有风波了，唉！"师父叹气道。

"他师弟痴和尚是谁呢？"明心问道。

明师父说："谁知道呢，反正与我们无干。"

明心说："我猜是那个佛洞里的独行僧。他来了几个月了，在山上，没有进一家寺庙，每天枯坐在那里。只靠别人给他一点吃的和喝的过日子。从不主动跟人打交道。仿佛有点痴呆的。"

章哲想起那天在佛洞见到的禅者，确实特异。

又过了一炷香的时间。有人在喊道："恶和尚要杀人了，绑着痴和尚，用刀子逼问他呢。"

明心说："师弟，我们去看看吧。"

章哲说："行啊，去看看。"

明师父说："你们不要出去多管闲事。"

明心说："师父放心，我们去看看就回，决不多事。"

两人跑到佛洞处，早有人围在那里看。佛洞口，一个高高大大的和尚，一手挟持着被绑住的瘦小的痴和尚，一手执钢刀，在那里叫喊道："你们不要过来，不然我马上杀了他。"

恶和尚气焰嚣张，众人窃窃私语，不敢激怒他。

章哲忍不住问道："大师，何不放下屠刀立地成佛？"

恶和尚呸了一声，不再理睬。

章哲又问道："敢问这位大师，因何惹来这无妄之灾？"

那痴和尚道："唉，我师兄要来取师父传下遗物，龙纹琉璃佛珠，我哪里有啊。他不信，便来纠缠不休。"

章哲便问道："你为何要纠缠你师弟？"

"我们师兄弟的事情，你管得着吗？你是哪儿冒出来的？"恶和尚瞪了章哲一眼。

明心扯了扯章哲的袖子，叫他不要多嘴。章哲小声说："没事的。"

章哲昂起头，对恶和尚道："柳山乃是出家人修炼之圣地，岂容你在此胡闹？"

恶和尚哈哈大笑："小小柳山，尽藏些缩头乌龟，可笑，可笑！"

章哲见恶和尚不听劝阻，还口出恶言，心里十分恼火，不由得暗暗握住腰里的皮鞭。一边说道："大师自重，柳山不容你玷污。"

恶和尚喝道："你给我去死吧！"说罢，推倒痴和尚，挥舞大刀，对着章哲恶狠狠地劈来。

刀光闪耀，章哲侧身躲开，拔出皮鞭，一鞭甩去，击中了恶和尚的手腕。

恶和尚摇晃一下身体，哇哇大叫，又扑上前。

章哲叫众人散开，自己使出鞭技，"啪啪啪啪！"凌厉的声音划破长空。一团鞭影，把恶和尚裹在中间，不敢动弹。

恶和尚说道："今日我打不过你，暂且饶他一命，他逃得了一时，逃不过一世。"

章哲闻言，脸色一变，收了鞭子，呵斥道："你若再敢来要挟你师弟，有如此石。"说罢，口念咒语，对着一块一丈多高的岩石，击出一掌。"轰隆隆"一声巨响，犹如白日炸雷。那岩石顿时成了碎片，四处散开。尘土飞扬，空中弥漫着岩石烧焦的气味。一些鸟儿惊得大叫，扑啦啦飞远了。

恶和尚惊呆了，手中的刀不由自主掉了下来，双膝跪在地上，抖成一团。

明心在一旁拍手叫好。

许多人听到炸雷，都跑过来看，议论纷纷。

章哲对恶和尚道："你发下毒誓，以后不得再来骚扰你师弟。"

恶和尚发誓道："如果我再来纠缠师弟，天打五雷轰。"

"你走吧。不要让我在此地再看到你。"章哲挥了挥手。

恶和尚站起来，看了看地上的刀，还是没有捡起，一阵风似的奔下山去。

"想不到，师弟，你这么厉害！"明心走过来，拍拍章哲的肩膀，夸道。然后，明心进了佛洞，解开痴和尚的绳子，扶着他出来。

章哲对明心笑了笑，低头看了看自己的手掌，掌心隐隐有点红晕。他暗暗忖道："这掌中雷威力确实很大啊，可惜只能用一次了。如果下次还需要使用，如何是好？不过，我相信只要自己勤加练习，以后还是可以自己修成的。"

痴和尚脸色苍白，疲惫不堪，对章哲合掌施礼，感谢章哲救命之恩，说道："我的行藏已露，不宜在此静修了，明日，我将告别柳山，有缘再见。"

众人陆续散去，更是赞叹章哲功夫不凡。章哲回到道观。明心把事情经过一五一十跟师父讲述，把章哲掌击巨石那一节说得十分精彩。

明师父听了，皱着眉头说："只怕这回与人结怨了。万一他日后来报复，我们在明处，他在暗处，防不胜防啊。如果柳峰尖观遭到奸人破坏，对不起祖师啊。"

章哲沉吟一会儿，知道了明师父是个胆小怕事之人，当即说："师父请放心，我章哲一人做事一人当，决不连累大家。明天，我便离开柳山。"

第二天，章哲就下了柳山。几只黄鹂鸟，一路啼叫，似乎在为章哲送行，颇有不舍之意。

罗坪有仙踪

下了柳山，章哲来到罗坪镇洞坪村，进了万寿宫。这是太上灵宝净明祖师、神功妙济真君净明普化天尊许逊的宫殿。

宫外四周是高大的柏树，霜皮溜雨，黛色参天，颇有些年头了。一块"万寿宫"匾额高悬大门之上，三字竖排，上方画的是太上老君骑白鹤，旁边还画有吕洞宾等八仙。

章哲进去了，只见大殿供奉着许真君神像，香火缭绕。一个胖胖的道人正为人解签。那正在聆听的是两个青年男子。章哲也静静地听着。

"这是求财签第二十一签：此去必逢贵客，临财应毋苟得。生意一定兴隆，裕民亦可裕国。好签啊，你放心，此次外出经商，必定满载而归。"圆脸的胖道人对男子讲道。男子听了，喜上眉梢，点头微笑。

"快给我看看这个签，如何？"另外一个男子急不可耐。

"你这个啊，是功名签第一签。饱腹文章蕴，时来赴考场，春闱鏖战日，自折桂花香。你若去考功名，一定是金榜题名啊。"

男子听了，呵呵一笑，道："若我金榜题名，定然再来还愿。今日先付点香火钱吧。"说完，他朝功德箱里塞了一些铜钱。

待两个抽签人离开，章哲这才上前与道人说话。道人矮矮胖胖的，双眼皮，脸上泛着光泽，满脸笑容，一团和气。他听章哲问修仙之道，摇了摇头说："实不相瞒，我这里只有抽签、打醮的，修仙之道，不敢妄求。"

章哲见他说的诚恳，便笑着道谢。章哲拈香跪拜了神像，还放了一些香火钱在功德箱里。不一会儿，又来了几个抽签的人。道士自己忙去了。章哲就在宫中随意地看看。墙壁上，画有许真君得道成仙、鸡犬升天的故事，画面中，祥云冉冉，羽盖龙车，从官兵卫、仙童玉女前后护从，许真君全家四十二人同时白日飞升，所养鸡犬亦随之而去。还画有许真君擒孽龙的故事。许真君手持宝剑，威风凛凛，孽龙被擒，垂头丧气。

墙上还题有许真君的诗句："良心自有良心报，奸狡还需奸狡磨。莫道苍天无报应，十年前后看如何"？

章哲望着墙上的字画，沉吟良久。

道人忙完了，邀请章哲一起午餐。吃饭时，道人告诉章哲，附近有个观音阁，值得一看。饭后，道人说带章哲同去看观音阁。

章哲道："这如何使得，岂不耽误你为人解签？"

道人笑笑，说："无妨，无妨，我有弟子在宫中招呼，若要解签，他们会在宫中等我的。"

在路上，章哲请教了道人姓名，得知他姓孔。章哲随孔道人一起步行，才走了也就一炷香时间就到了。在山路拐弯处，孔道人指着不远处一块神奇的岩石，说道："你看，那块岩石真像端坐着的观音菩萨啊。"

章哲向上看，看见一尊天然形成的观音石像。那面庞，那头上的发冠，那柔美的肩胛，那身后的靠椅，惟妙惟肖。

孔道人又说道："在观音的正前方，下面有一石柱峰，被唤作朝天一炷香。旁有一小石峰，形如童子，面向石观音垂首而立，样子颇为恭敬，乡人称之为'童子拜观音'。又有三座小山包散落周围，宛若莲花绽放。乡人称之为'三朵莲花护观音'。在稍远处，生有一山峰，如木鱼，还有一山峰，如木槌，似乎木槌在敲打木鱼。这地形生得多好，若不是观音菩萨显灵，岂有这个绝妙的所在？"

章哲一边看，一边点头赞叹。

二人走进悬崖下的观音阁。这是一座全木结构的楼阁。依傍着岩石建成，俯瞰水面，仰摩青天，与山水浑然一体。此阁楼共两层，在一楼，摆着香案，供奉的是观音菩萨；石制的香炉里，插着一些香，还在冒烟；摆着一些鲜花贡品。二人跪拜了观音，转身出来，返回道观。

"观音菩萨，为何事在此现身呢？"章哲不解地问道。

道士边走边说道："当年，观音是为了帮助许真君捕捉孽龙而来的。在另一处山峰的半山腰处，有一块岩石如一艘巨船。石船船头周正、阔大，船尾高高翘起。以前，船头旁边还有一棵参天巨松，笔直，恰似撑船的杆子。后来，树在岁月里老死了。

传说当年，孽龙为了水漫江西，在山中制造了一艘石船。如今那地方，还有宛若木屑花一样的岩石。孽龙做好了船，乘着夜色，从山上拖下去。据说，如果拖到了平地，修河就会变成汪洋大海。将有无数生灵被水淹死。正在此时，土地公公急中生智，学了鸡公啼叫。孽龙听了鸡啼声，以为天亮了，停下来歇息。此时，东方欲晓，将近黎明。路边有一老妪，摆着一个摊子，在卖面条。孽龙见了，一声不响，就抢了一碗面条吃。那面条味道想必很是美妙，嗖嗖嗖，孽龙一口气将面条吞了下去。谁知那面条乃是铁链化成，一根根，慢慢收紧，锁住了孽龙的五脏六腑。就在孽龙痛不欲生之际，许真君赶来了，将孽龙擒住。卖面条的老妪显了真身，原来是观音菩萨。她嘱咐许真君将孽龙困在万寿宫旁边的水井之中，然后冉冉升天而去。

孽龙被困井中，不再为患。孽龙造的石船，如今还停泊在山腰。那山，被人称为石船山。后来，有人在此建了一座观音阁，当地老百姓常常来观音阁朝拜观音。观音阁四时香火不断，远近闻名。你知道，观音菩萨，在我们道教里就是慈航道人，所以我也来朝拜她的。"

二人边走边聊，不觉间就回到了万寿宫。

探访丁仙台

武宁县南山的丁仙崖上有丁仙台，传说是丁令威炼丹修仙之处。章哲对孔道士说，要去丁仙台探访一番。

正是傍晚时分，夕阳洒下金光。章哲爬上了南山，有点累了，坐在一块石头上歇息。

忽然，一阵风来，树木窸窸窣窣响动。一只体形壮硕、毛色斑斓的老虎从树丛中钻了出来，在距章哲不远处站定。老虎静静地看着章哲，眼睛瞪得像铜铃，还伸出红红的舌头，露出白白的牙齿。章哲有点心慌，站了起来，抽出了腰里的皮鞭。那老虎见章哲有所动作，便咆哮起来，威吓着。章哲把皮鞭护在胸前，准备随时发出一鞭。老虎似乎嗅到了空气中恐惧的气息，得意地长啸一声，并不立即扑向前，而是故意折磨人，摧毁人的意志。人与虎，就这样对峙着。章哲身上冒汗了。

就在这时，一个清脆的女声道："去吧，去吧，不要伤害我的客人，他也不会伤害你。"

那老虎闻言，像一个乖乖听话的孩子一样，掉头就走了，慢慢消失在密林深处。

章哲这才看见一个身穿黄衫的美丽女子正笑吟吟地望着自己。章哲愣在那里。

女子走过来道："恩公，你不认识我了吗？我们有好几年未曾见面了吧。我是小慧啊。"

"哦。哦。你是小慧啊！"章哲想起来了，她是在钟鼎山见过的狐妖小慧。他问道："你怎么在这里？"

小慧说："我自从离别钟鼎山后，就把家安在这里了。这儿是深山老林，人迹罕至，不至于打扰他人啊。走，我带你去家里坐一坐，喝碗茶。"

章哲随小慧来到一个洞里。洞很宽敞，放着几件简单的木制家具，优雅别致，处处散发着鲜花的芳香。

"喝茶，喝茶，这是武陵岩上的高山野茶。"小慧端上一碗香茶，茶汤上浮着白色的泡沫。章哲有点口渴，端起就喝。

一个小女孩过来了，叫了一声"妈妈"，就站在那里，睁着明亮的大眼睛打量客人。小女孩眉清目秀，脸庞轮廓跟小慧十分相似，都是瓜子脸，双眼皮，鼻子秀气，嘴唇红润。

小慧道："小宝，快来问舅舅好。"

小宝低头一笑，并不叫人，就躲开了，进了内室。

小慧嗔道："这孩子，真不懂事。"

章哲道："哦，孩子这么大了？好。"

小慧道："唉，孩子不懂事的，让恩公见笑了。都是我宠坏了她。我一个人带着她，她没有父亲，我未免格外疼爱她，想给她双份的爱。"

章哲道："她父亲呢？"

小慧黯然低头道："孩子出世不久，他就跑了，独自去过逍遥日子了。我不想提他。"

章哲道："哦，这么不负责的啊。"

小慧问道："恩公，你这次来此山有何打算？"

章哲道："自从父母辞世以后，我便一路云游，为的是寻师访友，修炼仙道。闻说这丁仙崖是丁令威修仙之地，便过来见识见识。你在此几年了，对此地应该比较熟悉了吧？"

小慧道："是的，今日天色已晚，歇息一宿后，明天早上我带你四处看看。"

晚上，章哲就住在洞里，一张石头床上铺的是青青的松针，厚厚一层，散发着松叶的清香。这一夜，章哲睡得很香，一夜无梦到天晓。

早上，吃了点东西，小慧便带章哲去看丁仙的遗迹。此时，晨雾初起，山上像升起了浓烟，初升的阳光难以穿透。山路崎岖，似乎只容鸟儿飞过。远处的猿猴，见了人来赶紧躲开，在那绝壑上啼叫。几只苍鹰被惊起，盘旋在高空。

二人走了一阵，终于到了。出现在眼前的是一块半亩大的荒地，断墙残垣上长满了荒苔。一丛丛鲜红的映山红在残垣外寂寞地绽放。

"这就是炼丹灶吧？"章哲抚摸着残存的石块说道。地上还残存着一只石臼，一座残损的石桌。

"是的，这就是丁仙的炼丹灶。不瞒恩公说，我几百年前就来过这里。来的时候，在这个炼丹亭下觅得半粒丹药，吞服以后，功力大增了。如今，恐怕是一丝也找不到了。"

阳光强烈，照着章哲脸上的汗水。站在危崖边，章哲感慨道："丁仙修炼处，此地常栖托。白鹤去不归，我来空长歌。唉，如果能向丁仙讨教修仙之道就好了。"

小慧说道："想当年，丁令威成仙后，化鹤归来，在县城上空盘桓且言道：'有鸟有鸟丁令威，去家千年今始归。城郭如故人民非，何不学仙冢垒垒。'他就是在提醒人们，人生如梦幻泡影，惟有学仙才得长生啊。"

在丁仙台上站了良久，二人回转吃午饭，午饭吃的是果脯、茯苓糕等。饭罢，章哲告辞下山。小慧一路相送。

路上，小慧说："恩公，我炼的丹，跟你们的不同，所以，不能与你分享练功心得。"

章哲道："这个我明白的。"

小慧说："修仙之道，其路漫漫，望恩公勤加努力，愿与你相约在白玉京。"

章哲点点头。

最后，小慧说："恩公，我就送你到这里了，以后若有用得上我的时候，你对着丁仙崖这个方向，喊我三声，千里之内，我必能听到，听到必然及时赶到。"

章哲点头作揖，与小慧告别，一步步下山。到了山脚下，回头看去，夕阳斜照中，群山是红红的一片。

山村做法事

回到万寿宫后，孔道士说有人请他去一个山村做法事，想请章哲同去帮忙。于是，第二天，章哲随着孔道士去做法事。

他们去的山村，是远处的高山人家。那些房屋真是开门见山啊，山如巨大屏风，护佑着山村的弥天大梦。山村星星点点坐落着一些人家。左邻右舍，不是并排着的，因为地势的关系，后面的房子看起来，仿佛是蹲在前面房子的头上一样。

屋前屋后都是很小块的田地。一丘小田，只能栽几十棵水稻。这里的农家，要有收成也当真不易。不说别的，就是那牛，在这逼仄的田地里要转个身也是多么的艰难。但当地人说，在这里，也有不劳而获的时候。有一回，一只肥硕的麂从山上直接滚进了一家人的厨房呢。

东家出来迎接孔道士。这是一个老实巴交的山里老汉，六十多岁，枯瘦的脸庞，胡子拉碴的，眼睛里有说不尽的哀愁。他看着孔道士来了，很恭敬地低着头，伸着手臂，把他迎了进去。孔道士介绍道，章哲是他新收的徒弟。当晚在东家吃饭过后，东家说要请孔道士写幅中堂：就是撕下褪色的"天地君亲师"牌位，换新的。章哲心想，既然出来了要帮做些事才好，于是主动说："我来写。"他刚刚动笔，写下一个"天"字，再写一个"地"字，东家就不悦了，说："还是请孔师父写吧。"

孔师父一边写一边指点章哲："天字的撇捺一定要舒展开来，盖住地字，这叫天包地。天和地字，要写得很宽，取天宽地阔之意。君字，下面的口，不能写开，因为君王一言九鼎，口不乱开，亲字，上面的目字不能闭着，此为亲不闭目。这些都是规矩。"

章哲不住地点头，说："谢谢师父指教。"

翌日清早，开始"打安山醮"。就是在祖辈的坟前，唱一场道，安抚祖宗的灵魂，求得祖宗的保佑。原来，这家好不容易出了一个人物。在县里衙门当差，年轻有为，前程似锦。却不料突然被人揭发有问题，坐了一年监牢，出来后在家里赋闲。他整天长吁短叹，郁郁寡欢，似乎就要这样萎顿下去。家人认为是祖宗坟出了问题，一定要请孔道士来"打安山醮"。

东家拎着一只羽毛鲜艳的活鸡公，在坟前鸣了爆竹，"噼里啪啦"一阵响，还烧了大沓的纸钱，黑色的纸灰飞舞。接下来将鸡公当场杀了，献祭给山神和祖宗。坟头前的八仙桌上摆着新鲜菜肴与酒水，坟尾放置了量米的木升，装满了一升大米，上搁着的太上老祖、慈航道人、雷公等画像。案上与神像前插满香火，遍点蜡烛。然后，唱道开始了。孔道士头戴蓝布道士帽，身穿蓝道袍，焚了三炷香，望空拜三拜，画了一道符，烧了。然后，端起一杯清水，用那圆滚滚的手指蘸了蘸，望空中一弹。他举起拂尘，念念有词："炉香乍热。法界蒙熏。诸佛海会悉遥闻。随处结祥云。诚意方殷。诸佛现全身。南无香云盖菩萨摩诃萨。"他嗓子很好，抑扬顿挫，咿咿呀呀，像是念戏文，真个是有滋有味。章哲不禁听入迷了。

唱完一阵，孔道士开始作法。他叫章哲手摇彩旗，在旁边为他掠阵。章哲在柳山学过摇旗掠阵的步法和手势，从容不迫地舞动起来。

孔道士脚踩罡步，手握桃木剑，背挎弓箭，射四面八方小人和阴鬼。忽然，他圆睁了大眼，怒视前方，发出一声吼叫，猛地射出一箭，好像是发现了小人或阴鬼一样。孔师父可真是卖力，不一会儿，胖乎乎的脸上就弄出了大滴大滴的汗珠。

"灭掉了小人和阴鬼以后你家就会好的。"饭桌上，孔道士大碗饮酒，不忘安慰这家主人。老汉很是感激，站起身敬了孔道士一杯很烈的谷烧酒。那个被革职的年轻人也在桌上，面色苍白，默言无语，只顾往嘴里扒饭。

他也许为自己的所作所为而感到愧疚吧。在这样的山里人家，好容易出来一个人物，谁知又被打回原籍。这场变故，让他的老父老母一夜苍老了许多。

做完了这一家的法事，有人来请求孔道士去做法事，说是最近村里野猪很多，要请孔道士作法赶野猪。还有的说家里的孩子疾病多，要请孔道士作法保佑孩子。山村多忧多难，孔道士的生意兴隆，一家接一家忙不停。章哲一直陪着孔道士做法事，十几天后才返回万寿宫。

章哲见孔道士打醮的本事很高明，然而确实不懂修仙之道，于是便告辞。离开罗坪万寿宫的时候，孔道士包了些钱给章哲做盘缠，并告诉他可以去湖北会仙观看看，那儿的炼丹术在道界很有名气，只是一般秘不外传；如果有缘的话，也许可以有所收获。

炼丹会仙观

  章哲一路寻访道友，找到了会仙观，那是位于湖北通山县潘山村的一个小道观。青砖黛瓦，绿树掩映，倒也十分清幽。

  会仙观的当家师父，姓潘，是本村人，他中等身材，年约五十开外。圆脸，黧黑，留着山羊胡子。看到章哲来访，潘师父道："谁告诉你来找我们会仙观的？"

  章哲就提了孔道长的名字。

  潘师父笑了，说道："是老孔啊。哦，那就是自家人了。说实话，我们会仙观，属于外丹派，以修外丹为主。平时是不对外宣扬的，一般不收弟子。你既然是老孔介绍来的，可以加入我们，如有缘分，可以一起炼丹，同证仙果。"

  章哲施礼说："我自小羡慕仙家，愿意在此学金丹大道。"

  潘师父捻了捻胡须说道："不知道你随身带了多少银钱？我们炼外丹的，需要采购药物，没有银钱可不成，况且还需要学费。"一边说，一边去瞟章哲的行李包袱。

  章哲摇摇头说："我远道而来，没有带什么银钱。不过，吃饭的和学习的盘缠还是有的。"说完就掏出了一些银钱。

  潘师父一把接过银钱，装进口袋里，说道："好吧，钱不多，你就多出力吧。"

  章哲洗了把脸，洗去一路风尘。饭后，潘师父带章哲去正殿拜三清祖师。章哲燃了一炷香，祷告一番。然后，跟着潘师父去炼丹房。丹房墙壁上刻了一首诗，章哲随口念了出来：

  "会仙观中拜神仙，苦炼仙丹学长年。

  山中丹灶火无恙，炼出金丹做神仙。"

  潘师父说："这是我们会仙观的开山祖师写的诗，他开创我们这一派的炼丹术，传到我已经是第十四代了。我们修炼，就是要打通奇经八脉。普通的药物，只能打通正十二经络，金丹可以帮助我们打通奇经八脉。早成大道。看吧，那就是我们的丹灶。"

章哲看见一个八卦形的砖灶，黑乎乎地盘踞在那里，约一丈见方。

潘师父指点道："此灶按八卦形而制成，离门烧火，巽门扇风，坎门加水。一次炼丹，需七七四十九天，日夜要人照料，十分不易。我们打算要开炉炼丹了，你来得正好，可以做个帮手。"

章哲道："我只是听说过炼丹，从来没有试过。不知如何帮你。"

潘师父捻了捻胡须，笑道："无妨，我会教你如何做的。"

章哲每天要跟着两位师兄去砍柴。天刚亮，就带着柴刀出门。山上杂木很多，砍柴容易，担柴难。好在章哲有的是力气。

砍了几天柴后，潘师父说可以炼丹了。他说道："我这次要炼的是金丹。这个方子，是我师父传给我的，我以后也会传给你们。主要的药物是金子、水银、朱砂、钟乳等。"

潘师父称量好药物放在丹鼎中，念了咒语，自己亲自烧第一把火，加温。丹鼎渐热了。潘师父对章哲道："先用文火后用武火。"章哲就坐在灶台前烧火。刚开始，那火不能大，叫作文火。几天之后，就用武火了。章哲和师兄轮流照看丹灶。一个道士在扇风，一个道士在加水。章哲负责添柴，全神贯注，控制好火候。木柴烧红成炭火，火焰势头极猛。潘师父站在灶台旁看火候，小眼睛紧紧盯着。

烧火，添水，扇风，炼丹。日子过得很慢，七七四十九天后，潘师父终于说，可以开炉了。他念了咒语，亲自开炉。

炭火早熄灭了，灶膛里只有热灰。章哲站起来，看潘师父打开丹鼎。潘师父小心翼翼地从丹鼎里取出金丹来。金丹有大有小，并不十分圆，大的如鸽子蛋，小的如米粒，颜色像石榴籽，紫黑色。潘师父把丹丸放在碗里，加上清水，研了研，仔细看了看，大喜道："炼成了，炼成了。"

潘师父数了数，共九十粒金丹。"你们跟着我炼丹，也辛苦了。这个是你们的酬劳。"说完，他分发给两个道士一人十粒黄豆大的金丹，给章哲的，只有一小粒。

潘师父看着章哲说："不要嫌少，这个金丹很贵重呢，你好好留着吧，以后炼得多时，再多分一点给你。"

章哲点点头，就把金丹放进了贴身袋内收藏好。

"这次，我要送一粒大金丹给县太爷。"潘师父笑道："我们在这里修炼，得到县太爷的不少关照，我答应送给他一颗金丹的。我们出家人，其实也要跟官老爷打好交道才行。"

在潘师父的安排下，章哲和二师兄一起去送金丹给县太爷。临行前，潘师父写了一封信，信中交代了服用金丹的方法。他念给徒弟们听："把金丹放在水中研成细末，口服，以酒送之，忌食血羹鱼脍大醉生冷。"

二人告别师父，往县城方向走去。一路上，二师兄嘴巴不停。二师兄姓熊，名耀祖。他是个胖子，心直口快。他说道："我来会仙观学道三年了。炼丹那套功夫已经掌握得差不多了。只要有药方，我也会炼。只是，师父不愿意告诉药方。大师兄名叫潘数，是师父的侄子，跟着潘师父学道十年了，人很笨的，懂得还不如我一半多。"

二师兄边走边聊炼丹的诀窍，比如挖来的草药，如何炼成治病救人的丹药，以及药名、分量、火候等等诀窍，他都讲得十分详细，章哲一一记在心里。

二人走了一个多时辰，到了一个山路转弯处，风从附近密密的树林吹来，二师兄提议歇一会儿。二人坐在路边，喝水，吃干粮。二师兄说："越歇越不想走了，起来吧，该动身了，不要慌，我们已经走了一半路程。"

二人刚走几步，突然，从路边树林里跳出七八个人来，手执雪亮的短刀挡住了去路。

"识相的，留下买路钱来！"一个强盗喊道。

二师兄浑身哆嗦，说道："没钱，没钱啊。"

强盗二话不说，抓住二师兄就走。章哲取出腰间的皮鞭，挥舞起来。那皮鞭，抡得呼呼直响，指东打西，打在那强盗的脸上、手上，抽出了一道道血痕。那些强盗仗着人多，都围拢过来。章哲见情况危急，心念一动，念起飞腾术咒语，人就拔地而起，升在空中。他居高临下，挥舞长鞭，对准一个打一个，打得强盗们鬼哭狼嚎。

那些强盗并不恋战，边打边退，一会儿就消失在密林之中。二师兄叫道："师弟救我，师弟救我！"声音越来越弱。章哲追过去，见不到踪影。他大喊二师兄，无人应答，只有风吹树木，发出凄厉的声音。

二师兄生死不明，这些强盗的老巢会在哪里呢？章哲左思右想，心想孤掌难鸣，还是回去搬救兵为妙。

章哲飞到了会仙观不远处，降落下来，跑进道观。"师父，不好啦、不好啦，二师兄、二师兄被强盗抓去了。"

"什么？那金丹呢？"潘师父失声问道。

"金丹和书信都在二师兄身上。我们、我们刚走到一半的路程，在山路拐弯处，遇到七八个强盗。二师兄就被他们抓去了。"章哲气喘吁吁地说道。

"赶快去追！"潘师父跺脚道："那么大一颗金丹啊！"

潘师父敲了钟，"当当当！"激越的钟声荡漾在村子的上空，召唤来了不少村民。潘师父讲明了情况，带了三十多个有武功的男丁，拿着短刀长棒出发了。

走到那个山路拐弯处，章哲说，就是这里了。

潘师父问道："那些强盗什么样的打扮？"

章哲想了想说："都穿着黄色的衣服，缠着黄色的头巾。"

"说话什么口音？"

"说的是本地话，不过声音有点尖细。"

潘师父问了下情况，然后令众人分成两队探路，大声呐喊，声势颇为浩大。那些草丛、灌木丛，都快要被人们踏平了。

找了两个时辰，天色将暮，还是找不到强盗窝。问了附近的村民，都说没有听说过附近有强盗。

潘师父只好叫众人返回村里，一一道了谢。他想了一夜，觉得章哲有嫌疑。一早，他就把章哲叫了起来，来到三清祖师殿前。

潘师父喝道："大胆章哲，你可知罪？给我跪下！"

章哲挺直了腰杆说："无罪，不跪。"

潘师父拿起拂尘，指着章哲说："你谋害了二师兄，私吞了金丹，编造谎言，该当何罪？"

章哲摇摇手说道："师父，你可不能冤枉我啊。"

潘师父说："你敢在祖师面前发誓吗？"

章哲这才跪下，抬起头，挺起胸，朗声在祖师面前发誓道："我章哲，没有私吞金丹，更没有伤害二师兄熊耀祖，实在是强盗抢去二师兄和金丹，请祖师爷明鉴，若有一句虚言，天打五雷轰。"

潘师父见章哲发了毒誓，一时也不好再说什么，只是连声叹气。过了一会儿，他说道："你跟我去见县太爷吧，人员失踪，丢失金丹的事，我不好交差。"

章哲问心无愧，于是跟着潘师父去见县太爷。

潘师父对章哲说："你在这里等下，我先进去。叫你进去就进。放心，没事的，只要跟县太爷说清楚事实就好。办完了，我们一起回去，很快的。"

章哲是第一次进县衙。两只石狮子立在大门前，瞪视着来人，叫心虚的人双腿发软。一面破败不堪的大鼓挂在廊下，或许是让人击鼓鸣冤的。在衙门里，四个高矮胖瘦各异的衙役手提木棒，分左右站立。见到有人进来，衙役们喊道："威——武！"声音惊人。

白白胖胖的县太爷坐在大堂上，捻着几缕胡须，一副胸有成竹的派头。在他身后高处，是"明镜高悬"四个大字。左边站着一位瘦瘦的师爷，右边站着的是潘师父。

"下跪何人？"县太爷的声音很是洪亮。

"小民姓章，名哲。"章哲昂起头回答道。

"何方人氏？"

"江西武宁人。"

"因何到此地？"

"来会仙观学道。"

"既然学道，你为何谋害同门师兄，私吞金丹，还不快快招供？"县太爷将惊堂木一拍，大声喝道。

章哲面不改色，从容答道："草民无罪，我与师兄一路护送金丹，路遇强盗，师兄被抓去，我奋力反抗，方才脱身，所言是实，句句不虚。"

县太爷说道："不用严刑拷打，哪里会口吐真言？来人，给我杖打二十。"

早有两个衙役上前，按倒章哲，扯开衣服，沉重的杀威棒打在章哲屁股上。

二十棒打过以后，章哲还是不愿认罪。潘师父在旁看见，说道："老爷在上，请听小道一言，也许事出有因，请老爷派兵去探一下强盗窝，可否？"

县太爷说道："好吧，此人暂且收监，另派人去查强盗窝。潘道长，你且回去静候消息。"

潘师父就回到会仙观等候消息。县衙门有一队人马出动，去搜索山野。

章哲被戴上镣铐关进牢房。看守牢房的牢头问章哲要好处费。章哲拿不出来，又被毒打一番。

后来，去搜索强盗窝的人马回报，没有发现什么。县太爷气恼不已。就在此时，接到上级的文书，说是年终考核，要县里报送今年剿灭叛逆的人头，最少报送一个，多多益善，有赏。

县太爷看着文书，找来师爷商量，说道："上头要考核，其实我们并未抓有叛逆之徒，如何是好？"

师爷道："上头的考核，我们总是要应付过去才好，不如就在牢房里杀一个交差。"

"我们牢房里总共才关押了几个人，都是犯了轻罪的人，没有死刑犯啊，杀了他们，恐怕人心不服，拿谁的头颅去交差呢？"县太爷道。

师爷眉头一皱道："正好用这个犯人章哲凑数，他不是本地人，杀了也无妨。"

县太爷道："好，依你所言，就这样办。"

章哲在牢房里躺了一晚，辗转反侧，没有睡着。

早上，牢房门打开了，一线光亮从外面泻了进来。牢头端了酒水饭菜来，皮笑肉不笑地说道："章哲，恭喜你了，好好享用这最后的美餐吧。"

章哲本来又饥又渴，见有饮食，便接了过来，闻牢头之言，惊问道："何出此言？"

牢头说："你不知道吧，午时三刻，就要砍下你的头颅了。呵呵。"

章哲放开了饭菜托盘，一双筷子掉在地上了。他说道："什么？我又没有犯罪，你们居然要杀死我？这也太没有王法了吧。"

牢头道："王法就是老爷，老爷就是王法。你要是有钱，我可以放你逃走，救你一命。你好好想想吧。"

章哲说："我实在是没有带钱在身上，你放了我，我自当报答你。"

牢头"哼"地一声，拂衣而去。

牢房里还有几位囚犯，得知章哲午时三刻就要砍头，不免为之叹息。他们有的劝章哲花钱买命，有的劝章哲不如来个鱼死网破，打出牢房去。章哲告诉他们，自己在这里无亲无故的，实在是筹不到买命钱。这牢房虽然破旧，牢门是铁制的，却也牢固，不容易闯出去。况且县衙里有那么多兵勇，自己双拳难敌四手，肯定是打不出去的。

难道就在这里等死吗？章哲心有不甘。自己一心想修道，来到会仙观，谁知惹上杀身之祸。如果谪仙白玉蟾交给自己的掌心雷还能用一次就好了，就可以打破牢笼得自由，最好是飞腾术还能用，自己就远走高飞了。他想来想去，终于想到了一个名字。他站起来，面朝南方，高声叫道："小慧救我，小慧救我，小慧救我！"

章哲叫了三声，四周并未出现救星。他颓然坐下。时间在一点一点流逝。午时二刻，牢头来了，他面无表情，将章哲带到了公堂之上。县太爷拍了拍惊堂木，拿起一张公文，念道："查犯人章哲，私通北方敌寇，图谋不轨，证据确凿，斩立决！"念完后，要章哲画押。一个衙役一手拿起判决书，一手拉着章哲的手指，正要帮他画押。突然，一阵风吹来，将判决书卷起，在空中飞舞。衙役跳起来去抓，眼看要抓到，那张纸却迅疾飞开，衙役站立不动时，那纸张却慢悠悠地飞过来，几乎凝立不动。衙役伸手去抓，纸张机警得很，立马逃开，顽皮如小孩。公堂上的人都看呆了。那衙役被纸张戏弄，恼羞成怒，拔出腰刀，奋力砍劈。那张纸在公堂里飞来飞去，兜着圈子。衙役疲于奔命，踉跄倒地。

　　"哈哈哈哈哈！"一阵银铃般的笑声在公堂里响起。

　　"谁这般放肆？赶紧给我出来！"县太爷怒道。

　　一个身穿杏黄色衣衫、外罩白色皮袍的女子款款地走了出来。她约莫二十岁，肌肤胜雪，鹅蛋脸，柳叶眉，明眸皓齿。她走上前来，对着县太爷施礼，眼波流转，朱唇微启，说道："老爷在上，小女子这厢有礼了。你们抓的这个人，并未曾犯罪，更不曾谋反，今日要处决他，无疑是草菅人命。上天有好生之德，还请老爷三思，放过他吧。"

　　县太爷见了这个女子如此美艳，说话时声音悦耳动听无比，听在耳里，甜在心头，十分受用，不由自主地说道："好好好。"

　　女子咯咯一笑，道："果真是个青天大老爷，好吧，我这就带他走。"

　　县老爷见女子对他笑，骨头都酥软了，连声说道："好好好。"

　　师爷在旁提醒县老爷，摆手道："不可，不可啊。"

　　女子说道："这里一切全凭老爷做主，老爷说好不好？"

　　县老爷如鸡啄米似的，点头说道："好好好。"

　　女子走到章哲面前，随手扯掉镣铐，说道："恩公，你受苦了，我带你走。"

　　章哲说道："小慧你来了。"

　　小慧说道："我来迟了。"她扶着章哲就要出门。县老爷这才回过神来，说道："你们给我站住！"

　　四个衙役上前拦住，不放二人离开。小慧转身说道："县老爷说话怎么能不算话呢？让我们走吧，我去找回被抓走的人和丢失的金丹，给老爷一个交代，你看如何？"

有两个衙役不知好歹，抽刀拦阻。小慧轻轻一挥衣袖，两人就倒地了。还有两个衙役赶来助战，小慧连挥袖子，顿时狂风大作，两个衙役睁不开眼，缩成一团。县太爷和师爷见势不妙，躲在桌子底下，两人头碰着头，哎哟乱叫。

章哲跟着小慧在路上奔走，并不觉得累，不久就来到一处所在。一个山壁，壁前有洞，洞口有茅草掩映，不易发现。小慧在洞口高声叫道："抢金丹的，快出来领罪吧！"

那声音远远地一直传了进去，早惊动洞中主人。七八个穿着黄衣服的人出来了，为首的一个说道："何人如此大胆，在此叫唤？"

章哲一看，认得这几个人，一个个尖脑袋、长胡须，贼眉鼠眼的，正是前日拦路抢劫的，便说道："你们这些强盗，害得我好苦。"

强盗头子手握短刀，尖声尖气地说："就是我抢了你的东西，早已经吞进我肚子里了，你能奈我何？"

小慧笑道："好一个无赖的嘴脸，我要你吃不了吐出来！"

强盗头子定睛一看，对着小慧说道："我抢了凡人的东西，你来管什么闲事？"

小慧走上前，逼近一步，道："你一不该抢人东西还抓人，二不该抢我恩公的东西，这事我管定了。"

强盗头子后退一步，将身子往后靠了靠，将短刀横在胸前，说道："你，你不要欺人太甚，你不就是比我多修炼了几百年而已，都是修道的，何必帮助凡人。"

小慧道："我跟你们不一样，我知恩图报。今日若不交出人和金丹来，我跟你们没完。"说完，她拔出一把宝剑来，手捏剑诀，剑尖指向前面。

强盗头子似乎被小慧的剑气镇住，丢了刀，说道："罢了，罢了，算我倒霉。去把那个道士带出来吧。"

手下人就进去带人了。强盗头子转过身子，弯下腰，以手指伸进喉咙，干呕几声，吐出金丹，放在掌中，再转过来，交给小慧，说道："给你吧，这个金丹，不好消化呢。"小慧不接，以目示意章哲。章哲上前，接过金丹，放进袋内。这时，他看到二师兄出洞来了，高声叫道："二师兄！"

"师弟，是你来救我吗？我以为再也见不到你了。"二师兄熊耀武从洞里出来，睁不开眼，半眯着，走路一脚高一脚低的，凭着声音，往章哲这边扑来。

章哲上前扶住二师兄，劫后余生，百感交集，二人再也说不出话来。

"没有什么事的话，我们走了。"强盗头子带着手下就要进洞。

"慢着！"小慧喝道。

强盗头子只得停下脚步，不敢移动。

小慧说道："你们在此修行，要依我三件事，如若不依，定不饶你。"

"哪三件？说吧。"

"第一，不许杀生；第二，不许偷盗抢劫；第三，不许扰民。"

"好吧，听到了。"

小慧说："听到还要记在心里，做到才算。如有违犯，我随时来找你们的。"

强盗头子点点头，带着手下进洞了。

"小慧，你说得好！"章哲赞道。

小慧一笑，说道："还不是当初恩公教导有方。好吧，我们去会仙观吧。"

三人打算离开，章哲发现洞口之上是高坎，正要寻找上坎之路。小慧一言不发，左手牵着章哲，右手牵着熊耀祖，纵身一跃，到了路面。熊耀祖惊叹道："你真是神仙啊！"

三人走了一个时辰，就到了会仙观。大师兄看见两个师弟来了，叫道："师父啊，师弟回来了，回来了。"大师兄抱着熊耀祖道："师弟，你瘦了。"

潘师父见到三人来了，惊疑不定。熊耀祖指着小慧说："是这位神仙救了我。"

章哲掏出金丹，说："师父，金丹在此，请你过目。"

潘师父接了金丹，望着小慧说："多谢你搭救小徒夺回金丹。大恩不言谢，不知阁下如何称呼？"

小慧蹙眉道："今日幸好令徒全身而返，金丹也完璧归赵，我恩公也洗刷了嫌疑，若不是我及时赶来，我恩公可就冤死了。"

潘师父脸变白了，一时无语。

章哲说道："师父，她叫小慧。"

小慧道："好，事情了结，我该告辞了。不知恩公有何打算？"

章哲道："你就要走吗？我，我也该走了。"

潘师父说道："小慧姑娘，吃点斋饭再走不迟啊。"

小慧说了声："后会有期！"就转身走了，越走越远，如一缕淡淡的烟雾。

章哲目送她走远了，这才回过头对潘师父说："师父，多谢你这些天的教诲，我要走了。"

潘师父说："唉，你我师徒缘分已尽，我也不留你。祝你早日得道。"

章哲和两位师兄告别，背着行囊就离开了会仙观。他漫无目的地走着，不知道下一个目标何在。但他知道自己必须向前走，不能停下访仙寻道的脚步。

典衣求果腹

天高云淡，雁过长空。秋意深了，山上浓墨重彩，一簇簇金黄的树叶点缀在大片大片火红的枫叶中，像燃烧的火，将整座山映照得通红一片。清闲的诗人"停车坐爱枫林晚"，醉在这无边无际的秋光里。在山中赶路的人，因为心中燃烧着希望，也爱着这预示着收获的大好秋光。离开了会仙观后，章哲在外漂泊了一些日子，风餐露宿，吃了不少苦。此刻，章哲走在山路上，只见野草在凉风里招摇，叶尖上露珠闪烁着秋阳的光泽，山上肤色变深的树木，根部爬满了绿色的青苔，映照着岁月的沧桑。

走出大山，章哲走到一个集镇上，正是午饭时分。集镇不大，石板街道两旁有一些店铺，其中就有一间饭铺。"王记饭庄"四个字赫然在目。店门两边有一副对联，写的是"迎来最爱廉颇健，到此何愁方朔饥"。

店里摆着几张桌子，有人在吃饭，饭菜飘香。章哲站在店门口迟疑着。他饥肠辘辘，不由自主地吞咽口水。店小二看见来了客人，热情招呼道："进来吃饭啊，好吃又不贵，吃了不后悔。"

章哲很想进去，坐在桌子上，大声地对店小二说道："来一碗米饭，一碗油豆腐。"那热腾腾的米饭，那金黄可口的油豆腐还放着翠绿的葱花，闻一闻都是好的。有几天没有好好吃一顿饭了，很多时候是采摘野果子充饥。他的肚子在咕咕叫，他的腿带着他往店里走。店小二的笑脸在迎接他，飘香的菜肴在迎接他。

他的腿刚要跨进去，理智却告诉他：不能，必须走开。他低着头，拖着沉重的步子走开了。店小二失望地将肩头的白毛巾摘下，往下一甩。

章哲再一次摸了摸口袋，确实，一个铜钱都没有了。没钱，就没有饭吃。吃饭，就要付钱。肚子依然在咕咕叫，催促着、催促着主人赶紧进食。章哲拍了拍肚子，无奈地安慰着肚子。他在集镇上慢慢地走着，不觉走到了一家典当店。章哲看见一个大大的"当"字，想起自己包袱里还有一件夏天的衣服，暂时用不着，可以当掉。他身材高大，站在柜台前平视掌柜的，问："衣服可以当吗？"

掌柜的是个穿黑袍的胖子，睁着小眼睛问道："什么衣服，拿出来看看。"

章哲打开包裹，取出一件衣服递给掌柜的。这一件衣服，一针一线，都是母亲的手迹，饱含慈母的一片心，然而，如今要当掉，只为换饭吃。

掌柜的捏起衣服，歪着头、皱着眉看了看说道："夏天的衣服啊，不太好当。"

章哲赶紧说道："等钱急用呢，给我当吧。"

掌柜的仰起脸问道："死当还是活当？"

章哲说："什么是死当，什么是活当？"

掌柜的就问："这衣服你还打算赎回吗？"

章哲说："不了。"

掌柜的说："那就是死当了，死当可以多给你些钱。"他报了一个价钱。章哲呆了一呆，说："这么少啊？"

掌柜的就不理睬了，转过身去忙自己的了。这时，来了一个顾客，拿出一块玉石，要求活当。掌柜的就跟这个顾客交谈去了，把章哲晾在一边。好不容易等他们的交易做完了，章哲才跟掌柜的继续说话。

掌柜的说："只能这么多钱了，你当还是不当？"

章哲无奈，只好点点头。掌柜的一脸鄙夷地扔给章哲一些铜钱，收了衣服。

得了钱，章哲就进了王记饭庄。要了一盘油豆腐、一碗米饭。他细细地咀嚼米饭，品着菜肴，真香啊。人只有在饥饿的时候，才能品出食物之美。

章哲慢慢享用完了这顿午餐，付了钱，转身出门。这时有个乞丐在店门口，乞求一点残羹冷饭。店小二不耐烦地驱赶着："臭乞丐，走开走开。"

那是一个老年乞丐，须发皆白，脸色黧黑，牙齿残缺，挂着一根破了的竹杖，佝偻着身子，衣衫褴褛。老乞丐抬起头，伸出一只空碗，喃喃地说道："行行好吧，我几天没吃东西了。"

章哲心里一酸，掏出几枚铜钱，放进了空碗里，默默地走了。

夜幕降临，月华如水，寒风阵阵。章哲打了一个寒噤，抬眼望着天空，只见一轮明晃晃的圆月挂在空中。他望着明月，想起了故乡。想起父亲和母亲的脸庞。前路漫漫，不知今宵将宿何方？

穷途被犬欺

章哲背着包袱，背上插了一把雨伞，继续赶路。

已经走了很远的路，章哲的脚变得无力。他饥渴难耐，很想歇息一下，喝一碗温茶，吃一碗热饭。他身上还有点钱，如果找到人家，就可以暂时停下脚步，休整一下。

看看日色，该是午饭时分。章哲舔了舔干燥的嘴唇，眯着眼向远方看去。他看到了炊烟冉冉升起，有炊烟，就有人家。他不由得加快了脚步。过了一座石桥，走到了一个村子里。章哲遇到一位老农，他的肩头挑着一担箩筐。章哲问道："请问老伯，这村子里谁家方便留人吃顿饭？"

老人看了看章哲，指了指前面一栋房子，说道："你上那一家去看看吧。"

那是村子最惹眼的一座房子，全是砖石做的。在周围稻草盖的房子之间显得鹤立鸡群，分外醒目。章哲走上前去，只见门前两只石头狮子，瞪目而视，牙爪锋利，十分狰狞。

章哲站在门口，轻声叩问。里面出来一个仆人，一身黑衣打扮。问道："干什么？"

章哲说道："打扰了，我是游道之人，行路饥渴，想在这里弄点东西吃。"

那人说："没有没有，快走快走。"

章哲说："请放心，我给钱的，我不是乞丐。"

那人说："说了没有就没有，给钱也没有。你当这里是饭铺吗？你知道这是什么地方，这是葛老爷的别墅。"

章哲道："请你行个方便吧。"

那人大声嚷道："快走快走，没有什么方便不方便的。"

"怎么回事？吵什么吵？"里面又出来一个年轻人，二十来岁，皮肤白皙，五官清秀，衣着华丽，盛气凌人，牵着一只黄毛大狗，堵在门口。

"回少爷话，没什么大事，只是一个乞丐，在这里吵闹。"仆人低头哈腰说道。

章哲分辩道："我不是乞丐，我是游道之人。"

"汪汪汪汪汪！"那黄狗对着章哲就狂吠起来。

那年轻公子看了看章哲，笑着说道："你还说自己不是乞丐？我的狗都知道你是乞丐。它在喊你快走呢。"

章哲正色道："狗眼何曾能识人？"

青年公子道："你还敢犟嘴？豹子，咬他！"

那黄狗听了主人的口令，立马窜了过来，张开大嘴，露出白森森的牙齿，扑向章哲的身子。

章哲猝不及防，下意识地用手去挡。狗嘴咬在了他的袖子上，黄狗身子吊了起来。章哲用力一甩，居然没有甩掉。他抽出雨伞，用力打在狗背上。那狗掉在地上，嘴里咬着一块布片。狗嘴吐出的布片，被秋风吹起，在地上轻轻打了几个滚儿。

"你敢打我的狗，好大胆。小的们，都给我出来，统统给我上。"年轻公子喊了一声，不知从哪里又来了三只狗。两只黑的，一只白的，离弦箭一样射了出来。四只狗围着章哲狂吠，"汪汪汪汪汪"之声不绝于耳。一只只露出红粉粉的舌头、白森森的牙齿，还淌着口水。

章哲见此光景，只得离开。那几只恶狗看着章哲后退，便起劲地追咬。章哲挥舞雨伞，边打边退。四只狗轮番上前，气势汹汹，狗腿刨得尘土飞扬。突然，一只黑狗像黑色闪电一样，冲了过来，咬中章哲的后背，扯下一片衣角。

章哲见势不妙，赶紧跑开。恶犬还是在追咬，在狂吠。后面传来那个少爷"哈哈哈哈"的大笑声。

章哲终于跑出了村子，避开了恶犬的追咬，在路上歇息。他继续赶路，在路边，采摘到了一些野果，还喝了点山泉。他又精神抖擞地向前走去了。夕阳，把他的身影拉得很长很长。他的耳畔又响起了当年父亲说过的话："路，是你自己选的，一切靠你自己了。"

章哲就这样，坚定地向前走去。

衣衫破

这一天，章哲来到一个道观。道观不大，坐落在小山脚下，离村庄不远。

一块匾额上写着"万寿宫"三字。字写得端正，匾额似乎刚翻新不久。章哲直接进了道观。里面没人，章哲来到了正殿，见供奉的是三清，还有许逊许真君，也有慈航道人。章哲点燃了三炷香，跪拜了众位神仙，默默地诉说了心中的愿望，那就是早日访道有成。然后站了起来，放了点香火钱在功德箱里。

一会儿，从偏房里出来一位道士。年纪在五十左右，矮个子，黑皮肤。道士看见有人，忙问道："你要求财还是求婚姻？我这里的签很灵验的。"

章哲施礼道："道长你好，我今日不是求财，也不求婚姻，我只求在这里小住几天。"

那道士这才细细打量，见章哲也是道士打扮，只是衣衫褴褛，比乞丐强不了多少。那道士脸上就有鄙夷之色，摇头不语。章哲说："我也是修道之人，出来云游，想在道观中住宿一段时间，实在是走得太累了。"

"你这衣袍是被狗咬了吧，哈哈哈。"道人笑道。

"不瞒你说，还真是被狗咬了。"章哲指着自己的破衣服说。

道士说："我这里是个小地方，池浅养不得龙，你还是另访他方吧。"

章哲说："道长，都是修道之人，请行个方便吧。我今天还没吃饭呢，你可有饭食？"

道士说："好吧，看在同是修道之人的分上，你吃顿饭就走吧。"

道士正要去厨房，这时，有人来了。来的是一个老妇人，满脸愁云，说是来抽签。

道士上前招呼老妇人道："你要问什么？自己摇签吧。"

老道士叫老妇人燃香，在神像前下跪祷告。然后，老妇人手握装满竹签的竹筒，默默地想了一会儿，反复摇晃，最后晃出一支竹签，"啪嗒"一声，掉在地上。她捡起来一看，上面写着"上上大吉"。

道士问道："你问的是什么？"

妇人说："我想问的是儿子的病，什么时候会好。"

然后，道士手握两片木制的杯筊，在手里摇动一会儿，最后撒手，把杯筊散落地上，反复三次，都是一正一反，胜筊。

杯筊打完了，道士打开签语，说："好啊，抽了一个上上签。"签语云："病来如山倒，病去似抽丝，今生多积善，去疾定有时。"道士解释道："你今生做了很多好事，积善了，这疾病就去得快。放心，几天过后，病就好了。"老妇人听了，连连点头，浑浊的眼里放出了光彩，她奉上一点铜钱，在神像前使劲磕了几个响头，又对道士师父道谢，然后满怀希望而去。

道士得了钱，眉开眼笑地对章哲说："你看，来钱这么快。我告诉你吧，我这里菩萨最灵验了。好吧，我去给你拿饭菜。"

他正要去厨房，又来了两个年轻女子。一个身穿绿裙子，一个身穿红短褂，都很年轻，明显是一主一仆。道士一脸堆笑地迎了上去，说道："你们是要问什么呢？"

穿红衣的女子说道："我家小姐，要问姻缘。"

道士说道："好啊，我这里的签最灵了。"

绿衣女子跪下，焚香，闭目，祷告一番。抽了一个签，上上大吉。道士为之问筊，三下都是胜筊。然后，道士为之解签。签语云："愿重龙神凤已知，莫把心肠更轻疑，误会若能功德解，便是祯祥作福基。"

道士看了看，说道："姑娘，这是一个上上签啊，你的心意，他已经知道，你们之间的误会，必将像乌云一样散去，以后会迎来大吉祥啊。恭喜姑娘啊。"

绿衣女子听了，白嫩的脸上飞起两朵红云，低头含羞不语。红衣女子很满意，拿出一些碎银子给道士。两位女子款款而行，走远了。

道士收了银子，笑得合不拢嘴。对章哲说道："你看，来钱这么快。我告诉你吧，我这里菩萨最灵验了。好吧，我去给你拿饭菜。"

章哲说："你这里上上签最多了吧？真是个好心的神仙菩萨。"

道士呵呵一笑，去厨房拿来一碗饭，递给章哲。章哲端起饭碗，说了声多谢。章哲吃着饭，饭上面一点青菜，青菜有点发黄了，饭是冷的，菜也是冷的。章哲慢慢地咀嚼着、咀嚼着。

章哲吃完饭。在一旁歇息，向道士要了针线，粗手指捏着针线，好不容易才将衣服缝补好。歇息了半天，向道友告辞。

道士说："好走，不送。"

　　就在这时，道观里的钟鼓突然自动齐鸣，像是在护送章哲。道士诧异不已，大声叫道："异哉，异哉！"

　　章哲笑笑，迎着寒风，迈出了坚定的步子，继续走路。

张庄

人生的事，来往如梭，心中有梦，不走云何？章哲走了许多天，身上的盘缠用完了，饥渴难耐，看到前面大路旁有一个村庄，便上前向人讨一点东西吃。有人见他身材高大，年纪轻，就说道："你好手好脚的，怎么以乞讨为生呢？"

章哲道："我不是乞丐，如果可以，我愿意做工换食。"

有人告诉他，这里是张庄，都是姓张的。村里有个人家做豆腐的，缺少劳力，可以在她家安顿下来。章哲就找到那家人。村子东头的茅草屋，那家只有女人，一个母亲，带着两个女儿在家。章哲说明来意，那妇人见章哲仪表不凡，心里欢喜，忙请章哲进屋坐下。妇人舀起一瓢豆腐花，端给章哲。"谢谢。"章哲道。喝完，只觉得心里沁甜。

妇人问道："你是何方人氏，到此有甚事？"

章哲答道："我是江西武宁人，出门访道，路过此地，腹中饥渴，特来打扰。不会吃白食的，可以为你打杂。"

妇人笑道："哦，远道而来啊，不容易。"

妇人四十开外，面庞黝黑，如男人一样的脸庞，精明能干。

两个女儿，一个十八九岁，一个十二三岁，都是黑黑的脸庞，模样还很俊俏。晚饭后，章哲要去挑水。小女儿带着章哲去。那水井在村子西侧，有点远。要经过好几家人的屋坪。一些村人见了，都跟小女孩笑着打招呼，说："你家来客人啦？"很多目光都落在章哲身上。小女孩也不说话，只是笑。

挑完水，妇人跟章哲聊天。告诉章哲，她自己姓张，女儿大的叫莲子，小的叫杏子。母女三人相依为命。丈夫患病去世几年了，留下这个做豆腐摊子，靠着村里人帮衬，一家人勉强度日。当然，也种了一点地，因为没有劳力，地种得不好，收成少。她又问章哲是否娶亲，为何要去访道。

章哲说，自己一心要求道，未曾娶亲。

张氏道："我知道，道士也有娶亲的。"

晚上，章哲被安排在房间里住，母女三人一间房住。

一间厨房，兼作豆腐加工房，一间猪圈，养了一头猪。一两个房间住宿。章哲睡的屋里，旁边就是猪圈，房间里散发着猪屎的气味。章哲还是睡得很香。

第二天，章哲问张氏，可以帮做什么，张氏想了想，说："你会挖地吗？我家还有一点荒地，需要开垦出来，到了春天可以种上庄稼了。"章哲跟着张氏去挖地。

就这样，章哲在张氏家干活，不觉就到了小年二十四。天空飘起了雪花。张氏在厨房忙着弄饭。章哲站在房里双手抱在胸前，默默想心事。莲子这时拿了一件棉衣走过来，说道："这是我父亲留下的，我重新絮了一下。"她给章哲穿棉衣，章哲顺从地侧着身子将胳膊伸进袖子里。莲子比章哲矮很多，仰着头看章哲。她的脸有点长，鼻子有点塌，眼睛却很美，宛若黑珍珠，嘴巴也小巧可爱。

"谢谢你。"章哲由衷地谢道。

腊月二十八。张氏叫两个女儿去山上祭拜父亲，叫章哲带着刀去，帮忙砍一下杂树茅草。三人走了一阵，到了小山包上。一片向阳的山坡上，坟包点缀其中。莲子说，就是这里了。莲子叫章哲帮忙砍一下坟上的杂树茅草。姐妹两个对着坟头磕头。

章哲看见一块日晒雨淋得已经灰白的木板，上面写着一些字。其中，有两句诗，引起了章哲的注意。写的是"半生学道访名山，一事无成总怅然"。

章哲问莲子，你父亲以前是修道的吗？

莲子摇头说不清楚。

回来后，章哲问张氏道："莲子的父亲聂坚先生，以前是修道吗？"

张氏道："你何以得知？"

章哲道："看了他的碑文。"

张氏道："哦，碑文上写了？那是他自己临终前写的，我们也不识字，不知道他写了什么。"

"聂先生是怎样死的？"章哲问道。

张氏便慢慢地讲述起来。原来，二十年前，张氏的父亲在地里劳作，带回来一个受伤的男子，就是聂坚。他是一个年轻的道人，不知何故受伤。在张氏家里休养几个月后，入赘了。

就在小女儿刚出世几个月，聂坚就接连几天吐血。他说自己不久于人世，自己写了墓碑，交代完后事就去世了。

"他留下了什么吗？"章哲问道。

张氏想了想说："你不说，我还差点忘记了。"她起身去房里，在木箱里翻检一阵，拿出一块布来。抖开，只见上面画了人体经络图，一些穴位上做了红色标记。

章哲看了一阵，不是很明白，就说："这个要保管好。"

张氏就将东西收了起来，仍旧放进箱子底下。

不觉到了年底，张氏一家做豆腐很忙，章哲的主要任务是挑水。来买豆腐的人，看到章哲都友好地笑。

除夕之夜，吃罢年夜饭，四人坐在厨房一角，地上烧起一堆火，坐着守岁，一边吃着炒好的黄豆。章哲给她们讲神仙故事，讲许真君斗孽龙的故事。三人听得津津有味。柴火熊熊，映照得人脸通红，满室如春。

"我先去睡了。"莲子说了一声，就起身去睡。张氏也跟着去，一会儿，张氏就回来了。三人又坐了一会儿，柴火渐渐要熄灭了。张氏将炭灰把火掩盖住，然后带着杏子去睡。

章哲回到房间，摸黑到了床边，刚上床，触到一个温热的身体。他惊慌下床，问道："谁？"

"哥哥，是我。"

"莲子？"章哲问道。

"是我母亲叫我来的，哥哥放心。"莲子说道。

章哲穿好棉衣，在地上打坐，默念《清静经》，一夜未曾上床。

大年初一，张氏早早起来，将大门打开，迎接新年的好运。章哲来到厨房，拿起水桶，要去挑水。张氏道："你歇着吧，今天过年，不用做事。"

午餐，桌上出现了一碗肉汤。张氏养的那头猪，腊月二十四就宰杀了，总共才几十斤肉，大多是用来还乡亲们的肉债了，家里只留下几斤肉过年。张氏特意舀了一碗肉汤给章哲。

杏子说："他碗里有肉还有鸡蛋呢，我也要蛋。"

张氏用筷子敲打了杏子的碗边，说："你快吃自己碗里的肉。"

莲子也白了妹妹一眼。

章哲这才发现，自己是特殊待遇，有肉还有蛋。章哲知道，张氏家里没有养鸡，这些蛋是从别人家换来的。他夹了两个蛋给杏子。杏子看了看母亲的脸色推辞着。章哲还是坚持把蛋放进了她的碗里。

章哲把肉和汤分给了张氏和莲子。张氏不解，说道："你这是做什么？嫌我做的汤不好吗？"

章哲解释道："不敢不敢，我是诚心修道的，要戒荤腥。我吃豆腐就好。"

"你们对我太好了。"饭后，章哲对莲子说。

莲子说道："你知道就好。"

章哲说："你们的心意我懂，可是我跟你父亲不同，我是一心一意要去修道成仙的。"

莲子说道："你莫非是铁石心肠吗？"说罢，眼里已经是莹莹泪光。

正月初二，太阳出来，照在雪地里，明晃晃的耀眼。村里有点热闹，村人走来走去，互相拜年。章哲已经打定主意要离开张庄了。张氏看来是要把他当成入赘的女婿，莲子对自己也是一往情深。而自己根本无意流连家的温暖，只想去寻觅心中那座山。如果自己再不走的话，误会就越来越深，伤了人心，走不脱了。

他对张氏说："我要走了，去远方寻道。"

张氏勃然变色道："什么？你就这样走了？我家莲子怎么办？"

莲子走过来，拉着母亲的手到一旁，耳语几句。

张氏这才知道，章哲并没有跟女儿同房。她叹了口气，走过来道："我还打算开春以后，叫你多种点庄稼的。真想你跟我们一起，把日子过得红火起来。可是你……"

"我知道你们对我好，大恩大德，没齿难忘。可是我注定是要去修道的，我不能忘记自己的梦。"章哲对着张氏和莲子深深作揖。

张氏道："唉，既然没有缘分，只好放你走开了。不过，今日才是初二，年还未过完，你住几天再走不迟。"

章哲连说感谢。知道就要离开了，章哲每天砍柴，挑水，挖地。让自己忙个不停。莲子每天在房里不出来，饭菜都是杏子送进去的。

正月十六，元宵节过后，章哲就要离开了。临行前，莲子送给章哲一双布鞋。鞋子是她这些天熬夜做成的，她的眼睛都是红红的。章哲知道这鞋子的分量，却推辞不掉，只得受了。他辞别张氏一家，头也不回地大踏步走了。他不知道，莲子一直站在坪里，望着远方渐行渐远的身影，直到消失成一个黑点。

寺中为仆

离开张庄后，章哲继续赶路。春寒料峭，路上还有雪泥，实在不好走。前途渺渺，不知"道"在何方。他缓缓地走在山路上，听到自己鞋子发出沉重的声音。白昼已尽天色将暮，不知今夜何处投宿。忽然，听到了一阵钟声。原来不远处有一座寺庙，钟声就是从那里传出的，望着寺庙透出的一些光亮，章哲心情好多了。

章哲走了好一会儿，才走近了这座寺庙。寺庙后面，是黑影幢幢的山。夜晚是黑暗的，只有寺庙的灯光穿透黑暗，投向远方。章哲站在庙门口，只见一个老和尚站在门内，微笑不语。

章哲上前施礼问候。老和尚问道："施主自何处而来？"

章哲愣住了，没有回答。

老和尚又问："去往何处？"

章哲就答道："就到此处。"

老和尚关好了大门，对章哲说道："施主可要用晚餐？"

章哲知道和尚不吃晚餐，便不想给他添麻烦，说道："不用了。"

老和尚引章哲到房间里休息。一晚无话。

天亮了，老和尚打开寺庙门，敲响了钟声。晨钟响起，惊起了山鸟。章哲起身，走到外面。清早的寒风扑面而来，阳光迟迟不现。

寺中，悬挂一幅唐代高僧寒山诗的书法，写的是："重岩我卜居，鸟道绝人迹。庭际何所有，白云抱幽石。住兹凡几年，屡见春冬易。寄语钟鼎家，虚名定无益。"

章哲正在诵读，老和尚微笑着走了过来。

章哲向老师父问安。老和尚与章哲握手。章哲感觉到老师父的手绵软而温暖。老和尚七十开外，身材瘦长，面貌清癯，脸色青黄，银须飘拂。他向章哲介绍道："此寺名为灵台古寺，坐落在一个悬崖之上。你看，我们脚下就是一个万丈悬崖。寺庙后面的山崖，一如狮，一如虎，风水很好。寺庙建于唐朝末年，有些历史了。寺里做的法事，曾经得到过皇帝的嘉奖。可惜如今香火不旺，老衲年迈，有心无力。幸好你来了，你我有师徒之缘。年轻人，你愿意学佛吗？我愿意收你为徒。望你能敬奉我佛，保一方平安，让香火旺起来。"

章哲说："谢过师父。实不相瞒，我自小立志学道，不学佛。此次出远门，便是访道而来。"

老和尚说："其实，佛与道，也有相似之处。并非水火不容。道家有《清静经》，佛家也求清净。念佛是为了得清净心，《阿弥陀经》上说一心不乱；《圆觉经》上说狂心不歇，歇即菩提。你有佛性，跟我学佛吧。"

章哲道："是的，我知道佛教里的观音菩萨在道教里是慈航道人，佛与道，可以并生共存。我学道，是为求长生，佛祖能传给我长生诀吗？不能吧，我还是想学仙道。"老和尚失望地叹息一声。

章哲说："老师父，我虽不学佛，但愿意在寺庙中为佛做仆人，为期一个月，不知可否？"

老和尚点头应允了。

于是，章哲在庙里干活。他每天忙个不停，打扫寺庙的卫生，挑水砍柴，开荒挖地。白天干活，忙忙碌碌，忘记了烦恼，晚上，章哲有时会想起自己的访道之旅，便辗转反侧，难以安眠。

光阴荏苒，转眼一个月就过去了，章哲要告辞。

老和尚道："你真的要离开了？我有点舍不得你啊。"

章哲道："感恩师父一个月来对我的关照。"

老和尚说："你我有缘，我传给你一套睡功吧。此功名为吉祥卧，乃佛祖所传，对你修炼大有补益。"说完，他躺在长凳之上，身体向右面侧卧，两腿合拢、微微弯曲，左手轻放在左大腿外侧上。那五根手指，枯瘦如松枝，却很苍劲。"练吉祥卧，边睡觉边练功，一举两得，何乐不为？你要注意，大拇指放在耳朵后边，其余四指放在太阳穴的地方。把手当枕头，但并没把耳朵盖起来。左手就自然放在身上。你要学会在安乐中入睡，在安乐中醒来。心地安乐，梦境也安乐。只有晚上睡得好，你才有精神去修炼啊。"老和尚谆谆教诲道。章哲仔细观看、聆听，然后点头道："受教了，谢谢师父！"章哲离开灵台古寺时，老师父赠给他一袋干粮，并祝他一路平安。章哲辞别了老师父，边走边想，老师父真是个好人。佛家的慈悲写在他的脸上，值得拜他为师。然而，自己一心向道，矢志不渝，只能与老师父就此别过了。

崖然山

章哲在路上听说崖然山有道士在修炼，还说那些道士很厉害的，有特别的功夫。章哲就打听着去崖然山的路。路上，章哲遇到一个打柴的老人。章哲一边帮他背柴，一边问路。老人指着远处一座山说，就是那座山。

辞别老人，章哲向那座山走去。不觉已经天暮，只好在山间一个岩穴里住了一宿。第二天，吃了干粮，继续走着。章哲走在山阴道上，前后无人，只有鸟鸣上下。下雨了。春雨淅淅沥沥。章哲一路小跑。头发与衣服都淋湿了。见路旁上方有个岩穴，赶紧爬了进去。这洞颇为宽敞，里面有许多木柴。柴堆后面，还有一个人，那人抬头望见章哲，打招呼道："进来了就好，外面雨大了。"他盘着头发，穿一身宽大的灰道袍。年纪看起来二十上下。

章哲施礼道："打扰了。"

那人说道："无妨。"

章哲见他道士打扮，便问道："你是这崖然山上的道士？"

"是的，我负责为道观砍柴，这是我放柴的地方。等下我担柴去。"

"道观离这里还有多远？"

"不远了，你要去吗？"

"是的，我也是修道之人，想去道观里拜师参道。"

"好，等雨停了，我带你去。"

年轻道士烧了火，让章哲烤干衣服。章哲就问他崖然山道观的事情。原来，这崖然山道观有近百年历史，现在，道观里还有几位道人，当家道长姓庄。道观很欢迎去修道的人。这位年轻道士姓李，来道观几个月了，每天只是打柴、挑水，还没有正式学丹道。"如果你进了门，就是我师弟了，打柴挑水也有个同伴了。"他高兴地说道。

雨渐渐小了。章哲跟着李道士爬上山路。到了山腰，左转，就看到一个阔阔的平地，一座道观赫然在目。门匾写着"崖然山道观"，还有一副对联："一身球敲铸铁骨，四季泉沐长精神"。两只石头狮子，头歪着，看着来人。

李道士带章哲见过当家的庄道长。

章哲行了一个礼，表明来意。

庄道长年纪四十开外，精壮的汉子，满脸横肉，留着络腮胡，一双小眼睛很亮，细细打量章哲，说道："你从哪里来的？怎么知道我这道观？"

章哲答道："我从江西武宁来，一路访道到此。"

"愿意来学道，我们很欢迎。不过，你要有吃苦的准备。先跟小李去砍柴，挑水，一年后才能学丹道。"

章哲说："我能吃得苦。"

章哲就在道观里安顿下来。庄道长叫章哲见过一位师伯、一位师叔，还有两位师兄。

早上，天刚亮，章哲就被李师兄叫醒了，说是去提水。李师兄提着一个小木桶去。章哲问，为何不挑一担木桶去？

"一天只能提这么多水。"李师兄说道。走了一阵，他指着远处一座小山峰说："我们去提水的地方，就是那里。那峰顶，有一石碗，称为仙水碗，碗里一年四季有清泉，祖师爷说这泉水是神仙留下的，可以帮助我们炼丹。"

走了半个时辰，才到那石碗处。在一个岩石顶上。二人爬上岩石，那石碗一尺见方，里面只有一碗水。每次只能舀半碗水，刚好够一小桶。李师兄舀满一桶水，两人提着往回走。

"这一点水，够什么用？"章哲不解地问。

"练习完丹道后，以这清泉擦洗身子，渗入经络中才有效。"李师兄解释道。

回到道观里，章哲听到一阵"嘀嘀嘀"的声音，只见五位道人在道观内练功。他们赤膊，手里各自拿着一个铁球，对着自己身上前后左右捶打。不一会儿，便打得浑身通红。

章哲看得目瞪口呆。李师兄拉着章哲的手说："别看了，我们还要去担柴。"

章哲在路上问："他们是在练丹道吗？"

"是的，这就是练丹道了，这是外丹的一种。以铁球捶打身上经络，最后使得奇经八脉经络全通，然后就得道了。"

挑了一捆柴回道观里，午饭后，章哲找到庄道长，说："师父，我想请教，我们这个丹道是怎样练的？真的是以铁球击打来疏通经络吗？"

庄道长说："这是我们崖然山独创的一门外丹功法。一百多年前，由祖师爷创下的。以铁球击打经络，用仙水碗里的泉水擦洗身子，口念咒语，大道得成。你不要心急，一年以后，我会教你的。"

"师父，你练了多久了？"

"我练了二十余年了。"

"有何感觉？"

"这个只能意会不可言传。以后你自己去练了就知道了。"

章哲住了一晚，思索良久，觉得这不是自己想要学的丹道。

次日，章哲辞别了崖然山，踏上新的路途。

石板江认义父

下了崖然山后，章哲在路上听说庐山太平兴国宫很有名气，便往庐山而去。章哲坐上了小船，漂了几天，到达浔阳石板江。这是个位于长江边的小镇，偶尔有载货的木船在此停靠。房屋街道井然，不算十分繁华，倒也不算偏僻。青石板砌的街道上，时有行人来来往往。街道两旁，有不少店铺，米店、布店、油店、铁匠店、扎匠店、酒楼、茶楼，一个店铺挨着一个店铺，一片兴旺。章哲心想，在此地应该可以找一份事做，解决温饱问题。有了盘缠之后，赶紧去庐山太平兴国宫访道。章哲向人打听，哪儿有打杂工的地方。有人告诉他，可以去货运码头看看，那儿或许需要人手。

章哲来到货运码头，东张西望。

有人过来问他："要找事做吗？"

"是的，我正要找事做。"章哲点点头说。

那人拍了拍章哲的肩膀，说："你今天运气好，这边刚好需要扛大包的。有粮食急着要运到外地去。你跟我来。"

章哲就随着那人走到一个地方。一堆码得整齐的粮袋，有人在那里扛粮袋。一艘大木船停靠在码头。长长的木板桥搭在船头和岸上两边。几个力夫正把粮袋从岸上扛到船上去。

章哲登记了籍贯、姓名，在死伤自负的契约上按了手印就开工了。他跟着别人一样，弯着腰，双手抓起一袋，往自己肩上扛。他从没有扛过这样重的东西，走在木板桥上，木桥吱呀作响，直摇晃。他凝神，深深吸一口气，气沉丹田，一步一步地走着。那木桥似乎变得很长很长。肩头的粮袋的重量似乎翻倍了。好容易走到了船上，把袋子扔在船上后，有人发给他一枚竹签，那是用来计数的。

扛了几袋之后，他的步子稳重多了，只是脖子压得不舒服。虽然是春天的太阳，阳光却有夏日的威风，越来越烈了，晒在身上火辣辣的，豆大的汗珠不一会儿就冒了出来。章哲咬着牙坚持着。一袋又一袋。来来回回十几趟以后，章哲就习惯了。

"到点了，大家先吃午饭，歇一会儿再干。"管事的人大声叫道。

这时，江风吹来，带来了阵阵凉爽，章哲长长舒了一口气。

饭后，接着干活。章哲在吃饭的时候，结识了一个朋友。那人叫梁栋，是本地人。得知章哲初来乍到，人生地不熟的，他邀请章哲晚上去他家里住。章哲笑着答应了。

时间过得很快，转眼就是傍晚了。夕阳的余晖照在江面上，将江水照得通红。粮食终于装完了。满载的木船告别了码头，向前方驶去。一片白帆隐没在夕阳里。

章哲领了一天的工资，小心放好。他跟着朋友梁栋走在街道上，进了一间低矮的房子。破旧不堪，简直不能遮风挡雨。屋里昏暗，一切影影绰绰的。

"儿啊，你回来了？"有人在暗处发出声音。

"娘，我回来了，还带了一个朋友来。"梁栋一回家，就高声叫道。

章哲这才发现，老人眼睛瞎了。家里就母子二人相依为命。唉，人间总有那么多苦难，章哲暗自叹息道。晚上睡觉时，章哲对梁栋说："如果有可能的话，用金丹治好你母亲的眼睛就好了。"

第二天，又有一堆粮食要装船。这艘木船比前一天的小点儿。

日暮，快要收工的时候起大风了，那木船停泊在岸边，波浪拍岸，木桥渐渐移动，歪斜了。梁栋踩上去，木桥从船上垮塌。梁栋连人带货掉进江中。章哲在后面看得分明，立马抛了粮食袋子，跳进江中救人。章哲抓住梁栋，要拖他上来。梁栋说，要把粮食捞起来。章哲将梁栋推到岸边，自己又去捞粮食。

二人从水中起来，章哲还扛起一袋粮食。岸上力夫齐声叫好。只有那管事的说，还好，没有损失一袋粮食。

章哲到了岸上，才发现自己的脚受伤了。或许是被江里的乱石缝崴伤了脚。他当时也没在意，还是坚持把活干完，扛了两袋才和大家一起收工。

晚上，那腿肿得很厉害。章哲自己推拿了一阵。

第二天，梁栋又去码头干活了。章哲说不去了，要去买药治脚。他找到一家药店，买了些跌打药膏贴上。他一拐一瘸地在街头转悠，寻思找一份其他工作。他觉得不能白白浪费时间，要早点去访道。

有人看到章哲腿脚不方便，以为他是个流浪的乞丐，就告诉他可以去找石公。那是一个善士，平日里供佛礼神，慷慨乐施，一定能帮助他的。

章哲见那人把自己当成了乞丐，便声明道："我不是要饭的乞丐，我是修道之人。"

那人又看了章哲一眼道："石公也是修道之人。"

章哲便问明了石公的住所，沿着青石板路一直找去。那不是临街的房子，他转过一座石桥，看到一个独立的院子。门楣上一块匾额，写着四个字，左右悬挂着一副木刻楹联，写的是"遵玉清上清太清三旨，参天道地道人道之宗"，果然是一个修道的人家。章哲看了，心生欢喜。木门虚掩，家里必有人在。章哲敲响铜门环。里面出来一个用人，问道："你找谁？"

章哲道："我求见石公。"

"你是谁，找石公何事？"

"我是修道之人，名叫章哲，来自武宁。烦请你通报一下。"

用人便进去禀报，随后请章哲进去。

院子中间是一个花坛，开满了鲜花，芬芳扑鼻，惹来了蜂蝶飞舞。章哲进了会客厅，见到了石公。石公坐在茶几旁，年过五旬，身材微胖，脸色红润，须发漆黑，精神矍铄，一团和气，观之可亲。章哲觉得石公仿佛是在哪里见过的一个亲人一样。

章哲施礼道："晚辈章哲见过石公。"

石公细看来人，只见章哲三十来岁，相貌堂堂，朴实无华，谦恭有礼，便叫他坐下喝茶。

"小兄弟看起来很面熟，莫非我们在哪里见过？"石公问道。

章哲道："晚生是武宁人氏，初次到此。"

"小兄弟因何到此？"

章哲便把自己从父母亡故后一路游历的经过说了一遍，一直说到自己腿受伤。石公嗟叹不已，说道："访道之路不易，修道之路艰难啊。不知小兄弟为何要修道成仙？"

"凡人的生命如一滴水，从高处不断坠落，直到灰尘里，只有神仙是天上的云彩，我不想做水滴，我要成为天上的云。"

"说得好！"

章哲接着说自己从小时即羡慕仙家之道，曾在自己家屋后的松树下静坐修道。

石公又问章哲下一步打算，章哲说想去庐山太平兴国宫。

石公说道："这个不难，我带你去即可。你先把腿伤养好吧。"

石公叫章哲撩开裤腿，给他看下伤势。看毕，石公道："无碍，未曾伤到骨头，我来帮你止痛消肿吧。"说完，他就撕开了药膏。章哲感到了体毛的撕掉之疼。

石公吩咐用人打一碗水来。他左手端起一碗水，右手指在碗上方虚空处写写画画，口里念念有词。章哲知道石公在写"讳字"。写毕，石公嘴里含一口水，喷在章哲伤处。一股清凉油然而生。不一会儿，章哲就觉得伤处再无不适之感。

"好多了！"章哲站起来走动。

喝完茶，石公说道："随我去书房看看吧。"书房里有很多书，以修道的书为主。墙上有字画，古色古香。

看到那么多书，章哲眼睛放光，说道："真好，这么多书。"

"我这些书，你都可以随意取阅。"

看完了书房，石公又带章哲去炼丹房参观。房间不大，墙上挂着很多葫芦。房子中间有一只金属的炼丹炉，炉火尚温。石公说："我这一炉丹药，只等几天就可以出炉了，到时候我们一起享用。"

章哲知道炼丹不易，说道："怎敢受此厚礼。"

石公道："我与你一见如故，十分投机，在我心中，已把你当作自家人看待了。丹药炼成，一起分享，岂不大妙。"

章哲说道："实不相瞒，晚生一进门，就觉得这房子很熟悉，像是前世在这里住过一般，见到石公你，我也觉得是一位久别重逢的亲人一般，不知为何有这种感觉。"

石公道："噢，如此说来，你我前世有缘啊，我没有儿子，不知我能否有幸收你为义子呢？"

章哲当即跪下，磕头道："义父在上，请受孩儿一拜。"

石公大喜，扶起章哲。带章哲来到念佛堂，拜见义母。义母睡在红色雕花的棺木里。石公说："她睡去十几年了。"

然后，石公叫用人备酒菜。石公带着章哲来到厅堂，祭拜了祖宗。把章哲的姓名、生辰八字都告诉了祖宗，算是正式收了章哲为义子。

下午，章哲去找了梁栋，并把自己拜石公为义父的事情告诉了他。梁栋说道："这是天大的好事啊，石公是我们这里的大财主，家财万贯，他只有一个女儿出嫁了，你做了他干儿子，以后，他的家产都是你的了。"

章哲道："兄弟错了，我是修道之人，不贪求钱财等身外之物，富贵于我如浮云啊。"

章哲拿了自己的行李，就住进了石公家。

那天，石公跟章哲聊天，讲他自己的事情。书房里，燃起一炉香，淡淡的青烟，淡淡的香味，淡淡的声音……

石公以前是以种田为业的，家里有十几亩田，都种了稻谷。那是秋天的一个早晨，石公跟着父亲一起去田里收割水稻。露水打湿了他们的脚。月亮还没有完全落下去，冰轮似的挂在空中。两人弯着腰，开始割稻子。那时，石公才二十来岁，正是干活的好年纪。父亲四十多岁，很健壮。他们都是干活的好手。这一年，风调雨顺，稻子长得很好，饱满的稻穗向大地低下了腰身。手中的镰刀早已磨得锃亮，只为了在丰收的田里一试身手。唰唰唰，镰刀吞噬稻秆的声音悦耳动听。一片片的稻子在他们身后躺卧。忙碌了一天后，这块将近两亩的大田里的稻子全部被他们放倒，只等第二天将稻穗装筐带回家。他们披着一身夕阳的金光，心满意足地回家去。

第二天，他们来到田里，打算把稻穗装进箩筐。眼前的情景让他们惊讶得合不拢嘴。只见田里满满的都是稻子，那些割倒的稻茬上重新长满了稻穗。他们把头一天的稻穗装起来后就继续割稻子。新长出来的稻穗没有什么异样，一样的饱满，沉甸甸的，仿佛可以闻到大米的香味。父子二人越割越带劲。嘴里不由自主地哼起山歌。

第三天，同样的事情发生了。田里又长满了稻穗。父子二人相信是得到了神仙的眷顾，才会出现这样的奇迹。于是，他们叫了亲戚朋友来帮忙收割稻子。整个秋天，他们都在这块大田里劳作，收获了一担又一担的稻子。家里稻仓堆满了稻子，还卖了不少。很多人听说这个奇事，特意来买这稻子。石公家从此变得非常富有，再也不用种田了，开始经商，之后生意越做越大，挣得了殷实的家产。石公平时也救济穷人，救人于困难之中，因而赢得了人们的尊重，人们都称之为石公。

章哲问道："义父，你那块田里出现如此神迹，你是不是做了一件功德很大的好事啊？"

石公说："后来我也想了想，为什么会这样呢？终于想起了一件往事。"

那是夏季的一天，石公一个人去田里耘禾。走在田塍上，听到水田里有很大的响动。一片秧苗都倒伏下去，一个白影和一道黄影在翻滚。石公走上前看，只见一条白蛇和一只金色的青蛙在搏斗。你来我往，斗得激烈。眼见那青蛙落了下风，被白蛇咬伤了腿，发出惨叫。石公心软，听不得弱者的惨叫，便挥舞手中的耘禾铲去追打那白蛇，口里还发出威吓的声音。白蛇见有人来帮忙，只得弃了青蛙而走。它那晒箕似的身子潜入田边的水渠中，游走了。那金色的青蛙，从水田里爬到田塍上，半立起来，大约有撮箕那么大，伸出两只前爪，合在一起，如作揖一般，对着石公拜了三下，然后，慢慢爬走。

石公当时并不在意，跟家人简单讲了几句。后来就忘记此事。秋天，田里出现神迹以后，石公才想起，应该是青蛙报恩。

"我跟你讲这个事情，主要是想告诉你，世上是有神迹的。凡人只要勤于修炼，一定可以成仙。我是想坚定你修仙的信心。"石公说道。

章哲点头道："是的，我也坚信不疑。谢谢义父教诲。我一定谨记于心。"

石公道："家境富有以后，我就搜罗修仙炼丹的秘籍，自己看书修炼。我也知道如果能外出云游，寻师访友，对于修道来说是大有益处的，然而，那时，一是要经营店铺，二来是你义母身体孱弱多病需要照顾，我因此不能走开。"

章哲问道："义母她？"

石公道："十三年前，她就病逝了，我不想她一个人孤独地睡在阴冷的地下，于是就让她一直睡在家里，我可以天天看着她。我用了丹药，可保她身体不至于腐烂。只是还达不到让她容颜栩栩如生。我打算以后就这样一直陪伴她，直到我也逝去，那时，我也要和她在一起。"

章哲不禁点头称许，望着义父慈爱的脸庞，暗叹道："义父真是个重情之人。"

兴国宫

那一天，章哲对义父石公说，想去拜访庐山太平兴国宫。石公说："甚好，甚好，我与你一起去。"当天，就备了马车，两人赶往庐山。

路上，章哲道："义父，你给我讲讲这个太平兴国宫吧。我只知道它很有名气。"

石公沉吟一会儿，说道："太平兴国宫在庐山西北。始建于前朝开元十九年，原名九天使者庙，由前朝玄宗皇帝敕建。话说一天晚上，唐玄宗做了一个梦，梦见了神仙的仪仗队，千乘万骑聚集在空中，四周祥云缭绕。其中，有一个人穿着红色衣服，戴着金色帽子，从车上下来，上前拜见唐玄宗说：我是九天的采访使，到人间来巡察探访，想要在庐山的西北面盖一所宫殿，在那儿，木石基址都已经有了，只是需要人力罢了。请你派人把这事办好。

"唐玄宗是个心里藏不住事的人，把这个奇异的梦告诉了大臣们。当时的宰相张说奏道，梦中所见，未必真实。如果九天使者有灵，就请青天白日降临，让文武百官一起朝拜。唐玄宗也不呵斥宰相大胆，敢于质疑皇上的梦，反而依言在白天设案焚香，诚心祷告。果然是心诚则灵，不一会儿，空中云彩放出光芒，巨大的白鹤翩翩飞来，仙人仪仗森然罗列，许多神仙现身在含元殿前。只见穿红衣戴金帽的九天使者坐在青龙驾驶的仙车上，瑞相端妍，仙姿曼妙。唐玄宗虔诚下拜，文武百官跟着跪拜。九天使者举起左手对着唐玄宗轻轻招手，似乎在嘱咐他别忘了盖下宫的事。唐玄宗心里明白，不住点头。

"天上仙人渐渐隐没，最后完全消失在云彩之中。唐玄宗和众大臣们跪看良久，依依不舍。这不是梦境，是大家青天白日所见。众位大臣转身对着皇帝口呼万岁，为仙人下凡激动不已。后来，唐玄宗命画家吴道子将当日所见神仙像画了下来。那一幅五百神仙图流传至今。

"见过了神仙后，唐玄宗立即派中使到庐山西北去查看，果然有基址在那里，好像刚刚被人力推开了场地，很是开阔，是个建筑的好地方。过了两宿，工地上一天晚上就来了上万根木材，根根都有水痕，好像是从水路运来的，也不知道是谁运送来的；还有那门殿廊宇的基石，都是自然变化出来的，并不是人筑造的，一个个都符合要求，不多也不少。工人们在建造的时候，每个夜晚都有五色的神光照耀着要盖宫的地方，明亮得像大晴天一样。盖宫的时候，人们挥斧做工，一点儿不闲着，却谁也不疲倦，精力充沛，心情愉快。十来天就把宫盖了起来。完工的时候，中使梦见一个神仙对他说：'赭垩、丹、绿各种颜料，宫北的地下就有，找一找就能找到，不必到很远的地方去找。'于是中使派人寻找，挖回来使用，一点也不缺。总之，完工后，建造得美轮美奂，令人惊叹不已。不久就有很多人来朝拜九天使者。"

章哲听了，赞叹不已。他便问道："九天采访使是何方神仙？"

石公道："九天采访使乃监御万灵之贵神，巡察三界，赏善罚恶之总司也。又名高上景霄九天采访使者、应元保运妙化天尊、庐山九天采访使应元保运真君，居九天保运宫。每年腊月二十三，九天采访使与三元考校天官、五方雷部判官、五岳灵官、酆都观王下降考核人间一年罪福，论功增算延寿。"

一路上，石公还跟章哲讲了很多关于九天采访使者的灵异事迹。章哲听得津津有味，还不时发问。不知不觉，马车停在太平兴国宫外。但见松杉翁郁，石径平铺，有一亭在路边，上有匾额"天下太平"。

青山为屏白云为帷，那宫观宛若在一幅山水画里。再走近，则听到水声潺湲，鸟鸣啾啾。

石公带着章哲过了一道度仙桥，径直来到九天采访应元保运真君之殿。九天采访使者的神像居中，相貌堂堂，威风凛凛。左右侍立着金童、玉女，还有两位灵官分列左右。

石公领着章哲跪拜，然后献上了香火钱。有道人前来招呼。石公说晚上要在宫中留宿。道人点头说好。

"你看这边，是六丁六甲护卫左右。殿内两壁，画的是上清太微二十四位真人，殿外两壁左画十二溪真，右画九江水帝、三江大王。殿前是左防观，右护法，阁下驿龙金虎大将。殿之左翼，三官大帝；殿之右翼，四圣真君。"道人在一边介绍道。

两人在道人的指引下看了一阵，章哲见这些神灵一个个相貌奇古，暗自赞叹不已。

道人带着石公和章哲在宫里继续观看。长长的走廊，壁上左边画的是九天采访真君自三皇五帝以来直到当今降现人世，右边画的是采访真君自兴置以来赏善罚恶、习仙祈嗣灵验事迹。道人边看边讲解，二人不住点头。

一会儿来到了转廊。这里画的是五百灵官像。这些灵官，一个个天冠绛服，相貌各异，态度恭敬，队伍整齐严肃，像是大臣们朝拜皇帝一样。"这一幅画是临摹吴道子的。"石公对章哲说道。章哲应道："确实很妙！"

透过玲珑的窗户，传来一阵阵诵读之声。章哲侧耳细听，猜测是道人们在诵读经典。道人说道："这是我们新办的道学研习班，招了十几名学员，今日是开学第一天。"

晚上，章哲对义父说："义父，我想留在宫中学道，你看如何？"

石公说："只要你愿意，一切由你自己做主。我当大力支持。"

翌日，石公随马车回家，给章哲报名学习，并留下了一些银钱。

要进兴国宫道学研习班里学习，先要入门考试。考的是默写《清静经》。听写一段《道德经》。这些都难不倒章哲。考完试，章哲顺利被录取。一位监考的道长还夸赞章哲的字写得好。有机会跟着大家一起学习，这使得章哲很兴奋。他想道：云游访道，漂泊经年，好不容易有了一个稳定的学道环境，自己一定要珍惜。只要自己认真学习，成道之事指日可待。

学堂不大，只能容二十余人。十几名学员，多的是中年女子，一人一桌。正式开始学习了。首先学的是"汉赋入门"。授课师父是一位中年道人。姓丁，喜欢昂起头，咬紧嘴唇，睥睨一切，一副自命不凡的样子。丁师父说，在道宫中，他的文赋功底是最好的，很多青词都出自他的手笔。为什么要学汉赋，是因为要学写青词。何谓青词？青词是我们道教举行斋醮时献给上天的奏章祝文。要求形式工整和文字华丽，即骈俪体，用红色颜料写在青藤纸上。为何要学青词，因为我们太平兴国宫写的青词非常好，得到了几代皇帝的青睐和嘉奖。从此以后，太平兴国宫以传授写作青词为学道之要务。

"你们想想，当你写的青词，能得到当今皇上的好评，那是多么荣耀的事情啊。我，就因为青词写得好，曾被皇帝召见过。我把我写的真君青词给大家念一遍，大家注意听。

真君青词

嗣守丕图，昧攸司之疏旷；适丁多事，骇成典之昭彰。爰命羽流，旋申祀事。十三帝尊崇禋礼，岂不伟哉；五百年福及生灵，今其时矣。誓坚香火，永答神休。兵革侵疆，师徒驻野。四蜀长淮之残酷，痛彻此心；九州率土之威仪，合归中国。恭惟九天采访应元保运真君，阐至灵于前古，隆徽号于本朝；当瑞命之应期，符生灵之积望；雷行号令，速扫妖氛，日扇祥风，将安善类。"丁师父微微眯着眼睛，摇头晃脑，念得抑扬顿挫，得意极了，嘴角起了许多白沫。

章哲这才明白，太平兴国宫的道学研讨班并不传授修仙炼丹之道，而是教人写文章。他就有点失望。他心想，修仙道，只靠做表面文章有用吗？青词写得再好，能代替自己的修炼吗？皇帝嘉奖又如何？

丁师父又说："大家一定要重视青词写作，要明白，这青词是献给上天的，得到了上天的眷顾，是我们修道之人梦寐以求的事情。"

后来，丁道长花了两天时间，把这篇青词细细讲解了一遍。再要求大家仿写一篇。章哲也应付了一篇，被丁老师评为差等。

后来的课程，是另外一位师父教写字。以宋徽宗的瘦金体为样板。这位书法师父说，青词内容好固然重要，但给人第一印象的还是一笔字。"字是门头书是屋"，写得一手好字，在献青词时就占了优势。希望大家把字练好。章哲写字的功底在那里，学起来倒也不是很费劲。

如此过了一个多月，章哲见不是自己想学的东西，未免开始有点懈怠，心生退意。

这一天，石公来看望章哲。石公问："学习感觉如何？"章哲摇摇头，说出了心里的想法。他说道："义父啊，我觉得这里也不是修仙之处。师父教的是青词写作和书法，跟我想象中修道不同。没必要把时光白白浪费在这里。我想回去了。"

石公认真听取了章哲的意见，觉得章哲说得有道理，就找到宫观里道学研究班的负责人，小心赔个不是，退了学，带章哲回家了。

丹药疗眼疾

回家以后，石公拿出一些丹药来，倒在掌心，递给章哲，说道："这是新出炉的，每天可吞服一粒，以酒吞服，连服七日，停两日，再服。此丹补肾，补肝，能明目，乌发。"

章哲接过丹药，心中一动，问道："义父，能否炼制一种丹药让失明者重见天日呢？"

石公道："这个难度颇大，以后可以一试。"

章哲便说："烦请义父早日炼制出来，我想拿去救治朋友的母亲。"他把朋友梁栋母亲眼睛有疾的事情说了一遍。

石公闻言，赞道："难得你对朋友有情义。好的，明日我就来研制药方。"

石公在书房翻阅藏书，查阅《黄帝内经》和葛洪的《抱朴子》。

"葛洪先生在其书中讲了九种丹药。分别是丹华、神符、神丹、还丹、饵丹、炼丹、柔丹、伏丹、寒丹。这九种丹药，只要能炼成一种丹药便能成仙，不必全部去炼。炼成服用后，想升天就去天上白玉京，想留在人间也可以，去留随意，出入无间。可惜这些丹药方子没有完整流传下来。"石公一边翻书，一边说道。

"丹道真是奇妙！"章哲赞叹道。

花费了几天时间，石公终于找到了一种可以治疗双目失明的丹药方子。只是药物比较难以配齐，又费了一番功夫，到了几个地方采购，才把药物配齐了。

章哲每天跟着义父看书、炼丹，光阴似箭，不觉又过了七七四十九天，丹药炼成。石公道："丹药成了，可以拿去一试。丹药分两种，大的调水外敷，小的吞服。"

章哲得了丹药，急忙赶去码头，寻找梁栋。初秋的天气，太阳有余烈。没有货物可以装载，几个力夫在树下歇息。梁栋闭着眼睛坐在石凳上养神。

章哲叫了一声，梁栋站起来了，于是二人往梁家走去。路上，梁栋在小摊上买了一尾鲜鱼。

梁母静坐在黑暗中，听到两个人的脚步声，问道："栋儿，是章哲来了吗？"

章哲见梁母还能辨出自己的脚步声，很是感动，说道："伯母，我来看你了。"

梁母说道："听说你在石公家住，还好吧？"

章哲道："好，一切都好。石公近日炼出了可以治疗眼疾的丹药，叫我送来给你试试。"

梁母笑道："石公真是个大善人啊，栋儿，你要好好谢谢他。"

梁栋说："娘，今日我赚了钱，买了一条鱼来，我来弄给你吃。"

梁母说："哦，正好叫章哲在家吃饭。"

章哲先用净水调了丹药，帮梁母敷眼睛。药刚一敷上去，梁母轻轻"啧"了一下。正在弄饭菜的梁栋听见了，赶紧过来看。梁母道："不碍事，不碍事。"

梁栋说："章哲，我可是相信你啊。"

章哲说："是的，请放心。"

梁母道："一千个放心，一万个放心。"

章哲又倒了一点热水，将丹药泡在里面，让梁母吞下。章哲又把丹药的冷敷和吞服方法详细讲解给梁栋听，叮嘱梁母记得按时冷敷和吞服，然后告辞。梁母一定要留章哲吃饭。章哲便说石公那里有事，要早点回去，便离开了。一个月后，梁栋来找章哲，说他母亲的眼睛能看清楚东西了，母亲要他来谢谢石公。章哲带梁栋见过石公。听说丹药起了作用，石公也很高兴。

章哲随梁栋去他家，见过梁母。"章哲啊，谢谢你义父的丹药啊，想不到我这把老骨头还有重见天日的时候。唉，可怜我儿子，因为我的拖累，至今未曾娶亲，如今我眼睛复明，事情就好办了，呵呵。"梁母站在章哲面前，半张开眼，激动地说个不停。章哲见梁母这个样子，心头也很欣慰，说道："伯母，这丹药继续吃，一直吃到你能看到穿针引线为止。""好，好，你们真是大好人啊。"梁母连连点头道。这一日，石公对章哲说："当今天下道观，以武当山五龙宫最为有名，吾儿何不前往武当求道？"章哲大喜过望，说道："前几天，我在邸报上看到当今皇上赐封了武当山五龙宫的事情，正有意去武当求道，未曾想义父就先于我讲出来了。"石公笑道："既然如此，何不整治行装择日动身？"章哲道："多谢义父成全。"

采药武当山

章哲 30 岁这年，从浔阳石板江渡过长江，然后骑马出发，前往湖北武当山。

一匹枣红色的马上，骑着一个身穿青色道袍的年轻道人，驰骋在春风里。马是骏马，盘缠又带得足够，这次章哲一路上倒也不算辛苦，过了些日子，终于赶到了武当山脚下。

远远望去，武当山拔地参天，气势磅礴，最高处有五个形状各异的山峰，在靠北面的两座山峰间，好似五个高大的仙人在此聚会。

章哲将马寄养在山下人家，徒步爬山。正值仲春时分，漫山遍野的绿叶，夹杂着一簇簇黄色、紫色、红色的山花。山间云雾缭绕，山泉潺潺，鸟鸣上下，令人心旷神怡。

凉爽的山风轻轻吹拂章哲的面颊，有仙气飘飘之感。章哲沿着狭长蜿蜒、崎岖不平的山路往上走着。

忽然，章哲听到有"啊啊啊"怪叫声传来，声音里含着巨大的惊恐。还有几声虎啸响起。然后就看到一只黑色的老虎咆哮而来，在驱赶一个人。那人二十来岁，衣着华丽，应当是富家子弟，此刻却狼狈不堪，大呼小叫，"老虎来了，老虎来了。"连滚带爬往山下逃窜，衣服都被树枝剐破了。他跑得急时，黑虎就停下来，跑慢了，黑虎就向前张牙舞爪咆哮。看得出，那黑虎并非要伤害那人，只是在驱赶他、威吓他。章哲站定不动，与那黑虎对视时候，觉得那黑虎似曾相识，忘记在哪里见过。章哲心里踏实，并不害怕，依然向前行走。黑虎只顾驱赶那人，一直往山下而去，不一会儿就不见了踪迹。

章哲三步并作两步，大步流星地来到了位于武当山天柱峰以西的五龙峰山麓，往五龙宫而去。五龙宫富丽堂皇，高大雄伟。两侧是青龙、白虎神像，各高丈余。五龙宫前有石阶，不知多少级，举目仰望道宫，若在天上。五龙宫元君殿基中部汉白玉须弥座上，供奉着铜铸镏金玄天真武神像，惟妙惟肖，栩栩如生。殿前是天池和地池，二股白水如缎源源不绝地从龙口吐出。

章哲走进宫中，拈香跪拜了真武大帝，投下了香火钱。早有道人前来招呼他。章哲说明来意。道人看了看章哲，问道："一路上来，可曾见过一头黑虎？"

章哲点头，说见过。于是把黑虎驱赶一人的事情说了一遍。

道人说："你见了黑虎，可曾害怕？"

章哲说："不怕。"

道人点了点头，说道："不错，你若是心有惧意也就不会站在这里了。你可知道，这黑虎乃是武当巡山之神，凡是没有诚意来学道的，都会因害怕黑虎而离开武当山。"道人于是带章哲去一个房间里，引他拜见了师父。师父是个中年道人，皮肤白皙，须发漆黑，两眼炯炯有神。

师父打量了章哲一会儿，问道："你从何而来，因何要来武当修道？"

章哲说："我自江西武宁县而来，自幼慕道，立志修行。闻说武当五龙宫天下闻名，得到了皇上的赐封，因此慕名而来，以求正道。"

师父沉吟一会儿，说："好吧，你留下来，先为本宫打柴挑水再说。"

章哲施礼道："谢谢师父。"

砍柴挑水这些活对于章哲而言都不在话下。做这些杂事的时候，还有一起学道的同伴，大家相处甚欢。如此过了三个月后，章哲就随大家一起去山中采草药。师父说，道医不分家。修道之人也要懂得治病救人的方法；治病救人，是积德，也是修道。

那绿色的武当山，是草药的宝库。师父说，百草治百病，每种草药药性不同，需要仔细辨认。师父拿着新挖的草药讲解，还教他们背诵药性歌。章哲本来就认识一些草药，在这里则认识了更多。他知道草药的好处，记得儿时，在仙人潭，柯愈之师父就教过他认识一些草药，救治了一些病人。那时，每当治愈了一个病人后，心里是无比愉悦的。

每天，章哲跟着师父和师兄们带着锄头、刀子、绳索等出门，还背个竹篓。上山时，要先拜山门：单膝跪下，燃一炷香，对山神告道："我今来宝山，采药为救人，恳请大山神，大开方便门。"师父说，祷告之后，上山采药才会顺顺利利。

在武当山，章哲还认识了一种武当特有的松萝。据说是当年玄帝的仙衣所化，生长在高峰古木之上，长的一丈有余，能治疗蛇虎汤火顽疮之疾；嚼叶吞服，吐滓敷疮，立愈。

静心阁

　　每天早饭以后，章哲就与同道一起学习医道。一间小房，名为静心阁，微微散发药香，这是章哲和十几位同道学习之地。

　　上课之前，大家在师父的带领下，先到走廊里葛洪仙翁和药王孙思邈神像前焚香拜三拜。章哲每天都觉得葛仙翁和孙仙翁在微笑地看着他，鼓励他。

　　进入静心阁，要抬腿迈一个很高的门槛。室内，十几张书案排列整齐。章哲坐在最后一排。房间在大殿深处，虽有雕花窗棂，采光还是不够好，显得有点幽暗，白天也需挂着几个大灯笼。

　　开课了，大家起立，微黄的灯笼，照见这些年轻的面庞。大家站立着，一齐背诵大医精诚："……凡大医治病，必当安神定志，无欲无求，先发大慈恻隐之心，誓愿普救含灵之苦。若有疾厄来求救者，不得问其贵贱贫富，长幼妍媸，怨亲善友，华夷愚智，普同一等，皆如至亲之想，亦不得瞻前顾后，自虑吉凶，护惜身命。见彼苦恼，若己有之，深心凄怆，勿避险巇，昼夜寒暑，饥渴疲劳，一心赴救，无作功夫形迹之心。如此可为苍生大医，反此则是含灵巨贼……其有患疮痍、下痢，臭积不可瞻视，人所恶见者，但发惭愧凄怜忧恤之意，不得起一念蒂芥之心，是吾之志也……"

　　大家的声音如此洪亮，像是发出铿锵的誓言。

　　就在静心阁里，师父给每个徒弟取了道号。章哲的道号是广惠。章哲很喜欢这个道号，"广泛地给人间带来惠利，是吾之愿也。"章哲对自己说道。

　　在静心阁里，师父教大家站桩、按导术、针灸术、艾灸术、把脉术。站桩，章哲不在话下，他有功底的。按导术，章哲一点就通。穴位他早已经掌握，义父教了不少；主要是新学一些按导手法。学针灸术时，章哲显得有点迟疑。在练习时，他不太敢把银针扎进师兄的身上。师兄们笑他"心太软"。别人在他身上扎针时，章哲反而无所谓。不过，练了一段时间后，章哲也能顺利地把银针扎进相应的穴位里去。

章哲学的是明灸，又叫"化脓灸"：直接将麦粒大的艾绒置于穴位上，艾绒点燃有一粒明火，烫得人哇哇叫；但那疗效却是十分好。

学了一年的医学之后，便开始学炼丹术。章哲学炼丹术很轻松，因为之前学过，内容差不多的。

然后，开始学辟谷。辟谷，就是教人不吃普通饭菜食物，而是在采食空气、阳光、朝霞。这门课有点新鲜，章哲学起来很认真。学了一段时间后，他就掌握了，能够顺利辟谷十几天。在辟谷期间，章哲没吃食物，但不感觉饿，人还很有精神，感觉自己身体很轻了，走路好像要飞起来。后来章哲才知道，师父是长期辟谷的，几乎不食人间烟火。

后来，章哲跟着师父学画符。学了一些治病救人的符法，也学了一些辟邪退煞的符法，当然，其中最神奇的是呼风唤雨的符法。

师父还教他们一些武功。武当山的武功很是厉害，章哲亲眼见识过。那是个深秋的夜晚，月色很好，章哲从屋里出来准备在大殿前练练拳。刚出屋，无意中发现一件异事：从山洞后的古林上空飘下一个人来，看不清面孔，却分明像是个老者。那人身体瘦瘦的，穿的单衣，头发有五六尺长，身体飘飞的姿态像在水中游泳一样，双手斜向前，一腿弯曲，一腿后伸，头发飘在身下有三四尺。那人围绕着大殿飘飞了一周，又静悄悄地向后山飘飞而去。

章哲佩服武当山的武功，然而，他志不在此，还是想修仙。

到了第三年，学完一些法术之后，师父说："广惠，你可以跟我学雷法了。"

终于可以学习雷法了。章哲非常激动。他知道，学习了雷法，就是向修仙之道迈进了一大步。

师父对他说："广惠，你听说过五雷轰顶这个词吧，我教给你的就是这个五雷轰顶之雷法。五雷者，一是天雷，二是地雷，三是水雷，四是神雷，五是社雷。五雷中有各自掌管的雷神，即是五方雷帝：东方轰天震门雷帝、南方赤天火光震煞雷帝、西方大暗坤伏雷帝、北方倒天翻海雷帝、中央黄天崩烈雷帝。所有雷神之中当以九天应元雷声普化天尊为首，雷部的最高天神，掌管复杂的雷神组织，总部为神霄玉府。以雷术、雷法降妖驱魔，维护人间正道。"

章哲曾经在梦中得到过白玉蟾的雷法，可惜只用了一次。这回，能自己修炼了，修成之后可以随时使用，岂不妙哉？他当然很是勤奋地学习。

学了一段时间，他隐隐有点不满足。这些雷法固然很奇妙，威力极大，然而，似乎离自己心目中的仙道还是有差别。他在思索着，在怀疑着。一天晚上，他梦见了一只白鹤。那白鹤的翅膀有车轮一样大小，尾部的黑羽如同黑裙子，身上的白羽如同洁白的衣衫，它嘎嘎地拉长声音叫着："章哲，章哲。"

章哲疑惑不解，问道："你会说话啊，怎么知道我名字的？"

白鹤道："我们是老乡啊，都是武宁人。我姓丁。"

章哲恍然大悟道："哦，你是丁仙丁令威。"

白鹤道："是啊，你在这里修道，很好啊，我来看看你。你这几天为何愁闷不乐？"

章哲道："我在此三年，学了不少东西，收获颇丰，可是我还是觉得道不在兹。"

白鹤道："好啊，听从你内心的召唤吧！何去何从，问问你的心就知道了。"说完，白鹤就翩然飞远了。

看守榔梅果

那天，师父把章哲从静心阁叫了出来，说道："广惠，你们师兄弟中间，就算你学得最用心，本领最强，为师给你一个任务，去看护榔梅果。此时，正是榔梅果成熟之际，有很多人觊觎此仙家妙果，你要仔细看护，不许他人偷走一枚。"

章哲领命而去。原来，武当山的榔梅果颇有来历。相传，真武大帝到武当山修行，过了乌鸦岭，他坐在一棵榔树下歇脚，对面几丈远的地方，又正好长着一棵大梅树。时值新春，梅树开花，清香阵阵。真武大帝见这梅花，心中喜欢，忍不住走上前去折下一枝来。然后，他将梅花插在榔树上，心里暗暗祈祷："梅枝啊！我若能修行成功，得道成仙，你就在榔树上生根发芽，开花结果；我若不能得道，你就花残枝枯，与我一起死掉好了。"

真武大帝坐在榔树附近的岩屋里诚心诚意修行一年又一年，后来修行成功了，梅枝就在榔树上长成了大树，结了香果。因为榔树上长着梅枝，人们就将这树叫作榔梅树，果叫榔梅果。此树后来经过真武大帝的加持后，结的果实非常神奇。病人食了榔梅果，立刻痊愈。老人吃了榔梅果，银发转黑，落齿重生，返老还童。

然而，到了宋代，这榔梅树结的果子很少，一棵树才结十来个，所以分外珍贵。

章哲手持宝剑，来到榔梅树下，站在那里，细细打量着榔梅果。这果子有小儿拳头大，金灿灿的，散发一股清香。

章哲在树旁走来走去，正无聊间，来了一个年轻女子。她大约十八九岁，一身粉红衣衫，身材娇小玲珑，眉目清秀如画。女子见了有人在看护榔梅树，走过来施礼，说道："这位道长哥哥，我母亲得了重病，需要榔梅果救治，能否赐给我一枚？"

"不可，不可，这仙果是武当山珍品，不能随意给人。"章哲摆摆手，当即拒绝了。

女子再三哀求，章哲还是不允。女子白了章哲一眼，说道："你见死不救，一点慈悲心都没有，还算修道之人吗？"

章哲急忙辩解道："非是我见死不救，只是师父令我看护此果，职责所在，不能依你。你母亲得了何病？可以请我们师父去瞧瞧。"

"好啦，不劳你们费心了。哼！"女子一脸愠色，拂袖而去。

不一会儿，来了一个老爷爷。他拄着拐杖，气喘吁吁地走到章哲跟前，说道："小师父，你是在这里看守椰梅果吗？我请你行个方便，我家老婆子得了急病，请了几个郎中，医治无效，都说只有武当山的椰梅果才能治愈，请你给我一枚果子，救人一命。"

章哲见老人说得可怜，心就软了。他正想摘下一枚果子送给老人，然而一想到师父的叮嘱，还是忍住了。他说道："老伯伯，没有师父的允许，我不敢拿武当山仙果送人的，你还是请回吧。"

老人叹息一声，摇摇头，转身走了。望着老人佝偻的背影，章哲也只能无奈地叹息。

傍晚时分，夕阳余晖里，走来了一个银发老婆婆。她拄着根竹杖，走路颤巍巍的，说道："我家儿媳，今日难产，特来求一枚仙果，救两条人命，请小师父网开一面。"

章哲沉吟了一会儿，心想，今天是怎么了，来了三个人都是要椰梅果治病。我已经拒绝了两个，心里已经十分不忍，如今这个老婆婆要一枚果子救两条人命，我怎么能再拒绝呢？师父平日说，医治病人是修道之法门，摘一枚仙果救人，想来也没有错。如果师父要责怪，我一人承当就是了。

章哲打定主意，就转身去摘椰梅果。他看不到身后，老妇人正在掩嘴偷笑。

章哲摘了一枚果子递给老妇人。老妇人早敛起了笑容，双手接过椰梅果，连声说道："多谢，多谢。"

章哲说道："不必言谢，你赶紧回家救人吧。"

老妇人转身就走了，走得那么迅捷。

师父知道丢失了一个椰梅果，大为不满，责怪章哲看守不力，要罚他到岩石前面壁思过十日。

章哲没有辩解，默默地来到岩石前，静静地坐下。坐在岩石前，章哲一动不动。风来了，雨来了，他也不曾起身。

面壁第十日上午，来了一个穿白衣的女子，对着章哲说道："你真是个老实人，叫你面壁十日，你就十日不动。唉，是我害了你。"

章哲抬眼看看女子，只见她年约十八九岁，娇小玲珑，正是那天在榔梅树前遇到的女子。章哲道："师父罚我，是我罪有应得，与你何干？"

白衣女子道："实不相瞒，那天三个找你讨要榔梅果的，其实都是我一人所扮。我家急需一枚榔梅果属实，没想到害你在此面壁十天。"

章哲听后，心想，这是何方神圣，易容术如此厉害。不由得仔细打量女子。只见她皮肤白皙，眉毛细如柳叶，眼睛圆若杏仁，笑意盈盈，吐气如兰。章哲皱眉道："你是什么人？"

女子笑道："我是武当山脚下的村民，姓许名嫣然，你叫我嫣然就好。"

章哲知道此女子来历不凡，不便多问，只顾闭目端坐，不再理睬她。

许嫣然见章哲不说话，颇觉无聊，便扯了一根小草，在那里把玩。一会儿，许嫣然说道："你再不说话，我走了，不理你了。"

章哲还是默不作声，端坐如钟。

许嫣然又说道："我真的走啦，不要来追我啊。"听那声音，仿佛就在章哲的耳朵旁说的。

过了一会儿，等章哲睁开眼睛，已经不见许嫣然的身影，想来她已经走远，不知所踪。

携剑辞武当

经过深思熟虑后，章哲决定离开武当山。他觉得，修仙之道，还要继续求索，武当山，不是自己的归宿。当他向师父辞行时，师父答应了，说道："广惠，你根基好，悟性高，肯吃苦，在此学道三年，已有些成就，原本打算再传你一些雷法秘技的，既然你想回家，我就不留你了，你以后领悟也能参透玄机，你好自为之吧，不要辜负上天对你的厚爱。"

章哲跪谢师父。师父给了他一柄宝剑，说道："为师赠你一柄宝剑，愿你以此宝剑斩魔卫道。你回去以后，不要向人提起为师的名号，你只要记住你的师祖邓真官就好。师祖曾教导我们，修道之人，要勿尚名，勿自誉，勿妄语，勿沉溺音色美食，慈心于物，柔弱不争，济世利人，周人之急，救人之穷，解人疾苦，施恩不求报。"

章哲跪在地上，接过宝剑，洗耳恭听，连连点头。

辞别师父，章哲来到大殿，跪拜了真武大帝。然后，和师兄弟们辞别。

章哲慢慢地走在下山的路上，时不时地往后望，直到看不见五龙宫了，他才不再回首。快走下山时，忽然，有人在后面叫道："等等我。"他转身看见一个白衣女子跑了过来，原来是许嫣然。她头顶上有只小鸟跟随着她。

章哲停了下来，疑惑不解，问道："你有何事？"

许嫣然来到章哲面前，已经是气喘吁吁，说道："没事，没事，一块儿走走吧。"

章哲知道这个女子古怪，便不再理会她，只顾自己走。章哲走得很快，大步流星的。许嫣然跟不上，就急得直叫："走得那么快，也不等等人家。"那只鸟儿竟然也开口学舌道："走得那么快，也不等等人家。"

章哲并不回话，脚步却悄然放慢了。许嫣然道："嘿，你打算去哪儿？你是回家吗？你家在哪里？"

章哲道："我家乡是江西武宁，我要回家乡去。"

"好啊，我跟你一起去。"许嫣然笑着说。

章哲停下了，注视着许嫣然，说道："你可不许胡闹，我不会带你一起走的，我乃修道之人。"

许嫣然道："我没有胡闹，我只是和你走在修道之途中。不行吗？"

章哲道："你从何而来，便往何处去，不要缠着我了。否则，我要把你送到你父母面前去了。"

许嫣然俏皮一笑道："我无父无母，你能把我送到何处去？"她肩上的一只鸟儿说道："无父无母，石头缝里蹦出来的。"许嫣然对着鸟儿啐了一声，道："就你多嘴。"

章哲停下不走了，说道："你到底想干什么？我可不敢拐带你走啊。"

许嫣然笑道："我在武当山住得烦了，一个人想去外面玩一玩，跟你顺路不可以吗？好吧，我走在你前面，就不是你拐带我了，是我拐带你，对吧？"说着，她就跑到了章哲前面去了。

章哲摇摇头，只好继续往前走。不知不觉，他又走到许嫣然前面去了。许嫣然突然跑到章哲前面，然后转身，对着章哲抱拳施礼道："正式认识一下，小女子名叫许嫣然，不知阁下高姓大名？"

"我叫章哲，道号广惠。"

许嫣然叫了一声："章哲，章哲，好名字。"

两人继续赶路。许嫣然一边走，一边哼起了歌儿。

那只盘旋在身边的鸟儿，也跟着唱起来。

下山后，走到一个集镇上，此时天色已晚。许嫣然找了一个旅店，要了两间干净精致的房间。许嫣然说："章哲，你付钱吧，我可是没有这个阿堵物。"

章哲付了钱，然后，坐下来，点了几个素菜。许嫣然要了一小坛酒。章哲说："你也喝酒？"

许嫣然道："修道之人，能不饮酒乎？岂不闻：童颜若可驻，何惜醉流霞？"说罢，取了酒杯，一人一杯斟满。

章哲笑笑，端起了酒杯，他知道，当年吕洞宾在梅林玉清宫修炼时，常常喝黄婆酿造的美酒。

喝过几杯后，许嫣然忽然轻声说道："章哲，我要告诉你一个秘密。"

章哲就停下酒杯。

许嫣然脸色绯红，娇艳可爱。眼睛有点迷离了。她说道："告诉你吧，我不是人，我是一棵树，会开花的树。"

章哲举起酒杯，说道："为一棵会开花的树，干杯！"

许嫣然端起酒杯，说："我是一棵修炼了上千年的樱花树，获得了人身，有变化之功。那天，我的朋友鼙鼙，就是这只鸟儿，受了重伤，需要椰梅果救治，所以我去讨要果子，变身三次，最后，你还是给了我一枚仙果，感谢你了。这一杯，敬你！"

章哲听了，愣了一会儿。他没有想到，许嫣然原来是樱花树精。

许嫣然看出了章哲的迟疑，便说道："我知道你是诚心向道之人，绝不敢欺瞒你，更不会害你，我虽非人类，也有向道之心，想跟随你一起修炼成仙，但愿你不要嫌弃我非人类才是。"

章哲见许嫣然说得恳切，便端起酒杯说道："难得你有向道之心，既然你我都诚心修道，结伴而行也未尝不可。来，满饮此杯，一切尽在酒中。"

许嫣然道："今生今世，结伴而行，一起修炼，同登玉京，可否？"

章哲点头道："今生今世，结伴而行，一起修炼，同登玉京。干杯！"

许嫣然大喜，一饮而尽。旁边那只鸟儿叫道："今生今世，结伴而行，一起修炼，同登玉京。好，好！"

章哲说道："你这只鸟真是聪明伶俐。"

许嫣然说道："鼙鼙能解人意，是我的好伙伴。"

章哲看着鸟儿，微笑着。

是夜，章哲一夜无梦，睡得很好。

仙人尖

章哲带着许嫣然往武宁县这边赶来。在官道上，二人像寻常人一样慢慢走，走在人迹罕至的小路时，两人施展功力，脚下生风，于草尖上、树顶上，迅疾而行。鸟儿翩翩绕着他们头顶飞，偶尔鸣叫，增添途中乐趣。一路上，许嫣然不停地问章哲以前的事情，想多了解章哲。许嫣然知道，章哲此次回武宁，当然是先到自己的家乡仙人潭了。二人日行夜宿，几天之后，就到了武宁县澧溪镇仙人潭。

离开家乡六载有余，村庄几乎没有什么变化。章哲未曾进屋，就先到石渡乡桂林村。在父亲坟前，跪在地上，磕了三个头，说道："爹，孩儿学道归来了。"

许嫣然也焚香作揖。她蹲在地上，认那碑文。她对章哲说道："哦，你父亲名叫章克端啊。"

然后，她站了起来，环顾四周，赞道："这个地方好，奇峰叠嶂，各朝拱老祖少祖，顺来龙脉。左青龙，右白虎，回抱有情。真名地也！"

"不错，你对风水有见解啊。是的，这个地形名为猛虎跳涧。确实是个好地方。"章哲夸奖许嫣然道。顿了一顿，章哲皱眉道："这个好地形，就怕有人来谋夺啊。"

那天，章哲和许嫣然到流洞，走近章母坟。许嫣然看到这里山环水绕，叠叠峰峦，左蛇右龟，把守水口，坟墓面前有香炉山、木鱼案，层层矗立，不禁赞道："这里的风水很好啊，与你父亲那儿的风水未遑多让。"

章哲点头道："是的，这里的地形为上山凤，穴在凤翅。"他还把那天葬母的事情讲了一遍。许嫣然听了，点头赞叹不已。

章哲来到母亲坟前，跪在地上，磕了三个头，说道："娘，孩儿学道归来了。"许嫣然也焚香作揖说道："陈老夫人，嫣然来看望你了。"她蹲在地上，读那碑文，说道："你母亲陈和太是大沙洲人啊。"

章哲点了点头。许嫣然看到了墓庐里的守坟石像，对章哲说："这个石像，还跟你有几分相似。就是比你更呆里呆气些。哈哈。"

章哲带许嫣然回到仙人潭，打开自家生锈的门锁，扫除了室内室外。这时，章哲的堂兄弟们都来看他，问长问短，邀请他和许嫣然到家里吃饭住宿。

　　歇了一天后，章哲带许嫣然在村里走走。小鸟罂罂也跟随左右。村子是坐西朝东的，一直走到村口，就是修河。河道中，山脚下有一个深深的水潭。潭水是深碧色的，望不到底。潭水有多深？当地人都说是四两麻线探不到底。章哲道："这就是仙人潭了，说是跟神仙卢医扁鹊有关。当年，他就在村子西南边的卢医尖上修炼。"

　　罂罂飞到水面上，和其他小鸟嬉戏。它飞过来对章哲和许嫣然说道："你们也来玩啊。"许嫣然道："你开心就好，不要管我们。"

　　雄踞水潭上的是一座小山峰，高不过百丈，满山葱翠，有一股灵气。章哲指着山峰说道："我们可以在这山上建炼丹亭修炼。"

　　"好啊！"许嫣然说道。

　　二人登上了小山之巅。章哲指着远方说："看见了吗？那是柳山，那是辽山。都是武宁的名山。"二人在山顶附近，发现一平地，不到半亩，可以建造房子。仙人潭章姓族人，得知章哲要造房屋，都来帮忙，十几天后，山上就建起了一间房舍，还有一个炼丹炉。

　　章哲在山上采药、炼丹。他还带许嫣然去卢医尖，瞻仰了神仙卢医扁鹊的塑像。章哲在卢医扁鹊跟前祷告道："我要像你一样，炼出灵丹妙药，救治苍生，修成仙果，愿你保佑我心想事成。"

　　在卢医尖，章哲发现了十几种很好的草药。小小山峰居然藏了不少稀缺草药，难怪当年卢医扁鹊会选择这个不起眼的山峰修炼。这山，有灵气，章哲在卢医尖上采了很多草药。

　　从此，章哲就在小山上采药炼丹。他炼出的草药丹用来救治附近的村民，很是灵验。人们都说当年的神仙又回来了。于是，当地人把章哲炼丹的无名小山，称为"仙人尖"。

　　一个月圆之夜，章哲和许嫣然在仙人尖上静坐修炼时，许嫣然突然说："好浓的鱼腥味啊，真受不了。"

　　章哲耸了耸鼻子，也闻到了。他细察之下，知道这鱼腥味是从仙人潭飘出来的。他和许嫣然飞下山，停在水潭上空看，只见潭中有三条大鱼，半身露出水面，在对着圆月吐气修炼。原来，这腥气就是大鱼散发出来的。章哲找了当地的土地神询问，为何仙潭里有这么多大鱼，简直要成精了。

土地神说："当年卢医扁鹊在这水潭里沐浴时，随身带的药葫芦里掉了两粒仙丹，让两条小鱼吃了，修炼成精，最后变成了龙，升天而去。这三条鱼，是它们的后代，也要成精了。它们也不害人，只在这水潭里安静修炼，月圆之夜就出来望月吐纳。"

章哲谢过土地神，和许嫣然回到仙人尖上。

"这地方住不得了，鱼腥味太重。"许嫣然说道。

"是的，这腥味有碍我们清修。这水潭是大鱼的地盘，我们不能赶走它们，只有我们自己走了。"

于是，章哲和许嫣然就离开了仙人尖，一直往东方走去，寻找新的炼丹修道之处。

吴王峰上守墓猴

许嫣然打扮成一个小道童，跟着章哲行走。二人来到吴王峰脚下，章哲驻足，在那里观望。一个中年樵夫挑着一担柴，在那里歇息，看见章哲在望山，就说道："道长，你是想去爬这座山吗？"

章哲道："是啊，我远远望见这山如啸天之龙，气势不凡，定然是风水宝地啊。"

樵夫说道："道长还真是有眼力，这山，我们就叫它为啸天龙，又叫'吴王峰'。"

许嫣然问道："为何又叫吴王峰呢？"

樵夫道："这个，说起来就跟吴王孙权有关系了。好吧，反正我也不赶时间，我就给你们两个人聊一聊吴王峰的故事吧。"他看了看许嫣然腰间的酒葫芦，问道："里面还有酒吗？"

许嫣然赶忙将酒葫芦递过去。樵夫也不客气，接过葫芦，仰起脖子，就往喉咙里倒。

樵夫满足地揩了揩嘴巴，开始讲起吴王峰的来历：

"东汉末年，有个叫孙钟的人在这山脚下种西瓜。他种的瓜个头不大，但是很甜。他就靠卖瓜为生，养活妻子和老母亲。他是从浙江那边过来的，在这里也没有田地，只能开荒种瓜。一天，他在卖瓜。这时，有三个老人路过，说是又饿又渴，想买瓜吃，可是没钱。孙钟见三个老人眼巴巴看着西瓜的样子，就说，没钱也不打紧，送给你们吃吧。三个老人就狼吞虎咽地吃了，吃了一个，又吃一个。孙钟也不在意。第二年，孙钟的母亲死了，还没有安葬。这时，那三个老人又来了，说道，你是个有善心的人，去年白吃了你的瓜，没有什么报答的，如今，给你母亲指一个安葬的风水宝地吧。三世以后，你家必出大贵之人。

"孙钟听了，也没说什么。那三个老人说完，化作三只白鹤飞走了。孙钟这才明白，自己遇上了神仙。于是将母安葬在这山顶上。那真是个风水宝地，早晨迎日出，晚上送阳归。风扫地，月点灯；日有千人朝拜，夜有万盏明灯。孙钟后来生了儿子孙坚，孙坚生了儿子孙策、孙权。孙权称吴王，就是吴国皇帝，与刘备、曹操成三国鼎立之势。因此，这山就叫作吴王峰了，墓就叫吴王墓。那坟堆是铁水浇铸的，上面草木不生。我猜测啊，这铁水想必是吴王孙权后来派人浇铸的，孙钟那时家境贫寒，哪里有能力做到这个。据说这铁坟冢里面藏有宝物，常有人来登山察看。我是要担柴回家，不然的话，可以带你们上山去看那墓，就知道我所说不虚了。"说罢，樵夫就担起柴担走了。

许嫣然对章哲道："这个故事有趣得紧。我想马上爬山去看看了。我们走吧。"

樵夫忽然回过头道："二位，去看吴王墓时，小心两只金丝猴，不要惹它们。"

章哲听了，向樵夫道谢，就和许嫣然上山去了。登上云涌雾绕的山顶，纵目遥望，群山环峙，莽莽苍苍，远接天际。脚下村落、道路、田舍，恰似一幅气势磅礴的画卷。峰顶靠西有一平坦之处，果真见到一墓。墓高广约数十步，坐东朝西，土质坚硬，灰褐如锈，似铁锅覆盖，不生茅草，旁有大竹一片，竹梢均弯向冢堆。风吹竹摇，拂拭冢面，光洁如扫。

"好一座铁坟冢。"许嫣然说道。一阵山风吹过，许嫣然打了一个寒噤，说道："我感到有点冷呢，身上有股凉飕飕的感觉。虽然这个地方风水好，我看，不适合我们修炼吧。"

章哲道："你说得有道理。这里的风水虽好，只是适合阴宅，不适合人居，我们还是下山去吧。"

"吱吱吱吱吱吱！"几声怪叫响起，突然，有两团黄色的影子分别向着章哲和许嫣然扑了过来。章哲眼疾手快，将手中拂尘扫了出去。两团黄影子掉在地上，原来是两只金丝猴。许嫣然道："我们可没有惹你们啊。"

"吱吱吱吱吱吱！"两只猴子又一齐对着章哲攻来。它们步法轻盈，双爪挥舞，双腿一前一后踢出去，颇有章法，看来是训练有素的。

章哲不想伤害它们，只是侧身躲闪。

许嫣然道："你跟它们斗几下吧，我想看看它们的武功路数。"

章哲笑道："这有何难。"

章哲挥动拂尘，分上中下三路，接连攻出几招。

金丝猴手忙脚乱，怪叫着后退，逃进了离吴王墓不远的岩洞里。不一会儿，金丝猴跪下，低着头，双爪托着一件东西，吱吱吱地叫着。

许嫣然听得懂猴语，说道："这两只猴子，把它们的猴毯献给你，请你不要伤害它们，离开此地。"

章哲道："我要它们的毯子做什么？"

许嫣然接过了毯子，拿在手上细看，只见这猴毯乃是由金丝猴的绒毛织成，并非人工，而是由黏液作胶而成。毯子宽四尺，长六尺，光洁密致，只是不修边幅，金光闪闪，又软又暖，实在是难得的好物。"这猴子实在是聪明，还知道献上宝物求饶。"许嫣然笑道。

章哲道："我们不要这个，你还给它们吧，告诉它们，我们马上就走，不会在这里的。"

许嫣然就把猴毯还给了猴子，对金丝猴说道："我们马上就走，不要你们的东西。"

金丝猴又"吱吱吱吱"地叫了一阵。许嫣然道："它们说一定要我们收下呢。"

章哲还是坚持不收，说了声，我们走吧。

许嫣然于是说不收。金丝猴吱吱吱地叫唤着。

章哲和许嫣然就跃下了吴王峰。

卧牛山

　　章哲带着许嫣然日行夜宿，到了横路乡新溪村境内。

　　"章哲，你看那座山，多像一头卧着的水牛啊。"许嫣然指着前面的一座山说道。章哲望去，见那山果然如一头大水牛卧在地上。章哲向一位农夫打听，得知那山名字就叫卧牛山。章哲一听此山名，大喜。他对许嫣然说道："卧牛山，这山好啊。你可知道，牛与我们道家有不解之缘。当年，老子就是骑着青牛出函谷关，传下了《道德经》。紫气东来四字就是打这里来的。庄子也写过《庖丁解牛》的故事来喻养生之道。我们今朝能遇上卧牛山，也是我们修道的缘分啊。"

　　许嫣然道："好啊，我们立马上山。"

　　二人往卧牛山走去。走了一阵，许嫣然说口渴难耐。章哲施展道法，口中念念有词，手往山路旁一指，出现一个水氹，如一口铁锅一般大小，涌出清清泉水来。许嫣然双手捧起泉水，一连喝了几口，赞道："清甜可口，凉入肺腑。"此后，过往行人常常在此水氹取水喝，歇息一番，人们遂称此地为"指井氹"。

　　两人往卧牛山上爬去，却见卧牛山上有两个小山坡，一如龟，一如蛇。章哲见了，啧啧称奇，这龟蛇二山坡，与武当山龟蛇二峰何其神似。

　　时值夏末，山上树木茂密，青郁葱茏，散发着草木清香。林间百鸟争鸣，自得其乐。罂罂似乎很是开心，盘旋起舞一会儿，就追逐其他的鸟儿玩耍去了。

　　章哲站在山巅，眺望远方，山下有田园村庄，不远处有两条小河，如玉带飘过，又有两山，一左一右，如忠实的侍卫默默守护着卧牛山。

　　"好吧，就选在这里修炼了。"章哲对卧牛山一见倾心。

　　"只是这山上没有房屋，如何安顿下来？我露天是可以的，你不能不住在屋内吧？"许嫣然说道。

　　章哲道："这有何难？"说罢，他走到一丛茅草前，把茅草的顶部纠成一团，结成一个顶子，把茅草打理成一个小茅棚。然后，如法炮制，又做了一个小茅棚。他自己弯腰坐进了茅棚里，打坐。说道："你到那个茅棚里打坐吧。"

许嫣然也坐在了茅棚里。鸟儿鼙鼙在许嫣然茅棚里歇息。

二人闭目打坐。这一坐就是三天三夜。

三天后，许嫣然起身了，说道："我有点口渴了。"

章哲也起身为许嫣然找水。在一块岩石后，找到了一些水。许嫣然凑上去，半天才喝到一点。"喝点水这么难！"许嫣然说道，"你再用手指弄一口水井出来吧。"

章哲笑了笑，施展法力，默念口诀，手握剑诀，用脚一顿，陡然一股清泉，如一条小白龙从地面跃出，形成一口水井，足有两尺见方，十多丈深。许嫣然捧起泉水，喝了几口，赞道："平地涌出白玉壶，松风泉水声相呼，美哉，美哉！"

喝了水，许嫣然说去寻找野果子吃。章哲也在卧牛山上四处走走，发现了一块大石头，像一张眠床那么大，石面光滑如镜。他坐了上去，打坐修炼。许嫣然采了野果回来，见了，也坐了上去，一边自己吃着果子，一边往章哲嘴边送果子。"这石床真好，天生有灵气的，坐在这上面修炼，事半功倍啊。以后我们就在这修炼吧。"许嫣然说道。

第二天，章哲和许嫣然又来到石床前，打算上去修炼，发现上面已经坐了两个身段窈窕的女子，一白裙，一青裙。她们同时转过头来，望着章哲与许嫣然。

"你们是什么人，怎么占了我们的石床？"许嫣然皱眉问道。

青裙女子道："是你们的床吗？你们在这里睡的？"

许嫣然被她这么一说，竟然一时语塞，无言对答。

白裙女子下了石床，道："你们放心，我们只是偶尔路过，见此石床可爱，歇息一番，绝不敢抢占你们的爱物。"

章哲见两个女子，清丽出尘，有如仙女下凡，心中涌现一股说不出的崇敬之感，低声说道："打扰二位仙子了，我们也是刚刚上山，并非石床主人。"

白裙女子示意青裙女子下石床，二人就走了。青裙女子临走，还回头看了看章哲和许嫣然。那回头一瞥，似乎意味深长。

她们走后，看不到背影了，许嫣然突然惊叫："我知道她们是谁了，赶紧追去。"说罢，她飞奔而去。

眼见白裙、青裙二女子还在下山路上，许嫣然叫道："两位姐姐请留步。"

白裙、青裙二女子果真停下脚步，回头看着奔跑过来的二人。

许嫣然道："请原谅樱花妹妹眼拙，一时没有认出二位神仙姐姐。白姐姐、青姐姐，你们怎么移步到这卧牛山来了？"

白裙女子道："樱花妹妹好，我们姐妹二人得知武宁县大洞双河口，为我们姐妹设了一个双龙观，今日得闲无事，特意过来看看。路过卧牛山，见风景极佳，便在山上小憩。"

青裙女子道："樱花，你还不赶紧回去，当心那石床又被别人占了。"

许嫣然脸上一红，说道："青姐姐取笑了。"她又侧着脸对白裙女子道："白姐姐，我有事相求。不知当讲不当讲。"

白裙女子道："但说无妨，今日有缘相见，我当尽力助你。"

许嫣然道："在修炼的过程中，我还有一些困惑之处，望姐姐指点一二。"她便接着说了一番。白裙女子回复了几句。许嫣然听后连连点头。章哲听得明白，无非是坤道修炼的关窍。

"谢谢白姐姐。你太好了！"许嫣然眉开眼笑，欣喜不已。

白裙女子笑笑，便和青裙女子下山而去。

许嫣然望着她们的背影，一直看着她们消失在远方。

章哲问道："她们是何方仙子？"

许嫣然道："她们就是观音菩萨的爱徒，白素贞和岑碧青。她们原是峨眉山上一白一青两条蛇，后来经过观音菩萨的点化，修炼成仙了。我真想不到在武宁遇到了她们，还有幸得到白姐姐的指点。"

试火炼丹亭

送别了白素贞和岑碧青二位仙子，章哲与许嫣然来到卧牛山西边走走。那里矗立一山崖，如一伏地狮子，昂着头颅，开口朝天。许嫣然道："这石头好，我给它取个名字，就叫啸天狮子岩吧。"

章哲拍手道："好一个啸天狮子！"

正说着话，天上突然乌云翻滚，狂风大作，下起大雨来。二人就在狮子岩下避雨。

风吹雨斜，千条万条雨丝斜斜地打在地上。许嫣然不好好站在岩石空隙里面，偏要出来，以双手捧雨。

突然，章哲开口说道："我们如今首要的任务是建造一座炼丹亭，开始炼丹。"

许嫣然道："好啊。这雨淋着好舒服啊。你也一起来淋雨吧！"她一边说，一边站在雨里，大呼小叫的。她的裙子早湿透了，贴在身上，把全身的曲线显露出来。

章哲见了，皱眉说道："许嫣然，你换一个妆扮吧，换成一个老婆婆的样子。"

许嫣然扭过头来，说道："怎么，你不喜欢我这个样子，反而喜欢老婆婆的样子吗？真奇怪。"

章哲道："我们在此长期修炼，难免会遇到世俗之人，若被他们看到我与一个美貌的女子在一起，难免被人说是非。你看，今天岑碧青就有点疑心我们了。不如你我以主仆相称。只是委屈你了。"

许嫣然沉吟一会儿，转过身子，变作了一个身穿灰色衣裙的银发老婆婆，开口说道："我家儿媳，今日难产，特来求一枚仙果，救两条人命，请小师父网开一面。哈哈哈。"说完，她自己笑弯了腰。

章哲见了，呵呵一笑。

许嫣然道："既然我是个老婆婆了，许嫣然这个名字也用不得了。请主人给我换一个名字。"

章哲想了想，说："人若问你姓名，你就说自己叫许言好了，许可的许，言语的言。"

"谢谢主人赐我名字，许言这厢有礼了。"说着俯下身道了个万福。

章哲开始在山上寻找麻石块，弄了好久，亲手砌成一个石头亭子。亭子高丈许，亭顶如轿顶，六边形，内径约有一庹。

然后，章哲下山去，购置了铜大锅、铜炉罐、铜瓢、铜碗、铜筷子。还请人砍伐了一些树木，拖了些稻草来，盖成几间房子。于是，二人在山上有了安身之地。

章哲开始在山上四处采药，预备炼丹。当地有个农夫叫聂启兴，是个孝子，为了治其母的重症，到卧牛山上求章道长赐药。他从家里出发，经过卧牛山西边一山垅，只见那里森林茂密，怪石丛生，曲流清泻，风景宜人。

进垅左边，有一悬崖峭壁十多丈高。传说那岩上长着名贵草药"宝石耳"。那天正是雨后天晴，岩上出现一把红罗宝盖伞，放射红光。聂启兴见了，知是传说中的神药宝石耳出现，于是前去取宝。他用又粗又长的麻绳从上面吊着，慢慢往下爬去。到山崖半腰时，红光不见了。他便细细寻找。

这时，飞来一只鸟，开口说道："苦呀苦，三股麻绳断两股。"聂启兴听得分明，抬头一望，看见一只白老鼠正在啮噬绳子。聂启兴连忙往回爬上去，惊走了白鼠，保全了性命。好险啊，如果不是小鸟报信，自己就会摔下悬崖，一命呜呼了。聂启兴对小鸟说道："谢谢救命之恩。"

这只鸟，当然就是鼙鼙了。它说道："要治病，炼丹亭。"说完，它就在前面飞着，似乎在带路。

聂启兴就跟着鸟儿鼙鼙，来到了卧牛山炼丹亭旁，找到了章哲。聂启兴说明来意，章哲便说需要去他家看看病人再对症下药。

鼙鼙飞落在许言的肩头，鸣叫不已。聂启兴便说刚才幸亏神鸟报信，把自己探宝遇险的事情说了一遍。

许言赞道："好朋友，救人一命，有大功劳。"

章哲随聂启兴来到卧牛山西边悬崖处。聂启兴指了指出现宝石耳的地方。章哲施展轻功，跃到悬崖边，搜寻一番，将宝石耳采到手。

章哲看了看宝石耳，说道："这是好药材，能治疑难杂症。是你发现的，跟你有缘，就拿去给你母亲治病吧。不过，要在我的炼丹炉里炮制一下，功效会更好。"

聂启兴忙说谢谢。章哲带着聂启兴回到炼丹亭，将宝石耳装进铜炉罐里，再放进炼丹亭，烧起火来。

许言对聂启兴道："你知道吗，这是我们的炼丹亭第一次开火呢。你运气好。"

聂启兴道："谢谢，谢谢。"

章哲道："炼丹亭首次开火，就炼制宝石耳这个妙药，真好！"

聂启兴听了，满脸笑容，他静静地看着炉火，眼里充满希望的光芒。

约莫过了两个时辰，便炼制成功。章哲取了葫芦，将药丸装了进去。章哲跟着聂启兴来到他家里看望病人。病人气若游丝，脸色惨白。章哲为病人把脉以后，倒出葫芦里炼好的药丸，再另外加上几粒药丸，吩咐病人按时服下。几天后，病人便痊愈了。聂启兴千恩万谢，到处颂扬章道长。

回头山佑圣宫

章举头

上山求医的人慢慢多了，人们开始认可章道长。除了求医问药，还有请章道长打醮的，看风水的，取名的，择吉日的。来求章道长的人，往往满意而归。人们满意的多，捐献的钱物自然也多了。章哲便萌生在山上建起一座道观的念头来。

要建道观，先要建砖瓦窑。从山下搬运砖瓦是不合算的。章哲在山上寻找多日，发现有一处地方，遍地的泥土金黄，细腻、无沙石、黏性好，正是做砖瓦的好原料。章哲请来工匠，建起砖瓦窑。烧窑的时候，章哲常常去看火候。砖瓦泥坯经过火的洗礼，慢慢定型了。泥坯本是软的，柔弱的，因为火的锻炼而刚强起来，成为有用之材。

得知章道长要建道观，附近的村民都乐意帮忙。来的有工匠，还有帮忙做小工的。那一天，来了一位年轻女子，说要帮忙做饭。她说她很会炒菜。

许言打量来人，只见她一袭绿裙，身材苗条，面容姣好，有一股异样的风度，便问道："你会炒什么菜？"

绿裙姑娘道："家常菜都会炒。"

许言又问："你叫什么名字，是何方人氏？"

这个姑娘答道："我是新溪村南山的，名叫田绿萝。"

许言就让她帮忙炒菜。田绿萝炒菜时，端起铁锅，舞动起来，身姿曼妙，笑靥如花，很是享受。章哲见了，暗暗称奇。

吃饭的时候，田绿萝却不吃，飘然而去。许言注意到了异状，尾随而去。只见田绿萝走进一个山包里，一下就不见了身影。

许言于是回去将此事告诉章哲，疑心田绿萝是妖。晚上，章哲画符，请出了当地土地神来问询。土地公公说，这是一个田螺精，修炼了两百年，并无恶行。章哲知道这田螺精并无害人之心，便并不以为意。

半月之后，道观建成，虽然简陋，却也庄严。林掩其幽，山壮其势。大殿内供奉的是真武大帝。铜铸的神像，高约两尺，披着头发，手持宝剑，足踏龟蛇。每天，神像前香烟缭绕，来跪拜的信众甚多。那天，章哲见田绿萝来了，便叫她跪拜。她答道："我不求他，何须拜他。"

章哲和许言不以为怪，待之如常。

那天，田绿萝邀请章哲和许言去她家里玩。来到新溪村南，只见前面有一座小孤山，远看像一只蠕动爬行的田螺。在螺壳的半山腰有一个洞，石门紧闭。田绿萝站在石门前，按了按，石门打开了。

这个洞内，略带方形，是一间石室。摆着一张八仙桌，一张茶几，一道屏风。田绿萝招呼二人坐下，然后拍了拍手，一个小巧的茶壶飞了起来，自动给三只茶杯斟茶。

许嫣然见田绿萝显了法术，自己也不再以老妪的形象示人，便恢复了少女的模样。

章哲和许嫣然一起喝茶。田绿萝说道："喝茶，雅事也，当奏乐助兴。"她入屏风之后，端出一张古琴来，整顿衣裳，开始弹奏。那琴声美妙，宛若天籁。

章哲对音乐不是很懂，只觉得此琴声悦耳动听，至于好在哪里，却讲不出来。于是说道："石室调玉琴，一弦清一心。泠泠七弦遍，我心澄幽阴。妙哉，妙哉！田姑娘不仅烹饪的功夫非凡，这弹琴的技艺也世上罕见。佩服佩服。"

许嫣然心里不服，说道："是这一张古琴好，不然没有这么好听。"

田绿萝笑而不语。

章哲道："你想试试吗？"

许嫣然道："试试就试试。"她坐在古琴前，弹了几下，说手指疼，就作罢了。

田绿萝请二人坐着，自己去厨房弄饭菜了。

吃饭时，章哲道："田姑娘，你已经修炼成人身，何不修仙？"

田绿萝道："我只愿在人间做一只小妖，无规无束，快活逍遥，不想去成仙。仙家也有仙家的烦恼，岂有为妖的自在。"

章哲道："如果你改变主意，有修仙的意愿，可以来卧牛山上，与我一起炼丹，吞丹服药，以求仙道。"

田绿萝道："多谢你的好意，我心领了。我别无所求，只爱以烹饪、音乐为乐。"

要告辞回去了，临行，章哲对田绿萝道："我在卧牛山顶望你来啊。"

田绿萝只是微笑。

后来，章哲常常站在山顶举头张望。许嫣然道："这卧牛山，可以改名了，叫章举头吧，你天天在这里举头张望，等待田绿萝呢。"

章哲哈哈一笑，说道："你知我心的，我只是想多一个修仙的道友罢了，岂有他意。不过，章举头这名字甚好。举头玉京近，回首白云低。"

此后，田绿萝再也没有上过卧牛山。章哲后来又去过那个地方，只见石门紧闭，洞内传来阵阵音乐之声，知道是田绿萝在里面自娱自乐。人各有志，不能勉强，于是，章哲也没有再邀请田绿萝上山炼丹了。倒是许嫣然去找过田绿萝几次，跟她学弹古琴，彼此甚是投机。

自此，卧牛山被许嫣然改叫成章举头，四处的村民也接受了这个山名，都说，去章举头，拜访章道长。

章举头

荷塘月色

卧牛山西边山麓有一平坦之地，名叫泉坪。坪中一口小池塘，一条小溪流过。因有源头活水，塘水清澈可爱。章哲在塘中种了些荷花。他和许言有空就来照料，用了一番心思。两年多光景过去了，田田莲叶已绿满池塘。

一个夏日的下午，章哲与许言漫步荷塘之畔，幽香袭来，顿感清凉。白荷花形态各异。这边，小荷才露尖尖角，早有蜻蜓立上头；那里，花开半边，犹抱琵琶半遮面。许言看见一朵完全盛开的白荷，花瓣淡雅、洁白，花蕊高贵、金黄，在风中微微摇曳，散发清香，心中十分喜爱，说道："不知道在月色之下，这白荷花又是怎生的美法？"

那个夏夜，月光融融，泻下清辉，许言又变作了许嫣然，来敲章哲的房门。

"何人敲门？"章哲问道。

"是我，嫣然。"

"何事？"

"邀你月夜去看白荷花"。

章哲说："不去吧，这么晚了。"

许嫣然道："不是看你还算风雅之士，我还懒得邀你。"

章哲拗不过许嫣然，只得跟随她去。自己在心里说道，与一个女子月夜赏荷，千万不要被世俗之人看到才好，虽然自己是守得住清规的，但毕竟人言可畏。

许嫣然和章哲来到荷塘边，却见早有三个女子坐在荷塘畔，一边饮茶一边观荷。二人停下脚步，打量着三人。只见一个一袭白裙，清丽不凡，仙气缭绕。另外两个，一个蓝色裙子，一个黄色裙子，容貌端庄，都有一股仙家气象。

"樱花拜见三位神仙姐姐！"许嫣然眼尖，识得眼前坐的是三位仙姑，立即上前施礼。

章哲也施礼道："章哲拜见众位仙姑。"

蓝裙女子站了起来说道："呵呵，你们也有这个雅兴啊，月下赏荷。一起饮茶如何？"

章哲和许嫣然于是就走上前去。蓝裙女子以手指了指空地，说一声："变！"

茶几旁，就多了两把竹椅子。许嫣然和章哲坐下了。蓝裙女子一边倒茶，一边指着白裙女人对二人说道："这位姐姐是何仙姑，是我和这位姐姐的师父。"继而说道："这位是彭仙姑，我姓卢，叫我卢仙姑好了。"

章哲得知白裙仙女是上洞八仙之一的何仙姑，便多看了一眼，只见她一袭简单的白裙，头发簪有细碎的小花和白色飘带，眉宇间天然一股英气，与众不同。

章哲立即站了起来，重新施礼道："小道广惠拜见何仙姑。"

何仙姑微微一笑，道："这荷花是你们种的吧？长得甚好。我们放了些茶叶在花蕊之中，这茶便有了另一种香味，你尝一下吧。"

许嫣然抿了一口茶，品了一会儿，道："果然滋味不同！"

彭仙姑掏出了几个果子，递给二人道："这果子，是我刚从黄毛尖摘来的，你们尝尝。"

章哲吃了一枚桃子，道："这是从黄毛尖摘来的啊？黄毛尖是哪儿？"

卢仙姑道："你是武宁人，连黄毛尖都不知吗？"

章哲道："惭愧，惭愧！"

彭仙姑道："黄毛尖在宋溪境内，以前是座不显眼的小山，不过，如今不同了。"

卢仙姑道："是的，如今的黄毛尖有了何姑殿。我跟你说啊，我是武宁官莲官塘村卢家山下人，为了治疗双目失明的母亲，我四处采药，有幸遇见师父何仙姑，全靠她的点化，我才得道成仙。彭仙姑是武宁南市人，因家中公公婆婆对她苛刻而出家，在伊山、黄墩、白鹤坪等地采药、炼丹，给乡民治病，有幸遇见师父何仙姑，因此得道成仙。我们在宋溪一带为老百姓做了一些善事，特别是师父何仙姑，救人于水火中，深得百姓拥护，于是，在前朝，就在宋溪的黄毛尖上立了何姑殿。今日，黄毛尖上何姑殿要为何仙姑重塑金身，我们就过来看看。夜来无事，在此品茶赏荷，与二位在此邂逅，也是有缘。"

何仙姑道："其实，我只为百姓做了一点小事，没想到他们如此感恩。"

章哲得知卢彭二位仙姑都是武宁人，心下十分欢喜。问道："黄毛尖建有何姑殿吗？改天要去瞻仰瞻仰。"

许嫣然望着何仙姑，说道："今夜有缘得见，樱花能否请仙姑指点修仙迷津？"

何仙姑打量了许嫣然一番，说道："你诚心向道，甚好，只要斩断情缘，终有成仙之日，好自为之吧。"

许嫣然听了，心道："莫非自己还有什么情丝牵绊不成？不可能的，能让我动心的男人恐怕未曾出世吧。仙姑何出此言呢？"她也不便多问，就笑笑谢过何仙姑。

品完了茶，三位仙姑要走了。章哲突然对着何仙姑问道："请问仙姑，纯阳真人近来云游何方？我想求见，他曾来过在武宁梅林玉清宫修炼，我早想拜见他了。"

何仙姑道："当你修炼到一定境界，该相逢的人总会相逢。"说罢，三位仙姑翩然而去。地上的茶几椅子转眼消失，只余一地碎银子似的月辉，章哲就像做了一个梦。

何姑殿

这天，章哲需要一味草药救治一位病人，此药名为"转筋草"，极为稀少。章哲在章举头四周找了多日无果。不知何处可以找到，而病人急需此药，真把章哲愁坏了。

许言道："既然事有疑难，何不去问问何仙姑？"

章哲道："是了，是了，真乃一语点醒梦中人啊。"

许言道："其实我也想去瞻仰何姑殿。"

于是，章哲和许言来到宋溪，登上黄毛尖，朝拜何姑殿里的何仙姑。黄毛尖这座山不高，然而，半岭通佳气，独峰绕瑞烟，自有一派风光。何姑殿建在黄毛尖之巅，有两间殿堂，前面一间供奉的是武圣关羽：周仓驮刀，关平捧印，分立左右；关羽威风凛凛，站在中间，一双丹凤眼，睥睨一切。再进去便是何仙姑主殿，新塑的何仙姑神像栩栩如生，只见她手持荷花，脚踏祥云，眉眼带笑，观之可亲。案上，摆着鲜果，荷花等供品。堂内香烟袅袅，神像前香客众多，或跪拜诚心祷告，或来还愿的，或凝神静听道姑解签。殿外，有的香客在闲聊，说何仙姑如何灵验，自己如何所求有获。殿内殿外，人声噪杂，好不热闹。

章哲与许言各点燃一炷香，静心祷告。有一中年微胖道姑过来，招呼章哲和许言。道姑见二人俱是道家打扮，格外热情，问道："二位道友，来此何事？"

章哲道："劳烦道友，为我向何仙姑问询一事，我想去一个地方采药，却不知该往何处去，请仙姑明示。"

道姑说道："向仙姑问询事情，有三种法子，一是打杯筶，二是仙笔写，三是托梦。"

许言听了，问道："这三种有何不同？"

道姑看了许言一眼，道："打杯筶，能问事情可与否；仙笔写，当场能见字迹，得分晓；托梦，只能回家等一两个晚上了。"

许言对章哲道："仙笔写吧，这个来得快。"

章哲点头同意，他也想看看何仙姑是如何写字的。

于是，道姑焚起一炷香，在何仙姑金身前跪拜，祷告一番。然后，她手托撒满了地灰的簸箕放在案子上，手扶着一支荻笔，微微闭上双目，口中念念有词："请起炉中蓬莱会，仙姑得道显威灵；出世唐朝民家女，仙姑一人苦修行；十五老君来点化，十八圆满现金身；十九来至武邑地，黄毛尖上炼丹亭；白日飞到龙华会，晚上道场显威灵；仰天云水来治病，广布道德救良民；今有广惠来问询，恳请仙姑指迷津。太上老君急急如律令，急急照令行。"

不一会儿，就见那支荻笔在道姑手中动了起来。章哲清楚地看见，草木灰上，出现了五个字"湖北广济县"。每个字若核桃一样大小，笔画虽然有点歪扭，倒也不失法度。这字，虽不是何仙姑亲笔，倒也是她的旨意。

道姑睁开眼睛，说道："道友，你所问询的地方就在湖北广济县。此乃仙姑指点，必不会错。"

章哲点点头，献上香火钱。道姑推辞一番，说都是道友，不必多礼。章哲执意要付钱。道姑收下钱，和章哲闲聊，问章哲在哪儿修道。章哲说自己在卧牛山。道姑又带着章哲许言二人在何姑殿四处走走，介绍道："这何姑殿，是唐朝时建成的，这里最出名的是一口水井，名叫仰天汤，是仙姑的云雾水，可医治百病。附近百姓，多得其益。"

道姑还带着二人观看了炼丹亭、坛堂、钟鼓房、斋房等。章哲一边看，一边点头称赞。

离开何姑殿后，章哲回到章举头，心中想道："湖北广济县地盘不小，要去寻找妙药，该从何处下手呢？"当天晚上，章哲梦到了何仙姑。

何仙姑还是一袭白裙打扮，款步姗来，对章哲说道："你去湖北广济县，宜早不宜晚，你的心愿，可以在那儿得到满足。"

章哲问道："敢问仙姑，我到广济县，在何处落脚为好？"

何仙姑道："广济县，城外南面三里处，松树林中。"说罢，飘然而去。

章哲揖手道："好，好。承蒙仙姑指点，铭感五衷。"

翌日早晨，章哲醒来后便跟许言说，要去湖北广济县。

道心坚如石

章哲说要去湖北广济县采药，许言听了，也要跟着一起去。

章哲说道："如今这里需人照料，你不可离开，我去去就回。"

许言只好留在章举头，看护道观。

进入湖北广济县城内，将近巳时。章哲从城东门进去。突然下起一阵暴雨。章哲擎着雨伞，在街头上慢慢走。忽然，看到前面有一个老人倒在地上。老人身穿黑色衣服，倒在地上动弹不得，地上有血迹，身旁还散落着一些蔬菜。旁边有一些人站在稍远处围观。

章哲上前，唤了几声："老伯，老伯。"

老人微微睁开眼，有气无力地应了一声。

有个年轻男子，对章哲轻声说道："道长，你是外地人吧，你不要多事啊，万一老人说是你撞倒他的，你就说不清楚了，这几年，这里发生过好几起倒地老人讹诈人的事情了，这年头，做好人难啊，我们都不敢扶倒地的老人了。"

章哲笑笑，大声地说："我不怕。救人要紧。"

有人说，好样的，我们为你做证。

章哲说道："老伯，你伤在哪儿了？帮你看看吧，贫道略懂医术。"

老人艰难地点点头。章哲细细察看，原来老人的膝盖摔伤了。章哲又问老人哪儿不适？老人说头疼得紧。章哲扶着老人坐了起来。

章哲从随身的一个药葫芦里倒出几粒红色的药丸，给老人吞下。然后，又对着老人的膝盖画了一道止痛符。老人立即停止了呻吟，不一会儿，就自己站了起来。旁观的人，见了都叫好。

有人说："老伯，是这个道长救了你，不可以说是他撞倒你的啊。"

老人说："大家放心，我不会昧着良心说话的。"然后，老人说要回家。章哲就帮他捡起地上的青菜，扶他回家。老人住在县城一隅，一间普通的民房。老人敲门，出来开门的是一个年轻美丽的女子。老人说："这是我女儿小翠。"随即又说道："女儿啊，今天我在街头摔倒，幸亏这位好心的道长救了我，送我回家。"

小翠道了个万福，感激章哲的恩情。老人吩咐女儿赶紧去厨房，准备好饭菜，招待章哲。

章哲推辞，说要急着去城南挖草药。

老人道："千事万事，吃饭大事，吃完饭才有力气挖药。"

吃完饭，老人道："我家祖传有一铁弓，许久没有人拉开过了，不知道长能否拉得开？"

章哲便说，试试吧。

老人进房拿出一把漆黑的铁弓来。章哲接过，用力一拉，拉了个满弓。

"好膂力！"老人赞道："此弓多年未曾被人拉开，今日逢了道长，实在难得。"

章哲道："这没什么。既然无事，我告辞了。"

老人道："道长稍安勿躁，我家有一个地库，带你去看看。"

章哲推辞道："老伯，算了吧，我要去挖药了。地库是你家的秘密，我不能去看。"

老人满脸严肃地说："你我相遇，总是有缘。叫你去看自然是有道理的。"

章哲见老人说得郑重，不好再推辞，便应允了。老人叫来女儿一起下去。

小翠举着火把，在前面带路。章哲跟在老人后面，慢慢往前走去。一个山洞，越走越深了。章哲惊疑不已。不过也不慌张，倒要看这父女二人要做甚。

换了火把，走了许久，来到一个雕满花纹的石门前，老人请章哲去旋转机关，说道："我知道你不是普通人，一身好本事，所以请你来打开这石门。我们从未打开过。"

章哲握着一个石头机关，用力旋转。

"吱呀"几声巨响，石门洞开，出现足有一间房子那么大的空间。火光照处，金光闪闪，银辉熠熠，里面有很多金银宝贝。老人见了，说道："祖传的宝贝，今日终得一见啊。"

章哲见了，脸色平常，说道："我已经看过了，要走了，去城南挖草药救人。"

老人说："等等，这块金牌上面有文字。你帮我念念。"

章哲接过金牌，念了出来："金库洞开良缘来，宝物尽归妆奁台。"

老人道："天意啊，一切是天意啊，我正为小女长久待字闺中而烦恼，不意今日得遇良缘，甚好，甚好。年轻人，既然是天意，你不如就脱下道袍还俗，跟我女儿好好过日子吧，这些金银财宝够你们三生三世衣食无忧，逍遥自在了。你看，我女儿虽不是嫦娥仙子，倒也是花容月貌，天生丽质，你有意乎？"

章哲毫不犹豫地拒绝道："老伯，你我素昧平生，不知我心，我不怪你。我乃江西武宁人，自幼一心向道，求道之心坚如磐石，岂能为财物和女色动摇。告辞了！"

说罢，章哲就转身要出洞。

小翠在一旁说道："父亲，哪有你这样急着把女儿嫁掉的，把人家都吓着了吧。"

老人说道："傻女儿，天意不可违啊。"

小翠道："可是人心也不可违。"

章哲见小翠吐出此语，感激地点头，觉得她很是美丽，举止神态，跟许嫣然有几分相似，然而，自己是不能动情了，只好把头转向一边，对老人说："我真的要走了。"

"好吧，既然你执意要走，我就送送你吧。不必转身，此地库尽头，便可通城南。"章哲随着老人和小翠来到地库尽头，又见一个圆形小石门，打开石门，豁然开朗，眼前是一片松树林。

吕祖初传诀

阳光从松盖洒下来，落在身上，章哲一时睁不开眼睛。一会儿，章哲才看清楚，这些松树，都是合抱大树，树皮如龙鳞，枝桠遒劲，针叶苍翠，老干摩云。

章哲低头寻找草药。老人问道："你要找的是什么药？或许我可以帮你找。"

章哲道："我要找转筋草。"老人点头道："好的。"小翠说："我也认识转筋草，可以帮忙找。"

三人一起找着。突然，老人说："我找着了，找着了。"

章哲闻声上前，看见老人手里果真拿着一把转筋草，笑眯眯地站在那里。章哲接过草药，放进药囊，说道："多亏老伯相助。"

老人说："此乃小事一桩，不过举手之劳。今日助你，我也是奉人之命啊。"

章哲大奇，问道："不知奉谁之命。"

"应该快来了。"老人边走边环顾四周，似有所待。

章哲随着老人和小翠走着，来到一个空旷处。这时，章哲看到一个人的背影。那人站在那里，身穿道袍，背上一把宝剑，身岸挺拔，玉树临风，且周身散发一股仙气，非同凡可。

老人和小翠突然低头，齐声叫道："小神参见纯阳真人！"

那人转过身来，手捻短须，脸带笑容，说道："二位免礼。"

章哲听见了，定睛细看，只见纯阳真人吕洞宾面如冠玉，双目如星，气宇轩昂，忙跪拜道："拜见纯阳真人！"

吕洞宾对章哲道："免礼，起来吧。"

章哲站起来，再看老人和小翠，都现出了本相，原来是土地公公和土地婆婆。土地公公头戴黑色官帽，身穿红色长袍，厚底的黑靴子，三绺长须，两只圆眼，一团和气。土地婆婆，头戴花冠，身穿黄裙，脸色红润，富态慈祥可亲。

两位土地神对章哲说道："我们奉纯阳真人之命来考你，恭喜你过关了。"章哲这才明白过来，在这里的遭遇，原来都是纯阳真人一手安排。

两位土地神告辞。吕洞宾说道："辛苦二位。"

章哲又低头诚心下拜，说道："请上仙指点，传我成仙秘诀。"

吕洞宾上前，扶章哲起来，说道："那天你跟何仙姑说想见我，她已转告我。你我本来有缘，当年，我在梅林钟鼎山修炼过，你跟梅林玉清宫也有不解之缘。你有心向道，一路访道，历尽艰辛，又到了武当山修道，三年修习，得有小成，又在山上建起道场修炼，甚好，甚好。今日你我相见，乃是注定的事。你我有师徒之分，为师怕你道心不坚，故请两位土地神相试。"

章哲闻言大喜，磕头道："师父在上，请受徒弟一拜。请师父传我成仙秘诀。"

吕洞宾对着章哲，咳嗽一声，清了清喉咙，念起了口诀："心为天君，与吾同尊。群仙来往，诸佛盈迁。邪魔回避，不敢现形。调和元气，万化归根，端居不动，至虚至灵，八卦炉中，炼就法身。三清殿上，任其游行。法雨遍施，护国救民。"

章哲凝神谛听，把每个字都记在心里。有不明白的字眼，就反复询问。

吕洞宾传授秘诀后，又在一块白布上写下一行字，都是些篆体字，颇有古意。书云："后当座武邑丝罗山，开基创业，护国佑民，此玄天之诏命，亦天赐之道场也。"

章哲接过白布，念了一遍，问道："师父，你是说以后我要去武宁的丝罗山建起道场修炼吗？"

吕洞宾说："是的，丝罗山就是你命中注定的一座山。此山因你而名传四方，你因此座山而不朽。""多谢师父教诲。"吕洞宾扶起章哲道："你我有缘，还当相见，今日就此别过。"说罢，吕洞宾转身走入松林深处，健步如飞，一会儿便不见了踪迹。章哲目送师父远去的身影，直至看不见才罢。章哲看着手中白布上的字，墨痕犹新，知道不是在梦中，而是实实在在遇到纯阳真人吕洞宾，还拜他为师了。师父指点他要去丝罗山建道场，章哲有了新目标。章哲回到了章举头，把遇见纯阳真人吕洞宾的事情细细说与许嫣然听。许嫣然得知章哲拜了吕洞宾为师，为他高兴，提议要饮酒庆贺，却被章哲婉拒。章哲对许嫣然说，自己要去丝罗山建道场，让许嫣然在章举头守着，接待香客；等到丝罗山的道场建起来后，再接她去一起修炼。许嫣然虽然不想一个人独自守着一座山，但也只能如此了。

丝罗山上收郑巡

话说章哲得授纯阳大道密传后，身轻意爽，明心见性。一日，辞别许嫣然，云游到了武宁境内的丝罗山。此山乃湖北省与江西省的界山。章哲到山顶极高处，慧眼一观，眼前好一座大山！只见这座大山的龙势从东而来，千峰万嶂，叠叠回抱，中间碧岫蜿蜒，金星簇立，如侧龙含珠。四围五龙团顶，扶助相生。山峦间有剑印拱穴，还有山形似三狮伴象，似有虎啸龙吟。山间时见鹦鹉衔花，仙鹿食草，苍鹰野鹤，百鸟闹林。另有两山，巍然耸立，一如巨钟，一如巨鼓，非常形似，正合修炼人晨钟暮鼓之意。章哲眺望四周，一时心旷神怡，耳畔传来瀑布潺湲声，周遭祥云暖暧飘飘然，仙风拂面而来。章哲不禁信口赞道："真乃洞府神仙之居也！"

章哲坐了一会儿，神与意会，心中无比畅快，觉得这座大山真的就是自己梦寐以求的修炼之所。难怪师父吕洞宾叫他在此山开基创业。他觉得自己一定能够成功，不会辜负师父的教诲。他在山上转悠，在山腰看到了一座茅庵。他赶紧走上前去，以为是有同道中人先他一步看中此山前来修炼了。果不其然，那倒是有个道友了。

"请问有人吗？"章哲问道。

没有人回答。章真人再问了几句，还是寂无人声。章真人推开柴扉，进了茅庵。一股腥臭扑鼻而来。只见四壁挂了些老虎皮和麂皮。那些怪味就是未曾硝制的皮毛所散发出来的。角落里堆放了些白森森的动物骨头。一把黑色钢叉倚在墙边。看来，这里住的是一个猎户。章哲走上前，抚摸着那似乎还在滴血的钢叉，不禁兴起了悲悯之情，叹道：罪过啊罪过！

突然，一个炸雷似的声音从背后响起："好大胆，你是什么人，敢闯进我家来？"话音刚落，一阵风声袭向章哲的脑后。章哲头也没回，随便地将手中蒲扇挡住袭来的东西。

"当"的一声，原来是一支巴掌大的钢镖掉在地上。

"好凶啊，你怎么一来就要致人于死地？"章哲回转身，皱了眉头说道。在他面前的是一个身材魁梧的彪形大汉，黑黑的脸膛儿，身穿粗布衣服，腰里系着一截虎皮，脚穿草鞋，左手提着一只滴血的山鸡，右手空着，刚刚就是这只手发出了一支凶狠无比的钢镖。平日里，这钢镖能射破虎狼的头颅，而现在这么近的距离都没射中眼前人，来人不禁一时愣住，说不出话来。

章哲问道："好汉，你叫什么名字？"

"我，我叫郑巡。是这里的猎户。"不知怎的，眼前这个道人，有一双洞穿人灵魂的眼睛，让一贯桀骜不驯的郑巡乖乖地回答了他的问话。

"这座山是唤作丝罗山吗？"

"是的"，郑巡放下山鸡，自己也放松下来。他问道，"先生到此有何贵干？"

章哲说道："我看此山龙脉好，一路寻来，不觉兴起在此结庵而居的念头。"

郑巡道："在这里居住可不容易啊。山上有的是吃人的豺狼虎豹，没的是人吃的粮食蔬菜。"

章哲淡淡一笑，道："无妨，无妨。"他接着问道："你只是一个人吗？在此山居住有多久了？一直是打猎为生吗？"

郑巡道："不错，我老家在石门楼泷溪，父母早已经亡故，我更无家小，在这儿打猎为生，已有十余年了。"

章哲道："那你亲手伤害的生灵已是无数了吧？"

郑巡大笑道："先生说话太无道理。擒虎捉鹿，捕猪拿兔，我靠的是本事吃饭。难道我在这大山上靠喝西北风过活不成？"

章哲道："草木虫鸟，皆是生命。为了你一己私欲，残伤无辜生灵，实是有违上天好生之德。"

郑巡道："我可不管那么多的大道理。肚子吃饱不饿就是硬道理。"

章哲道："人不一定要吃那么多的肉食才可以生存下去的。有一种修炼方法可以让人几天几夜滴水点米不进也一样行，照样很有精神，甚至身体还会更加健康。"

郑巡冷笑道："人是铁，饭是钢，一顿不吃饿得慌。我看你是个走江湖骗人的道士吧。我可没什么可以让你骗的，你请便吧。"

章哲嘿然笑道："好，我走！"他转过身子，冷不防将手中蒲扇对着郑巡摇了一下。

郑巡眼前一片昏黑，顿时倒地。他只感到头脑有无数钢针刺着，疼痛不已。他挣扎着爬起来，随手又放出一支钢镖。章哲早有准备，蒲扇舀起钢镖，拿在手中用力一握，钢镖已化作一团烂泥似的东西。

郑巡见状，胆战心惊，跪在地上，口称：先生饶命，先生饶命。

章哲满脸严肃地说道："要我饶命不难，你要点头明誓，皈依正道，听我训教，不得再有二心。"

郑巡一边叩头，一边说道："先生饶命。我愿皈依，若有二心，天诛地灭，不得好死。"

章哲这才转手一扇，一口清气弥漫四周。郑巡忽然就神清气爽，心地澄明。他欣然再拜，说道："先生法力无边，小子情愿投拜为师，望先生不要嫌弃我。"

章哲呵呵一笑，说道："郑巡，你我二人不打不相识，在这荒山野岭上相遇也算有缘。我观你天生骨骼非凡，眉宇间有堂堂正气，如能皈依正道，定能修成正果。若是在此山打猎一世，真是埋没了你。只是你杀气太重，将来恐有劫难。好吧，我就收你为徒，你起来吧。"

"多谢师父！"郑巡一跃而起，喜悦之情溢于言表。

章哲看了看徒弟，说道："从今以后，你不可再随意伤害生灵，你这身猎装，也该换下了。"

郑巡摸了摸后脑勺，不好意思地笑道："师父，我可没有什么别的衣服啊。"

章哲道："我们下山去采买一些日用品，为师就买套衣服送你当见面礼吧。"

于是师徒二人高兴地下山而去。

驱狐镇仙山

丝罗山上，有一棵黄杨宝树，不知经历了多少岁月，历尽沧桑。树形长得好，天然如椅，此树得天地之正气，受日月之精华，秉雨露以成长，经风霜而茂盛。上遮云霄，下固云根，潇潇洒洒，堂堂皇皇。章哲看中了这棵宝树，想坐在此树上修身养性。他和徒弟郑巡来到树旁，打算跃上树去盘坐。这时，他们同时看见一只毛色苍然的狐狸正在树上打坐。看样子，是一只修炼多年的狐狸精。

章哲抬起头来，对狐狸精施礼，高声说道："狐仙在上，贫道乃武当广惠，奉武当诏命，来此山开坛设教，护国救民，请你离开，退避三舍。"

狐狸精睁开双目道："哪来的臭道士，口出狂言，敢来占我的仙山。你有何本事，不妨亮出来瞧瞧。"

郑巡在一旁，早按耐不住，跺脚大叫道："你这狐狸精，找打啊。看我怎样收拾你。"

狐狸精冷笑道："不怕死的就过来吧，你们两个一起上也可以的。"

章哲斥道："休得夸下海口，你还是识时务为好，自家主动离开，免得动起手来，面上不好看。"

狐狸精狂笑道："臭道士怕了吧。"

郑巡怒道："谁怕谁啊。"说罢，就作势欲跃。

狐狸精不再说话，对着地上凌空一抓，吸起两块石头，一块对着章哲，一块对着郑巡掷来。郑巡见机得早，一旁跃过，躲开这一击。

章哲也避让过石头，立即施展阴阳指功夫，只用了三成功力，射向狐狸精。那狐狸精被阴阳指打中，坐不稳了，晃了几晃，差点掉下树来。狐狸精大怒，从树上一跃而下，对着地下二人，连发几掌。那掌击在地上，飞沙走石，声势赫然。

章哲不慌不忙，施展阴阳指，点射狐狸精。一道道阴阳指剑气射出去，狐狸精左支右绌，应付不暇。几个回合后，狐狸精落败了。它急了，施展救命绝招，撅起屁股，对着二人以自己百年的修为放出"狐臭"来。这个狐臭十分了得。方圆几丈内，都被浓烈的狐臭罩住。若是普通人早被这剧烈的臭气熏晕死去，饶是郑巡如此健壮也还摇晃着身子，手脚发软，差点被臭倒。章哲皱着眉头，以袖子掩着口鼻，猛地将阴阳指功夫发挥到十成功力，对着狐狸的屁股射去。

这狐狸精哪里经得住阴阳指的攻击，顿时瘫倒在地上，一动不动。章哲将蒲扇挥了几挥，把狐臭扫尽。仿佛是云开见月明，空气焕然一新。郑巡这才缓过劲来。他见狐狸精缩成一团，在那里瑟瑟发抖，想到刚才自己差点栽在"狐臭"里，气不打一处来，掏出一支毒镖，大喝一声，射向狐狸精。章哲刚要阻止，已经来不及了。毒镖正中狐狸精咽喉，顿时使其毙命，化作一道青烟而去。

"郑巡，你又杀生了。"章哲十分不悦。

"师父，这狐狸精太可恶了，死了活该。"郑巡争辩道。

章哲叹道："上天有好生之德，昆虫草木犹不可伤，你今日造下杀孽，只怕将来有报应。"

郑巡没再回话，心里却是不服，暗自说道："杀一个狐狸精有什么，难道不是替天行道吗？"

除去了狐狸精，山上清静，师徒二人从此坐镇丝罗山，搭起一个茅庵，耕山种地，朝炼暮修。只见章哲头簪冠顶，身披氅袍，坐在黄杨宝树上，口中念念有词："安然稳坐，优哉游哉，玄关紧闭，莫惹尘埃，运度自然，不假安排，有无之间，自结灵胎。升上玉霄，天门大开，神光闪闪，照耀九垓，求超浩劫，众生自裁。"随后，章哲又传给徒弟郑巡四句口诀："道合阴阳炼一气，便从一气返虚无，虚无方见光明体，光明极处返虚无。"

郑巡将口诀背熟，反复向师父询问其中奥义。结合实际修炼以后，终于有一点体会。

章哲又道："言道全凭德行，德乃道之根常，与天地合其德，日月合其明。你从今以后，要勤加修炼，去恶心而得道心。"

郑巡见师父说得严厉，心中一凛，慌忙跪谢师父教诲，然后站起来，说："我面壁思过去了。"他选中一个可以遮风挡雨的地方，按照师父教的法门打坐修炼。

那一天，章哲在黄杨宝树上修炼，忽然，鸟儿翯翯飞来了，左右盘旋，对章哲叫道："赶快去看看嫣然吧。"

章哲一惊，不知道许嫣然那里发生了什么。

灵鸟止狂心

鸟儿鼙鼙在前面飞，章哲在后面赶，一道往卧牛山去。章哲问鼙鼙："许嫣然怎么了？"。

鼙鼙说道："她与人在道观里喝酒，喝醉了，倒在桌上，叫都叫不醒。"

"她跟谁喝酒呢？"

"一个是田绿萝，还有一个男的，不认识。"鼙鼙回答道。

到了卧牛山上，发现许嫣然不在道观里。章哲到山上四处巡查，不见许嫣然的踪影。她会去哪儿呢？章哲想了想，就前往螺狮山田绿萝的石头室。刚走到那儿，就听见石室里传来阵阵丝竹之声。章哲敲了敲门，说道："绿萝，开开门。"

门应声而开。章哲走进去，只见许嫣然，田绿萝，还有一个青年男子，三人坐在那里喝酒，正在划拳，闹得欢。桌子上，摆了很多菜肴。满室酒气萦绕。许嫣然的脸已喝红，见章哲来了，口齿不清地说道："你，你来啦？"

章哲见许嫣然喝多了，便说："喝得差不多了，走吧。"

那男子道："你是谁，怎么来管我们喝酒的事？"

田绿萝道："章权孙，这是我表兄，名叫郭森；表兄，这位是章权孙。章举头的道观就是他建的。"

章哲对着郭森说道："幸会。"

郭森点头而已。

许嫣然醉眼迷离，对章哲说道："我跟绿萝姐姐学会弹琵琶了，我弹给你听，好不好？"说完，她就站起来拿出琵琶弹奏。她弹了几声，有点那个意思，但是章哲无心细听。

"我也来弹。"郭森站起来，另外拿了一个琵琶。两人合奏，时而对视而笑，时而闭目畅弹，很是享受。郭森身穿黑色衣袍，脸圆鼓鼓的，有一层油腻，一双小眼睛发着光，时常诡异地笑着。章哲看着他，便有一种不舒服的感觉。

二人终于停下来，郭森和许嫣然坐得很近。郭森的手有意无意地碰着许嫣然的肩膀。

章哲想问许嫣然，为何不守在道观里，而是在这里喝酒？但还是忍住了。

章哲说要走了，田绿萝请章哲入座，吃一点再走。

郭森道："喝一杯再走吧，人生几何，对酒当歌。我跟表妹一样，都是喜欢及时行乐的。美酒佳肴，不可辜负啊。"

章哲强忍住不适之感，说道："不喝酒的。"

许嫣然道："你骗人，明明会喝酒，还说不喝。"

田绿萝道："难得在一起，喝点酒开心就好。"

"不给面子是吧？莫非是担心这酒里有毒药不成？"郭森面露不悦之色。他把酒杯端起递到章哲面前。

章哲只得接过酒杯，一饮而尽。

"好，这才像个男人。"郭森说罢，举起酒壶摇了摇，发现酒壶空了，问道："表妹，还有酒吗？"

田绿萝说里面房间有。郭森道，我去拿。他提来一壶酒，又斟了两杯酒，自己举起一杯，说道："这杯酒，我敬你。"

章哲没有回答，也没有接酒。

田绿萝道："章权孙，你先吃点菜，尝尝我最新的手艺。"

许嫣然道："绿萝姐姐这一阵每天炒菜给我吃，可好了。"

章哲道："怪不得你会喝醉。"

许嫣然道："我哪里醉了，我哪里醉了。"

"是个男人吗？喝酒就痛快点。我先干为敬。"郭森说完，就仰着脖子，将一杯酒倒进喉咙。

章哲吃了一口菜，慢慢咀嚼了一会儿。他望着许嫣然，心里在说："才多久没见啊，你就变了。"

"喝不喝啊？"郭森不耐烦地催促道。

章哲望着郭森那近乎浮肿的脸，心想，田绿萝怎么会有这样的亲戚，许嫣然怎么跟这样的男子一起喝酒？见郭森一副挑衅的样子，章哲也不甘示弱，举起酒杯一倒，酒杯见底了。

"好，好。"许嫣然在一边鼓掌叫好。

章哲对许嫣然道："时候不早了，我们走吧。两位，告辞了。"他不再犹豫，牵着许嫣然的手就往外走。

"你们慢走啊。"田绿萝说道。

"他们还会来的。"郭森发出一声冷笑,对田绿萝说道。

在石室外,章哲说道:"你变作许言吧。"许嫣然就变作许言,二人往章举头而来。到了道观中,章哲感到自己的头很晕。估计是喝酒喝坏了,他就早早睡了。第二天一大清早,章哲就像变了一个人似的,起来就要找酒喝。本来,这个时间,是他晨练的时候。他无心锻炼,就是想喝酒。他对许言道:"走,我们找田绿萝喝酒去。"许言奇怪道:"大清早的找酒喝。你不去练功了?""九转灵丹哪胜酒?五音清乐未如诗。"章哲道:"喝酒写诗去也。"他拉着许言,就往螺蛳山去。许言无奈,只好跟着一起去。走在路上,遇见有村民上山,他们看到章哲,都说道:"章道长,多日不见,你这是要去哪儿?我们是来找你求医的啊。"章哲道:"我没空,我要去喝酒。"村民摇头,就返回了。许言道:"你怎么能这样?村民来求医,你却不理他们。你辜负了他们,坏了自己的名声。"章哲道:"且乐生前一杯酒,何须身后千载名?"许言道:"真拿你没办法。"她仔细看了看章哲,发现他眼神跟平时不同,笑容有时诡异,有时却呆滞,似乎是被什么迷了心神。但是她也不明白哪里不对劲。

二人走到螺蛳山石室前,正要敲门,这时,鸟儿颦颦飞来了,挡在二人面前。颦颦跳起舞蹈来,它跳得那么迅疾,如在风中狂舞的树叶,看得出,它是在拼尽全力在跳,一边跳,一边唱起歌儿:"不要再往前走,我的朋友,请你赶紧回一回头。难道你忘记了自己的诺言,难道忘记了最初的守候?愿你早点清醒过来,睁开你明亮的双眸。愿你早点清醒过来,不要让朋友为你伤心把泪流。"它反复地唱了几遍,唱得那么哀婉动人。

章哲听了这歌,看罢这舞,心头忽地一片澄明,说道:"我怎么来到螺蛳山了,走,回卧牛山去。"

听到这话,颦颦停止了舞蹈,跌落在地,喘息不止。许言心疼地抱起它,抚慰它。回到了章举头,章哲这才明白,自己昨天喝了郭森的迷魂酒,着了他的道。幸好颦颦及时赶到,点醒了自己,这才没有陷得更深。

许言也认识到自己错了,对章哲道:"从今以后,除了跟你同席喝酒,我不会喝酒了。如若违反,便教老天罚我喉咙生疮。"

章哲道:"你知道就好,我还要去丝罗山建道场的,这里,就靠你了。"

许言道:"好的,等你把丝罗山道场建起来,我就去。"

运木建道观

回到丝罗山后，章哲把郑巡叫来，在茅庵里与他谈了一会儿道。郑巡一边听着，一边服侍着。

章哲盘坐蒲团上，静养元神。然后说道："徒儿，我想要建造一个规模像样的道观。有了道观，才能更好传教护法。"

郑巡道："好啊。只是建造道观的材料去哪儿采办？"

章哲道："为师有了主意，去九江买树运货。"

翌日，章哲就带着郑巡前往九江买树运货，建造道观。两人到了九江，买好了木材及油盐各货，江中两船都装满了。章哲师徒两人急着赶回丝罗山，然而那运货的船主却说要过两天才走。两人求船主早点走，船主只是爱理不理，说是风向不对，要等风顺了才行。

晚上，章哲带着徒弟来到江边，画了个符，念起了龙王咒："请起仙人得道，行雨龙王，坐在五龙山上，神注五湖四海，头戴龙凤帽，足踏五色云，唐朝敕封，正显神通，起风降雨，开天收云，上走玉皇大帝，下走地府龙宫。龙王显威灵，助我心事成！"然后，作起法来。不一会儿，那船上的木头等货物都纷纷遁入水中不见了。章哲还将一些油盐酱醋等物运入徒弟郑巡的腹中。两船货物都空了，师徒两人赶紧回到丝罗山。

山上工匠见下山采办的师徒两人空手回来，大惑不解。问道："你们什么东西都没买到吗？白忙了一场。"

章哲笑笑道："列位师傅，请放心，建造道观的木材已经运到了，就在前面那口龙塘里。大家请随我到龙塘去抽木头吧。"

众工匠随着章哲来到龙塘。只见龙塘水波潋滟，露出一些木头来。郑巡说道："这是我师父将在九江采买的木头从水路运到了龙塘，大家放心将木头抽出来用吧。"

众工匠喜滋滋地将龙塘里的木头抽出来。一根接着一根，不一会儿，地上就堆了一大堆圆滚滚直溜溜的好木头。抽着，抽着，有一只乌龟跟着木材爬上了岸。工匠见了，抓起来玩。章哲说道："放回塘中吧，它是从九江来的灵龟呢。"

然后，章哲告诉匠人，这些木材，某根为梁，某根为柱，一一调排安顿。及宫殿各处木料俱备，一个木匠说，木材够了。

章哲就问："真的够了吗？"

有人答道，真的够了，够了。

这时，大家发现塘中还有半段树露出水面。大家就去抽，却怎么也抽不上来，仿佛生了根一样。工匠们很是诧异。

后来，这半段树就一直在塘里，有时生出枝叶来，青青可爱。用手指抽摇，隐隐欲动。有人想抽出来，却是根深蒂固，而不能出来。人们都称之为"龙塘仙树"。后人有诗赞曰："深深龙塘水，澄澄清见底。仙人有神通，树由塘里起。何者可为梁，何者可为柱，迄今存半段，塘边玩不已。"

材料备齐后，工匠们开始工作。郑巡是火官，专门为工匠们搞伙食。一日，章哲说，要去卧牛山办事，嘱咐郑巡和气照理事务，自己去去就来。

郑巡说道："师父，你放心去吧。这里有我呢。"郑巡做完了厨房里的事情，就去看工匠干活。等到用餐时，就叫工匠们来吃饭。吃饭时，一个工匠说道："我们的伙食是不差，味道也好。想不到，你一个男子汉，厨艺还这么好。"

郑巡说："这没有什么，都是练出来的。我以前和老母相依为命，都是我炒菜弄饭的。"

工匠说道："我不明白，这山上的油盐酱醋是从何来的，我可从没见你们买过。"其实，是有人看见郑巡在炒菜时，经常揩鼻涕，不知搞什么，故有此一问。

郑巡也是一时卖弄，就哼了哼鼻子，两个鼻孔之间就流出来了油盐酱醋，远看像是流鼻血似的。郑巡揩了揩鼻子，将流出的油盐酱醋放入碗中，然后站在一旁微笑。

众工匠大吃一惊，认为郑巡是妖术。一个工匠道："你这妖人，竟然把鼻涕变成油盐酱醋给我们吃。"众人惊慌之下，和郑巡打闹起来。一个工匠手持斧头，失手将郑巡打死了。急忙之间，把他埋在厨房里。

章哲回山不见郑巡，就问众人，郑巡到什么地方去了。工匠们都只顾低头干活，不敢说话。

章哲在厨房里看到一堆新土，就掐指头一算，知道了事情原委。原来，郑巡有杀死狐狸精之报应。此次一死，可免三世之灾。因此，他将郑巡从土里挖起，扶了起来，喷口法水。徒弟忽然就起死回生了。

郑巡复活后，伸伸懒腰，长长吁了一口气。忽然，他叫道："痒死我了，痒死我了。我头上很痒，身上也很痒。"他就用手去抓。抓破了皮，不觉头上生了两角，遍身长出龙鳞。后来，他被封为"头炉香火郑巡元帅威灵显化龙神"。

自此工匠们更加卖力地建造道观，不敢懈怠。

石罅花树

　　南乡石门楼柯家屋场后面山上一石罅中曾栽有一棵桃花树，仅数尺高，枝条蟠结如盖，花朵繁盛，硕果累累。此树是章真人当年亲手栽种。

　　石门楼柯家屋场有个名叫柯焱的小伙子，28岁了，还没有娶亲，家里人很着急。村里跟他同龄的男子都娶媳妇生孩子了，孩子都能走路了，只有他还光棍一个，不愿意娶亲。柯焱身材高大，相貌堂堂，家境尚可，并不贫穷，愿意嫁给他的女子不是没有。可是，媒人进门来一提起婚事，他就默默低头走开，不愿意听这个。

　　那一年元宵节，老柯带着儿子柯焱到县城来观花灯。南宋时期的武宁县城曾呈现过歌舞升平的太平景象。元宵节，就是赏灯的日子。街头游走的有龙灯、狮子灯、蚌壳灯、船灯，等等。满城男女老少都出门观灯。小孩子手里还提着自家制作的小灯，边走边吃边玩乐。最妙的是，在这一天，青年男女可以约会，月上柳梢头，人约黄昏后，谈情说爱，卿卿我我。其时，柯焱的姑姑嫁给了县城一个开茶叶店的商户，元宵这天，说是请哥哥带着侄子来观灯，其实是想帮侄子做媒。姑姑约好了邻家米店的闺中女子，让其先在看鹤桥等着。自己带着侄子柯焱来到看鹤桥。姑姑看见了那个女子，就上前打招呼，说道："这是我侄子柯焱。"

　　女子借着路旁的灯笼，看见了柯焱，一双星眸，望了望柯焱，然后含羞低下头，默默不语。

　　柯焱见了女子，也不说话，径直上桥，一个人走远了。姑姑在后面喊他，也不回头。女子哪里料到如此遭遇，又气又羞，啜泣着跑开了。姑姑抄近路去拦住了柯焱，一把扭住他，责备他。

　　柯焱也不答话，任姑姑说个不停。姑姑很是生气，说再也不操这个心了。

　　正在这儿，柯焱的父亲也赶来了，听了姑姑说的，只是叹气不已。却说这天晚上，章哲也来观灯。本来，他在太平山建道观，很忙的。可是，许嫣然说难得是元宵佳节，要来城里看灯。章哲不便拂了她的意，就带她来了。

　　二人一路观灯，不知不觉也来到了看鹤桥。章哲就把看鹤桥的故事讲给许嫣然听，说这桥跟丁令威化鹤归来有关。二人正说着，被柯焱的父亲看到了。"章道长，你还记得我吗？我是石门楼的老柯啊。"老柯有点激动地说。

章哲打量了眼前人一番，想起来了，老柯是石门楼的，是师父柯愈之的侄子，曾经去过仙人潭探望叔叔。章哲点头道："柯兄好。"

"章道长，我知道你懂得《易经》之理，通占卜之术，能否为犬子的婚事指点迷津？看其何时能红鸾星动？"

章哲问明了柯焱的生辰八字，掐指一算，说道："贵公子命里缺桃花，为人木讷，不善于交朋结友，一生难有配偶。"

柯老说："章道长啊，你说得太对了，他就是这样的一个人，木头一样的啊，一天都说不出三句话来。你看，这如何是好？可有法子补救？"

章哲想了想说："好吧，我来帮他改运。明天我同你去石门楼。"

第二天，章哲和许嫣然跟着老柯来到石门楼。刚到村口，鸟儿鞷鞷就飞来了，口里还衔着一棵桃树苗。一尺来高的树苗，青绿可爱。章哲捧着桃花树苗，来到老柯屋后的小山上，在一个石头缝里栽下这棵树。

章哲对老柯说道："此树栽在桃花方位，就正对着柯焱的窗子下。栽了这桃花树后，其必走桃花运。"

许嫣然道："什么是桃花运啊？"

章哲道："所谓桃花运也就是男女间的缘分。"

许嫣然又问："为何栽在石头缝里，如此贫瘠，树能长得大吗？"

章哲道："此树不可大，过犹不及，太大反而不好了。"

"怎么个不好法？"许嫣然追问道。

章哲笑道："桃花烂了，就不好了。"

第二年春天，桃树开花了，一朵一朵的桃花缀满枝头，引来了金色的蜜蜂。夏天，一尺来高的树上结满桃子。这天，柯焱吃了一个桃子，对父亲说，自己想娶媳妇了。老柯大喜过望，忙请媒婆进门。秋天，一顶花轿，将一个花儿一样美丽的女子迎娶进了柯家大门。柯焱从此变了一个人似的，常常是满脸春风，跟人有说有笑的。

村里人都知道了柯焱的好运是从那棵桃花树来的。很多人去柯家屋后山观看石头缝里的那棵桃花树。都知道这棵能给人带来好运的桃花树是太平山的章真人栽的。于是，很多人都摘了这个桃子回家去种，却无法育苗。后来，有人偷偷将这棵桃花树拔走，想移栽到别的地方去。在半路上，这棵桃树就枯萎了，再也无法复原。

朱家山

南宋末年，罗溪乡朱家山脚下，有一姓葛的大户人家，以贩卖山珍为业。这是一个春日的早上，七岁的葛平跟着叔叔葛利一起去朱家山上采石耳。母亲是向来反对葛平去爬山的，劝阻不已。父亲葛权却笑着说："去吧，去吧，哪有山里人不爬山的道理。"

母亲说："我是担心要下雨啊。春日的天，说变就变。"

葛平说："娘亲，放心吧，我背着斗笠呢。"

叔侄二人爬上了朱家山。这里山峦挺拔，地势险要。满目新绿的山上，杜鹃怒放，一支支如举着火把，一片片似十里飞霞。葛利走到了一个悬崖峭壁之处，用粗麻绳一头绑在大树上，一头绑在自己腰里，叫葛平在树下看着绳子，自己从岩石上慢慢翻下去，去采那些长在悬崖石壁上的石耳。他看中了一朵石耳，用手指轻轻旋动，采了下来。那些才有指头面大的石耳就暂时放弃，打算过几年再来采。

没过半个时辰，葛利就采完了这一块石头上的石耳，慢慢爬上去。葛利将采到的石耳放在葛平背的袋子里。葛利又去另外一块岩石上采了。

中午，两人在山上就着山泉水吃了点干粮，填饱了肚子，就往回家的路上赶去。葛平手里拿着一朵杜鹃花，边走边摘着花儿吃。走到一个山谷时，突然，天上乌云密布，雷声轰隆。葛平赶紧将背上的斗笠戴在头上。

就在这时，耳畔传来嘈杂声。葛利仔细一听，有喊杀声，还有马蹄声，像是有人在打仗一样。有风吹过，他感到阵阵寒意。葛平问道："叔，你听到了什么声音吗？"葛利点点头道："我听见了。"

闪电熄了，雷声寂了，喊杀声却越来越响亮，仿佛就在身畔。"有鬼啊，我怕，我怕。"葛平钻进了叔叔的腋下，浑身在颤抖。葛利赶紧带着侄子回到家里。

晚餐时，葛平不想吃饭，躺在床上，嘴里还在说："有鬼啊，鬼在打架呢。"母亲摸摸他的额头，感觉发烫。请了医生来，煎了汤药，第二天，稍微好点，不再说胡话了，但还是不能起床。

见到儿子这个样子，葛权忧心忡忡。妻子埋怨道："我说了不要儿子去爬山的，你偏偏让他去。"

葛利来了，还带了一个人来。来人是一个中年道人，身穿青色道袍，身形高大魁梧，满脸春风。葛利对哥哥嫂子说道："哥哥嫂嫂休要担心，丝罗山的章道长来了，恰逢他去石门办事，路过这里，就被我请来了。他的医术高明，定能妙手回春。"

葛权道："章道长，有劳了。"

章道长来到房中，细细看了看患儿脸色，把了脉，看了舌头，然后说到："不妨事，孩子是受到了惊吓，我给他按摩一下就会好的。"

章道长当即给孩子按摩起来，摩了神阙、按了神门等穴位。过了不久，葛平就脸色恢复红润，自己下床了，说肚子好饿，要去寻饭吃。

母亲欢天喜地，去厨房里弄饭给儿子吃。葛权拿出银两感谢章道长。章哲道："无须客气。我与葛利是朋友，这几年，他采的石耳我都不知吃了多少呢。"

葛利道："那我也不跟你客气了。说来奇怪，我跟侄子路过那个山谷时，听到了阵阵喊杀声，有人在喊杀，有人在哭叫，真切无比。我侄子就是听到那个声音后吓哭了，回家就患病。"

"有这等事吗？要不你带我去看看如何？"

葛利道："今日天色已晚，不如明早再动身。"

葛权道："我也去。"

翌日，早饭后，葛利、葛权带着章哲就去登朱家山。来到那个山谷。葛利凝神谛听一会儿，摇摇头道："就是这个山谷，此刻却听不到声音。"

葛权望了四周，说道："这里确实是个老战场。我听父亲说过的。这里曾经是打过仗的。当年，鄂王岳飞率领一支江阴军抵达洪州，在一个风高天黑的三更夜，摸上城头，杀散守兵，攻克叛将李成据守的筠州。李成往西北逃跑，鄂王尾追不舍，在武宁、靖安边界出奇兵，抄小路，穿过深山密林，在这里摆开了战场。鄂王岳飞一马当先，一枪挑死了李成部将赵万。鄂王部下与叛军勇战。一场血战，只杀得天昏地暗，鬼哭神嚎。至今，山上还有赵万的坟墓呢。"

章哲道："精忠报国的鄂王岳飞，我是知道的，对他自然是十分敬仰。他曾到过我的家乡澧溪，还留下了诗一首：立马林冈豁战眸，阵云开处一溪流。机舂水漈犹传晋，黍秀宫庭孰悯周。南服只今歼小丑，北辕何日返神

130

州。誓将七尺酬明圣，怒指天涯泪不收。"

　　葛利道："可惜听不到声音了，白跑一趟，我们下山去吧。"

　　三人沿原路返回。这时，天突然变了，电闪雷鸣，暴雨如注。幸好三人带了雨具，不至于十分狼狈。

　　"等等，你们听到了吗？有声音！"葛利停下脚步，转身拦住二人。

　　"听到了，有喊杀声，有马叫声，有哭喊声，真是有人在打仗。"葛权说道。章哲也点头说听到了。

　　葛利道："虽说这儿曾经是战场，这么多年了，为何还能听到喊杀声？莫非是这些战死的人阴魂不散？"

　　章哲道："也罢，既然如此，我来给这些孤魂野鬼做一场法事吧，超度他们。"

　　葛权道："如此甚好，需要什么物事，我来准备。"

　　葛权家中，摆好了香案。案上，供品罗列，香火缭绕。章哲手持桃木剑，脚踏罡步，口念咒语。

　　村里人闻讯赶来围观。一个年过七旬的白胡子老人说道："我知道那是怎么一回事，那是过阴兵啊。我见过的。老辈人传下来说的，当年岳飞杀死了赵万，赵万死后不服，带着阴兵要去报仇啊。"

　　一炷香燃完后，法事完毕，章哲收了桃木剑，撤了香案，告辞回丝罗山。

　　从那以后，朱家山就再没有"过阴兵"了。

佑圣宫庆典

道观终于建成，即将举行落成庆典仪式。徒弟郑巡问道："师父，道观取什么名字好呢？"

章哲早酝酿好道观的名字，说："就叫佑圣宫吧。"说罢，他亲笔题写了三个端庄正楷大字——"佑圣宫"。郑巡拿着这副字，去找木匠雕刻匾额。

择好了一个吉日，丝罗山佑圣宫将举行落成典礼。章哲发了一些邀请函，让郑巡派送。章哲自己去石板江请义父石公。

"几年不见，义父风采依然！"章哲跪拜了义父并赞道。

石公道："托道祖的福，我还康健。我儿学道有成，今日在丝罗山开基创业，可喜可贺。为父本当前往道喜，可是你知道的，我已经多年未曾离开你义母了，实在不忍心离开她片刻须臾。只能这样了，送你一份贺仪，聊表心意。"

章哲接过贺仪，道："孩儿尊重义父的意愿，绝不敢勉强。"

章哲从石板江回来后，就去卧牛山和许言商议事情。二人在要不要请田绿萝来帮忙做斋饭的问题上纠结了好久。"她做的饭菜确实很好吃，她又很热衷于做饭炒菜，不请她可惜了。"但是，一想到她那个表兄郭森，两人心里就有气。最后，还是许言说，去螺蛳山探个虚实再说。许言就去螺蛳山打了个转身，回来笑着说："说好了，请田绿萝上山帮忙弄饭。她表兄郭森很久没有来这里了。她得知上次的事情后也很生气，不再理睬她表兄。"

章哲又去武陵岩请小慧。但见满山苍翠，黄叶翻飞，鸟鸣孤寂，人却不遇。又和许言一起去双龙口，在青白二仙塑像前留了邀请函；去何姑殿请何仙姑和卢仙姑、彭仙姑。

到了举行落成典礼那天，丝罗山上很是热闹。来祝贺的宾客有上百人。何仙姑没来，但是随了礼，卢仙姑与彭仙姑来了，白素贞没来，但是岑碧青来了。丝罗山顶有一平地，上面搭起了长棚，田绿萝一个人掌铲，手下几个人帮忙，忙得不亦乐乎。

酒筵正式开席前，章哲请了武当山的师兄和武宁县的县令共同揭匾。揭了匾，众人又一起进入佑圣宫内大殿，参拜了坐在大殿上的玄武大帝。武当来的师兄再三叮嘱章哲，要把武当道学发扬光大，造福苍生。章哲连连点头。县令也说，希望章道长以后在丝罗山保佑武宁风调雨顺，百姓安康。章哲也连连点头。

众人在佑圣宫内走了一圈，又出来在丝罗山上游玩一阵，然后入席就坐。

章哲举起酒杯，说道："今日感谢各位光临，丝罗山佑圣宫蓬荜生辉了。特备下素酒，请大家开怀畅饮。"

大家端起酒杯，干了，然后吃菜，聊天。

酒过三巡，突然，一个炸雷似的声音响起，"无耻道士，害人性命，强抢灵山，还好意思在这里摆酒庆功？"

众人循声望去，只见一个满脸胡须的黑脸大汉手持两柄铜锤，大步走来，似乎衣角都要打死人。在他身后，有十几位男男女女，一个个手持兵器，来势汹汹。

郑巡手持钢鞭，早迎了上去，说道："来者何人，为何口出狂言？"

那黑脸大汉也不多言，手舞铜锤，对着郑巡劈来。郑巡以钢鞭迎上。"咣当"一声巨响，宛如晴天霹雳。兵器交接，震得两人都后退了几步。

众位宾客早无心吃菜饮酒，一旁观看。青蛇岑碧青皱眉道："哪来这么多狐狸，搅人好事？"

彭仙姑与卢仙姑也站了起来说道："你们这些狐妖休得无礼，不要在此惹是生非。"

章哲招呼大家道："对不住，惊扰大家了。此事是丝罗山的事情，全由我章哲一人承担，大家不必插手。"

有一个身穿褐色衣袍的老妇人对着章哲道："臭道士，你占了我儿子的宝山，害我儿性命，今日你还我儿子命来。"说罢，就手持宝剑刺了过来。

章哲道："冤家宜解不宜结，我让你三剑。你若杀我不死，此事就作罢，可否？"

那老妇道："好，你吃我三剑再说。"话音刚落，就如一道褐色的风冲了过来。一道剑光对着章哲胸口射来。

那一边，郑巡和黑脸大汉又战在一起，双鞭对双锤，舞成两团黑影。时而分开，时而聚集，混战不已。

章哲见剑光射来，往后一仰，双腿扎在地上，稳如泰山，身子折弯，刚

133

好避开剑光。那老妇一剑落空，又纵身跃起，居高临下劈了下来。章哲直了身子，晃了几晃，整个人如一片树叶，在风中翻滚几下，又悄然落下，站稳，避开了利剑锋芒。老妇人两剑都没奏效，甚是恼怒，大喝一声，将宝剑抛往空中，念起咒语，宝剑一化十，十化百，百化千，顿时，千万柄宝剑对着章哲飞来。剑影重重，把章哲团团绕住。章哲的身影已经看不见了。剑影包围圈慢慢缩小，慢慢缩小，最后聚集，全部扎在章哲身上。

"师父！师父！"郑巡撕心裂肺地喊道。他看得分明，师父被剑影包围，动弹不得，身上中了上千剑，恐怕凶多吉少了。

"徒儿不必伤心，为师在这里还好。"不知何时，章哲站在一旁了，笑眯眯地说道。

众人定睛一看，那被刺了上千剑的哪里是章哲，分明是一块岩石。原来，章哲用了一招掩眼法，让岩石替自己挡了千剑扎身。

"罢了吧，我已经让你三剑了，我们之间的仇恨就从此一笔勾销。"章哲对老妇说道。

那老妇人道："好吧，我饶了你，但我女儿、我儿子的亲姐姐，不会饶你。小慧，出来跟他决斗吧。"

章哲一听，举头望去，果真是小慧。她还是那样明艳动人，还是那样惠质如兰。

章哲施礼道："小慧，实在对不起，我不知道他是你弟弟。"

小慧道："我不可以跟你为敌的，但也不能为友了，从今以后，你我互不相欠，从此相忘于江湖。"说完，小慧就离开了丝罗山，再也没和章哲见面。

黑脸大汉见小慧走了，也停了下来，跟着走了。他一走，那一伙人也跟着走了，只有老妇人边走边喋喋不休，似乎不愿善罢甘休。

望着小慧远去的背影，章哲没有想到，自己和小慧的情谊就这样消散了，

邓九收仙牛

　　佑圣宫道观建成后，许言就留在丝罗山上。章哲为许言选地方造了一个修炼和住宿的地方，名为清净观。那地方名为仙坑，云树苍茫，泉水潺潺，风景殊佳。一日，许言对章哲说道："这次庆典，我意识到一件憾事，就是道观里没有好茶招待客人，我要在山顶上开辟一个茶园。这山上有好泉水，以后有了好茶叶，定能沏出好茶，让你招待客人。"于是，她晚上修炼道法，白天在茶园里干活。

　　章举头那边的道观，安排郑巡每天去巡查，章哲自己有时也去处理事宜。

　　佑圣宫道观落成庆典后不久，有一个名叫邓九的青年男子上山来，要拜章哲为师。邓九是升仁乡彭家山人，身材高大如铁塔，皮肤黧黑，眼如铜铃，牙齿雪白。他天生神力，在家务农时，曾经肩起一头水牛，跃过一丈的壕沟。章哲见他忠厚老实，一心向道，心里喜爱，传给他武功和道法，邓九勤加修炼，日益精进。

　　章哲请石匠在山上斫石头，雕刻宝塔、十大雷神、石狮、石象、石龟等。先是把巨石斫成块状，再来雕刻。那石刻重的有上千斤，轻的也有数百斤。这些石刻，离佑圣宫有十来里远。若使人力搬运，几乎不可能。

　　就在石刻快完工时，突然天上有一头牛腾空而下，落在山坡上。山上有人看到了，跑来告诉章道长，说道："天上掉下一头牛。"

　　章哲便走过去察看。只见这头牛全身皮毛乌黑发亮，四蹄有一圈白毛，长八尺，高五尺六寸。这牛虽是牛形而有虎态，高昂着脖子，发出哞哞的叫声，声音如犹，好像随时要跟谁搏斗一样。那些人远远地看着，不敢近前，只觉得牛一叫，地皮都在不停震动。

　　章哲见仙牛勇猛，暗暗点头，转身回到道观，把邓九叫过来，说道："徒儿，前面山坡有一头牛，来历不凡，桀骜不驯，你前去收服它，将来定有妙用。"

　　邓九道："师父叫我去收服牛儿，真是叫对了，我以前在家，就是天天牧牛的，什么厉害的牛在我面前都会乖乖听话。"

邓九领了师父之命，来到山坡，撸起袖子，上前说道："仙牛，我邓九来也！"那仙牛一见邓九，眯了一下眼，似乎在思索什么，然后便伏在地上不动，发出低低的哞叫声，像是遇见了命中的主人，变得很是温驯。

邓九见仙牛如此情状，十分欣喜。上前牵着仙牛的鼻子，领着仙牛来到观前见章哲，说道："师父，仙牛来了。"

章哲见仙牛在邓九手中安静听话，喜道："此牛天赐也！"然后，章哲请人做了一架牛车，并将山上的路修好。

石塔、雷神等雕刻完成后，章哲就命邓九将石塔、雷神等分别装在车上。仙牛拖车，邓九驾车。那仙牛驾着车子，拖着石刻，跑得飞快。邓九坐在车上，喊道："驾！"那牛就跑起来，几乎要腾空了。

一会儿，就到了佑圣宫，邓九喊一声"吁……"，牛儿就停下来，邓九蹲着马步，抱起石刻端下来，按照师父的吩咐——安顿好。

那天，等到所有石刻全部运完安顿好之后，仙牛忽然倒在地上，不动了。邓九喊道："仙牛，快起来。"

仙牛闭着大眼睛，还是一动不动。邓九上前去摸仙牛的鼻子，发现鼻息全无，已经死去了。

邓九感到十分悲伤，仿佛是失去了一个好朋友。他叹道："仙牛啊，你是累死的啊。"章哲过来拍拍他的肩膀，宽慰道："徒儿，不要难过，一切都有定数，得也许是失，失也许是得。"

"仙牛，你是为了佑圣宫累死的，我要把你安葬在这丝罗山上，以后经常来看你。"邓九背着仙牛，来到五里排这个地方，放下仙牛，开始挖坑，打算好好安葬仙牛。等他挖好坑，转身去看仙牛时，发现牛不见了，地上只余下一张牛皮，上面还放着一把黑铁叉。邓九举起铁叉，有点沉，舞动起来，十分得心应手。原来，这仙牛的牛角和筋骨化作了一件兵器，上面还有一行字。邓九不认得，就扛着铁叉回到佑圣宫禀明师父。章哲见了铁叉，认出了那一排字，写的是："巡天察地如意叉。"

章哲道："好好，徒儿，这是上天赐给你的如意兵器。望你能不负上苍厚望。"

后来，邓九还是将仙牛皮安葬在五里排，砌了坟，立了碑石，以垂永远。后人称之为仙牛坟。佑圣宫徒子法孙代代祭扫，感念其功德。

采药三仙坡

章哲在丝罗山上建起了炼丹亭。这个亭子比在卧牛山建造的更高更大。亭子四角蹲有四只瑞兽，亭子入口两旁有石刻楹联，写的是"丹鼎尽腾龙虎气，天风微度凤鸾声"。亭子里放着炼丹的铜炉、铜灶、铜壶等。章哲朝夕用文武火，悉心熬炼。追坎离交媾，配合阴阳，婴儿姹女，结成丹胎，赖戊己黄婆，时时看护。邓九负责照看炉火，许言有时来看火候。章哲调制丹药，炼的金丹就给自家几个人服用。郑巡已经不食人间烟火了，每月月圆之时，吞服一小粒丹药即可。更多的时候，章哲是炼制草药丹，为前来求医问药的人解困。

那天下午，章哲步出佑圣宫，走了四五十步远，来到龙珠墩。这个地形，形如龙戏之珠。远处，有五条山脉，如五条龙，从远处奔来，似要抢这颗龙珠。"真乃好一个所在地啊。"章哲每次走过龙珠墩，内心都会赞叹道。这次走过龙珠墩，章哲郁郁寡欢。他想起这接连三天，白天静坐参道时做的恶梦。先后来了三个大魔王，长得相似，只是头戴的冠不同，或青冠，或赤冠，或黄冠，带着众魔鬼，在身旁吵闹。魔鬼们在一旁唱歌跳舞，有时就附在耳边，故意大声吵闹。还有女魔鬼穿着暴露，扭动蛇腰，在一旁挑逗不已。实在是被他们烦不过了，章哲就喊道："郑巡何在？帮我赶走他们。"郑巡得令前来，却说看不到什么。章哲又叫邓九来护法。邓九手持巡天察地如意叉来，挥舞一阵，也是毫无效果。两个徒儿看不到魔鬼，无法战斗。章哲就叫许言来，也说看不到。章哲被魔鬼搅了三天，心里烦躁，茶饭不思，眼看消瘦下去。许言道："既然我们三人都看不到，必定是心魔作怪。如此下去不妙，不如去挖点草药，炼制灵丹，来治愈心疾。"

章哲提着药囊，扛着药锄，来到一个草坡。这是一个朝阳的草坡，虽是秋季，依然芳草萋萋。草坡里长着好几种常用草药。章哲时常来这里采药。草坡上，露出几个灰白色的石头，如桌如椅，光洁可爱。石头上，有三个老人坐在那里喝酒。章哲远远地看着，不敢打扰。三个老人都穿着白色长袍，一个个鹤发童颜，最古怪的地方是他们的眼睛都是方形的，在那里饮酒，怡然自乐。章哲一边低头采药，时而抬头看着他们。"过来，有话跟你说。"一个额头很高的老人对着章哲招招手道。

章哲听到唤他，赶紧走过去。"你是何人，在此作甚？"一个老翁用手指着章哲问道。

"回老先生的话，我是这丝罗山佑圣宫的广惠，欲治心疾，到这草坡采药来了。"

一个精神矍铄、面容清癯的老人，放下酒杯道："此言差矣，药在本身，何劳采也？"

章哲听了，心头震动，猛然醒悟，识得是三位神仙，便低身下拜，说道："承蒙神仙指点，还望传我治心魔之术。"

一位老人道："搅乱你心神的，是五方魔王。五方魔王各有官属三万八千人，与六天同生也，主领三界，功等诸天，为鬼神之宗。"

一位老人说："五方魔王，与天同生，常扰乱学人，不欲成道。后来，元始说法，群魔束手，皈伏道化。"

一位老人说："如今，魔王之神，常来试学道之人正与不正。乃载歌载舞，以乱人心。心固者，即保举飞升得道成仙。魔王来试，可见你得道指日可待。"

三位老人解释清楚后，章哲如醍醐灌顶，心头喜悦，满面愁云散去了，心身为之一轻。原来，魔王来试，是我修道火候快到了。这是好事啊，我何必烦恼。

一位老人又说道："还有两位魔王会来搅乱你，我传你一个要诀，让你道心更加坚固。"

章哲仔细谛听妙诀，记在心头。然后，下跪拜谢。待他起身时，抬头想再看三位老人，可是，眼前不见三位神仙，只余下石椅石桌，椅子、桌子上一股清风。

后来，章哲按照仙人的指点，赶走了心魔，再也没有魔鬼来搅乱他的修行了。章哲每每向徒弟讲述三位仙人在此草坡上指点他的事情，人们于是将此草坡称为"三仙坡"。

汤家甘泉

这一天，章哲去北乡湖滩村汤家，拜访汤子洪。汤子洪的妻子王灵芝是章哲儿童时的伙伴。王灵芝从村里人的口中得知章哲在丝罗山创立了道场，就叫丈夫汤子洪送十斤菜籽油到山上去。王灵芝说，章哲曾经救过她一命。王灵芝9岁那年，油菜花开的时节，修河涨大水，河里的鱼儿逆流而上产子，很多人在河边捞鱼。王灵芝跟着父亲在仙人潭附近打鱼，站在河边帮忙。突然，一个浪头，把她卷入水里。她父亲正低着头把一条大鱼抓进筐里，没有来得及去救女儿，还是一旁的章哲眼明手快，冲进滔滔的浊水里，把王灵芝救了起来。两人很多年没见面了，王灵芝知道章哲外出学道，如今归来，在丝罗山创业，就送来十斤菜油表示祝贺。

汤子洪背着油坛子，一路跋涉来到佑圣宫，见到了章道长，说特意送十斤菜油来，自家种的菜籽，自己榨的菜油，香喷喷的。

章哲见汤子洪一不求医，二不问卦，这么远特意送菜油来，就说道："不敢当，不敢当，无功不受禄。"

汤子洪说："章道长，你是我家的大恩人，多年前，你在仙人潭救了我娘子王灵芝一命。"

"哦，你是王灵芝的官人？"章哲问道。

"正是，就是她叫我来的。"汤子洪点头道。

章哲眼前浮现出王灵芝儿时的模样，还记起了她绣的荷包。原来，她嫁给了眼前这个男人。只见他中等身材，五官端庄，一副忠厚老实的模样。见他说得诚恳，章哲这才收下了菜油。

"你们日子过得如何？还顺心吗？"章哲问道。

"好，都好。"汤子洪点头道。

"有什么需要我做的吗？"章哲又问道。

汤子洪说："我们那里别的都好，就是吃水不太方便，村里有一口水井，水不好，如果能帮我们找到一口好水井就好了。"

章哲道："改日我去你家，看看能不能帮你们找到一口好水井。"

几天后，章哲就去了湖滩汤家。在村子小路上，恰好遇上汤子洪。两人一同进屋。王灵芝正在堂前做针线，听到汤子洪说道："娘子，你看谁来了？"

王灵芝抬眼一望，只见一个面庞微胖、身材高大的中年道士站在面前，双目有神，满面微笑，风采不凡。她知道必是章哲，然而，一时不知如何开口，只是说了一句："你来了？"

章哲点点头道："灵芝，我来看你了。"眼前的她，被岁月改变了模样，一些白发爬上了鬓角，饱满的双颊已经变瘦，眼角刻上了皱纹。

王灵芝忙端上一碗茶水，说道："好，好，来了就好。我来煮饭。官人，你陪章道长坐一坐。"她就去厨房弄饭。王灵芝做事麻利，不一会儿就端出了几个菜来。吃饭时，汤子洪问章哲喝酒吗，章哲摇摇头。王灵芝白了汤子洪一眼，道："哪有这样问的？倒酒就是了。"

汤子洪忙拿出杯子倒酒。王灵芝对章哲说道："他自己不喝酒的，也不知道请人喝酒，就是这样老实。"

章哲道："我们修道的，平时也不喝酒的。"汤子洪再三坚持，章哲就抿了几口酒，敬酒道："祝你们日子顺心，白头到老！"

饭后，汤子洪陪章哲在大坝里散步。路上，章哲看到两边青山如龙一样蜿蜒，地上有几处萋萋青草，说道："这里风水极佳，应该有甘泉的。"他慢慢走，边走边看。忽然，他停了下来，指着一个地方说："此地有甘泉，挖掘出来，可供百户人家之需。"

"是吗？那就太好了，我们全村都有水吃了。"汤子洪喜出望外。

章哲道："是的，我所言不虚。"然后，章哲采了一束茅，插在地上，作为记号。这次，章哲既没有用脚一顿，也没有用手指一指，让泉水流出来，而是吩咐汤子洪自己去挖。

几天后，汤子洪于茅下挖掘了一丈深左右，果然，一股清泉涌了出来。这泉水，冬温夏凉，味道甘美。天要下雨时，就有五色双尾小鱼浮游水面，十分奇妙。在清朝道光年间，村里人仍在吃这井水，汤子洪的后裔汤辉南还把此水井砌石修葺，当时县志有记载。当然这都是后话。

却说那天，章哲在汤家住了一个晚上，翌日早饭后告辞，要回丝罗山。汤子洪与王灵芝送客送出约百步远。

章哲走到湖滩官塘坪时听到了一件事情，令他停步下来，听个究竟。

雷神击屠户

只见有一个青年男子在路边哭诉道："娘子，是我害死你了，是我害死你了。"这个男子，大约三十岁，中等身材，显得瘦弱。他一边哭，一边说，眼泪鼻涕一齐流下来。

"是啊，你肯定是冤枉你娘子了，不然，她不会自缢的。"一个人年近半百的胖妇人指着这个青年男子说道："可怜她娘家远，在村里只有跟我这个邻居说说心里话。有什么事都跟我说的。那天，你说她拿了卖猪的钱，存起来做私房钱，想拿回去给娘家人用，她气得很苦，憋了一肚子气，跑来跟我诉苦。我劝了几句，她就回家了。她本来好了点的，你却不依不饶，还说她存私房钱回去给老相好用。我在隔壁都听到你的声音了。她一个弱女子，如何经得住你这样乱嚼的。你真是嚼蛆啊，这下，她气愤不过，一死了之。她倒是走了，丢下的两个孩子以后怎么办啊？"

旁边几个村人也在责怪男子，说他不该污蔑娘子，送掉了她一条命。有人说："人家说捉贼捉赃，捉奸捉双，你平白地往你娘子头上泼脏水，她如何受得了？她死了，你就好过了吗？"

男子跌足道："我糊涂啊，我不是男人啊，是我对不住娘子，我要去镇上买一副好棺木，厚葬我苦命的娘子。"

中年女子说："你去吧，是要去的，不然太对不住人了。"

男子就急匆匆地往集镇上赶去了。

章哲听见有人命案，便向人打听了一下。村民就把事情的来龙去脉告诉了他。原来，这个男子姓李，前天，约了一个屠户到家里来，打算把自家养的一头猪卖掉。屠户到了他家，估了估猪的价钱，把钱付清了。约定翌日早上来杀猪的。李某把卖猪的钱放在枕头下，有事外出了。早上，屠户来杀猪。李某的妻子到厨房去煮一碗汤给屠户吃。

屠户杀完猪，扛着猪肉就走了。等到李某回家，去枕头下找卖猪的钱，却不翼而飞了。他认为是妻子私藏起来，就说了很多怪话，一会儿说妻子把钱拿回去给娘家人用，一会儿说给老相好用。妻子说自己没有拿。他却是不信，说，家里没有别人来，不是你是谁。妻子百口莫辩，气恼不已，就自缢身亡了。

有个村民说，估计是那个屠户趁女人去厨房煮汤，就偷偷进了房间把钱偷走了，然后，杀了猪，扬长而去。但是没有人看到，无人做证，就无法去找那个屠户算账。

章哲听了，嗟叹不已。夫妻之间这么不信任那真是会害死人的。他决心为这位死去的女子讨一个公道。为了避免有人打扰，他走到黄氏港，选了一个人迹罕至的茅草掩映的地方，画符，念咒，请起了雷神出动。他念道："请起日出东方一点红，照见雷神在云中。有缘千里来相会，无缘对面不相逢。千花朵，万花红，何劳弟子念千声。口中念得青烟起，足下踩得地皮穿，一炷香插青草上，一杯水当白酒祭，快打马，勤催鞭，急急打马到坛前，神到坛前忙下马，马到坛前忙卸鞍。神降人间无别事，人间有冤盼昭雪。"做完法，他就回到丝罗山去了。

李某走到集镇上，已经是中午了。那时，天上没有一片云。忽然霹雳一声巨响，一个炸雷就落在集镇上。人群乱成一团，顿时散开，有人惊呼道："雷打死人了，雷打死人了！"

集镇大路上，有一个人当场被雷劈死了，跪在街头，衣衫褴褛，一身焦黑，面目狰狞。李某走过去一看，正是那个买猪的屠户。死去的屠户手里握着钱，在那里一动不动，像是等待有人来取钱。这时，有人去取他手里的钱，怎么也掰不开他的手。李某见了，也去取钱。那握钱的手顿时松软，钱一下就取下了。数了数，正好是卖猪的钱，一文不差。

李某知道，这是雷公显灵，让贪钱黑心的屠户遭了报应。李某拿着钱，去买了集镇上最好的棺木。他一想到妻子含冤死去的脸庞，那委屈的眼神，他胸口就有锥心之痛。这种疼感持续了很长很长时间，无法散去。

牵牛笠

那天，章哲与许言在丝罗山上游玩。许言道："我在道观的右边，开辟了一个茶园，种下了九百九十九棵茶树，已有两年了，到了明年春天谷雨时节，便可以采摘茶叶。届时，我们可以喝自制茶叶泡的茶了。"

章哲道："好啊，辛苦你了。"

两人边走边聊，不觉来到了一个名叫薄刀林的地方。

"这个地方为何叫薄刀林呢？"许言问道。

章哲道："你看啊，这里的岩石，一根根地竖起来，又高又薄，锋利有刃，耸立成林，故名为薄刀林。"

"这里如此险峻，骇人心胆，行人过往不便，你我何不施法，将此地改观一下？"许言道。

"此言甚好，你打算如何施法呢？"章哲道。

许言道："我们施法，将此刀锋似的岩石全部连根拔去，如何？"

章哲道："不可，不可，你这叫斩草除根，这些岩石又没有罪孽，何苦要遭这等荼毒？"

许言道："那么我们施展武功，把岩石齐腰削断，使它们不再露出狰狞面目，你看如何？"

章哲道："这样也太粗暴了。"

许言嗔道："这也不可，那也不可，你待要怎的？"

章哲笑道："莫发脾气，静静想一下，想一个好法子出来。"

许言道："想，那你就用冥想神功把这岩石想掉吧。"

章哲道："对啊，我们可以静坐下来，以我们的意念，使得这岩石变得低矮一些，而不是斩断它。"

于是，章哲息心静气，在林崖前盘坐。许言见状，也盘膝而坐，平心静气，一心一意，只想那一根根片状的岩石，慢慢陷下去，陷下去……

二人闭目凝神，不知不觉，就盘坐了一晚。翌日清晨，二人睁开眼睛一看，林崖片石全部坐平三尺。那些片石，还保留了大致的模样，不过是藏起了锋芒。

"不错，不错。"章哲对自己和许言的冥想功夫还是很满意。

"嗯，你和我想的都是一样，让片石陷地三尺，不多一分，也不少一分。"许言也很满意。突然，许言从后脑勺拔出三根头发，往地上一扔。地上就出现了三棵樱花树，长不过一尺有余。许言道："我们插三棵树在此为记吧，记住今日，我们在此盘坐，坐平片石三尺。"说完，她就把三棵树插在片石旁边。

章哲道："刚栽的树，没有雨水浇灌怎行？"说罢，他念起咒语，顿时，天色一变，下起小雨来。小雨飘飘洒洒，许言伸出手掌去接。她说道："有好雨还要好风啊。"说罢，她将手一招，就有微风吹起。章哲的道袍迎风飘拂。

那三棵樱花树，遇上好风好雨立马就长，不一会儿，就长成一丈有余，枝丫舒展，这才停住不长了。一会儿，风也停了，雨也住了。

"妙啊！"章哲望着樱花树，拍手叫好。许言望着樱花树，也满面微笑。

这时，有一个老农，头戴竹笠，牵着一头老牛慢慢走来。他走近了，猛然惊觉那些岩石变了样，又看见章哲和许言站在那里说笑，便说道："章道长，这些岩石，是你弄的吗？这样一来，路好走多了，再也不担惊受怕。"

章哲说道："嗯，路好走了，大家都方便。"

"章道长，自从在你这里讨了一张符去，到我村里骚扰的野猪就少了，多谢你，多谢你，真是道法无边啊。"老人牵着牛，取下斗笠搁在片石上，向章哲低头致意。

章哲点头微笑而已。

许言站在一旁，安静地听。老人看了许言一眼，问章哲道："章道长，她是你娘吗？怎么没有见过她？"

"啊，她不是我娘。"章哲望着许言，忙辩解道。

"我不是他娘，是他姑姑，专门在丝罗山上种茶的，不在佑圣宫里住，平时都在茶园里忙，肯定是很少看到我的。"许言解释道。

"哦，哦，难怪难怪。你的茶树什么时候可以摘茶叶啊？摘了茶叶，我想尝一尝。"老人道。

"好啊，好啊，新茶叶出来了，一定请你品尝。"许言笑道。

老人听了，乐呵呵地说："下次去我家喝酒，我家酿的酒可好喝了。"老人说着，牵着牛就走了。

待老人走远，许言对着章哲说道："快叫我姑姑。"

章哲笑道："姑姑好，好姑姑。"刚叫一句，那许言迎风一晃，变作了许嫣然，笑弯了腰。

章哲道："不许你这样，快变回来。"

许嫣然哈哈大笑，又变回了许言。二人转身回道观去。这时，许言道："老人忘记把斗笠拿走了。"

章哲道："随它去吧。"

那斗笠就留在那里，日晒雨淋的，只剩下一个竹编的外壳，最后被风吹散。后来，人们改称薄刀林为牵牛笠，地名沿用至今。

鸡冠崖仙桥

丝罗山上，有一山峡，不是甚宽。山峡一侧，有一鸡冠崖。此崖形如鸡冠，颜色赭红，仿佛被大火烧过一般。传说，很久以前，有两条火龙经过这山峡，喷出大火，烧红了崖石。这崖石瘦骨嶙峋的。阳光照耀下，崖石上，仿佛烈焰腾空，火苗喷升。两边悬崖峭壁，深若百丈，凶险如羊肠鸟道，不可俯视。唯有一处，勉强可容人通行。经过此地的人，大都感到惊慌恐怖，双腿发软。

那一天，章哲与许言游历此地，见到一个女子经过，坐在地上，不敢走动，哭泣起来。

许言道："不要哭，你站起来啊，慢慢走，别怕。"

女子抽泣道："我双腿无力，站不起来了。"

许言就走过去，扶起，送她走过此山峡。走过时，许言无意间看到山峡深处有一团红光闪耀。

章哲和许言下到山峡深处，朝那红光走去。原来，是一个蹴鞠一般大小的蛋卵，躺在地上，正散发淡淡的红光。许言伸手去拿。章哲正打算阻止，还未曾说话，许言就大叫一声："好烫！"

许言失手将蛋卵摔在地上了。蛋壳破碎，里面的蛋液喷射出来，刚好射进了许言的嘴唇上。那蛋液似乎有灵性，竟然全部沿着许言的嘴流进去，一直进了她的喉咙。许言来不及紧闭嘴唇，那些蛋液流进腹内。顿时，腹中火烧火辣。

"好难受啊！"许言的脸变了，变成了许嫣然。章哲急切地问："你怎么了？"

许嫣然头上冒出汗珠，坐在地上，捂着肚子说道："这个东西在我肚子里闹腾呢。"

过了一会儿，许嫣然惊恐地看到，自己的肚子慢慢隆起了。"啊，啊。不要，不要。"许嫣然使劲捂住自己的肚子。

章哲不知如何办才好，很想伸手去摸摸她的肚子，却是不敢造次。

许嫣然的肚子越来越大了，就像是怀胎几个月了。她惊骇不已，只好躺在地上。章哲没见过这个场景，在一旁焦虑万分。无奈之下，请了土地公公和土地婆婆出来。那土地婆婆一看许嫣然的样子，就说道："啊，马上要生了，马上要生了。"

章哲问土地公公："此蛋卵是何来历？"

"八百年前，这里有一雄一雌两条火龙在山峡里玩乐，后来，雌龙产下这一枚蛋，沉睡多年。今朝，此蛋卵突然醒了。"

"那，怎么会到她肚子里去的呢？"

"也许是缘分吧。无妨，对她应该不会伤害。"

"她会生出一条火龙来？"章哲急切地问土地婆婆道。

"也许吧。"土地婆婆答道。

"我不要生，我不要生！"许嫣然捶打着自己的肚子。她已经是满头大汗了，头发都湿透。然而，由不得许嫣然不生，已经到了分娩的关键时刻。土地婆婆将自己的衣服盖在许嫣然下身，说道："你们男的转过一边去。"

土地婆婆掰开许嫣然的双腿，帮她用劲。许嫣然突然说，胯下好疼。随着许嫣然"啊！"地一声大叫，不一会儿，一个粉红色的肉球就随着血水从她胯下滚了出来。土地婆婆帮许嫣然剪断脐带。许嫣然脸色苍白，气喘吁吁。土地公公说："怎么生了个肉球出来？"那个肉球在地上滚了几滚，就裂开了，从里面弹出一把软剑来。原来，许嫣然生了一把剑。这把剑，形如蛇，色如肉，卷曲成一团抖开后，长约三尺，剑身扁圆，却没有锋刃。章哲捡起软剑，拿给许嫣然看。许嫣然摆摆手道："拿过去，我不要看，我要洗澡。"土地公公说："恭喜恭喜，这是一柄火龙神剑，天下奇兵啊。"

章哲背着许嫣然赶回清净观中，取来铜盆，洗面巾，让土地婆婆给许嫣然洗面净身。章哲还拿了补气补血的丹药给许嫣然吞服。一会儿，许嫣然就恢复过来。她说道："今天倒霉，遇上这事。幸亏两位神仙相助，万分感激，只是，万望守口如瓶，切切不可说出去。"土地公公和土地婆婆说道："放心，放心，我们不会的。"说罢告辞而去。章哲提起火龙神剑，扶着许嫣然，走到山脊上来。他让许嫣然坐在旁边歇着。章哲看了看四周，对许嫣然说："此地无桥，地势凶险，来往行人不便，不如，我在此造一座桥吧。"

许嫣然道："如此甚好，免得有人摔下山峡去。"章哲在山脊上挖土，将衣服兜土，往山峡里倾倒。兜了三次，顷刻之间，造成一桥。此桥乃是岩石土块筑成，恍若天成。后人，以祖师所造，因呼名仙人桥。

磨剑收石人

那一天，章哲握着火龙神剑把玩，随手一抖，剑身暴长三尺，只是剑刃未开。他很想知道这神剑开刃后是何等模样，于是，找了一个地方去磨剑。在丝罗山后面的山脚有一块石头，高若丈许，有头有手，宛若人形。它在一个水潭旁边站着，眼睛似睁似闭，仿佛一直在修炼中。这个水潭名叫孟姥潭，潭水深十余丈。章哲握着火龙神剑，坐在潭边石头上，蘸着潭水，慢慢地磨剑。说也奇怪，那火龙神剑起初磨时，分毫不见动静，章哲不信这个邪，打定主意继续磨。

磨了几天，那火龙神剑才蜕皮一样，褪去了那层肉色，露出了白刃。章哲越磨越有劲，索性站起来，弯着腰，用力磨。水花四溅，霍霍有声。

章哲正磨得起劲，突然一个声音响起："吵死了，吵死了，谁在这里扰我好梦？"

章哲抬头看去，却是那个石人在嚷嚷。它赤裸身子，一身石块隆起，十分壮实，腰间一圈绿色的薜衣，恰好做了他的短裤。

石人伸开双臂，露出厚实的胸肌，打了个哈欠，双目怒瞪章哲。"呵呵，好一个一睡千年的石人，是我吵醒了你吗？不如说是我叫醒你了。"章哲笑道。

那石人道："你吵醒了我，快跟我赔礼道歉，不然的话，有你好看。"

章哲道："你有何能耐，居然敢口出狂言？"

石人举起拳头，恶狠狠地砸了过来。章哲侧身躲过，避开了这一击。石人见一拳落空，便飞起一脚，带起凌厉的风声。章哲道："来得好！"一个旱地拔葱，飞身跃起丈余，在石人身后轻轻落下。

石人两招都没有击中，狂怒，大喊一声："气死我了！"转过身来，对着章哲的头顶，双拳一齐砸下去。章哲见双拳来势汹汹，便将手中火龙神剑高举，迎了上去。那火龙神剑顿时发出万道霞光，挡住了石人的拳头。石人被霞光逼退，踉踉跄跄，退了几步才站稳。

"好厉害的剑！我服了，我服了。"石人低头认输。

"你是真心认输还是假意认输？"章哲问道。

"认输就是认输，哪有什么假的，我石头人说的话硬邦邦的，说一句就是一句。"石人说道。

章哲道："好，我且信你。你修炼了千年，十分不易，有心向道，定能修成正果，就皈依我门下吧。"

石人跪下道："师父在上，受徒弟一拜。"

章哲带着石人往佑圣宫走去，路过云关一里许，看到一块巨石矗立山边。这石头大若半间房。章哲想试火龙神剑的锋芒，就将神剑向石头一砍。红光闪动，火花四溅，石头被劈开，一分为二，中间缝隙不过寸许。

"真是神剑啊！"石人咂舌道。

章哲带着石人来到佑圣宫，引他叩拜了真武大帝。章哲自己也跪在真武大帝座下，焚香，祷告，说道："弟子今日新收一石人为徒，望玄天上帝赐我神力，除去石人野性，指引它走上正道。"

然后，章哲对着石人念起了咒语："天地玄中，万气本根，广修浩劫，证吾神通。三界内外，唯道独尊，视之不见，听之不闻。包罗万象，养育群生，持经一遍，身有光明。虽是顽石，亦有灵根，野性得除，慧心乍现，皈依我道，得成石仙。"

石人听罢咒语，忽然全身通泰，心地光明，忙谢过师父。

然后，石人见过了郑巡和邓九二位师兄。章哲再带他去茶园，见过了许言。

"这火龙神剑磨出了锋刃，威力很大，还给你了。"章哲把火龙神剑递给许言。

许言满脸厌恶之色，摆手道："我不要，我不要，你赶快拿走，我不想看到它。"

石人说："这么好的宝剑，你不喜欢吗？"

"你喜欢吗？喜欢就送给你了。"许言对石人说道。

石人直勾勾地望着火龙神剑，用力点点头。

于是，章哲把火龙神剑递给了石人。

石人立即跪下，接过神剑。

章哲道："你有了此神剑，要发誓降魔护道。你就镇守在孟姥潭边吧。"

于是，石人就捧着火龙神剑，离开佑圣宫，一直站立在孟姥潭边，护卫丝罗山。

合港石桌

  合港是丝罗山脚下的一个小村庄。十几间土墙房子依山而筑。村里住着几十个人，每天听着丝罗山的晨钟暮鼓，过着平静的日子。那一天，章哲和许言到合港村为一个老人治病。老人卧在床上，动弹不得。章哲用针灸之术为他治疗，选了任脉和督脉上一些穴位，扎了半个时辰，老人感觉好了许多。章哲留下一些药丸，嘱咐他按时吞服，然后告辞。

  章哲和许言走到村口，听到哗哗流水声。原来，这合港地名的由来是指有几条小溪从丝罗山下来，在这里合成一港。许言见港中流沙不止，说道："这港水日夜冲刷，带走这么多流沙，天长日久，如何是好？"

  章哲道："是啊，如此下去确实不成，待我来改造之。"于是，章哲将脚一顿，现出一石坎，拦住了流沙。

  许言道："你这样堵住，堵得一时，堵不得一世。不是个长久的法子。"

  章哲道："那依你说该如何是好？"

  许言道："依我看，要在此港中，布起乱石阵，让那沙石不再被流水带走。"

  章哲道："所言极是，我来布阵。"说完，他就念起咒语，双手十指捻诀，喝一声："疾！"港水中顿时出现了许多乱石，看似毫无章法，实际上暗藏玄机。果然，那些沙石慢慢就不再流动了，港水变得清澈起来。许言拍手叫好。

  二人继续往村口走，见到一个供奉土地神的社。章哲在社前烧了一炷香。许言也跟着烧了一炷香。

  "这个地方很好，不如我们在此歇息一下。对了，我们来下棋玩耍，你看如何？"许言道。

  "好的。"章哲用手一拍，顿时，平地现出一四方石桌，有三尺来高，平正光亮，看着就赏心悦目。

  许言靠在石桌上，说道："好的，你出桌子，我出棋子。"说罢，许言将宽大的袖子往石桌上一扫。桌上立马出现一副象棋，计三十二枚棋子。这些棋子，皆是玉石制成，晶莹可爱，每个有普通月饼大小。

二人开始下棋。章哲执黑，许言执红。红方先走。第一局，是章哲赢了。第二局，是许言输了。到了第三局，下了一阵，许言的棋势渐渐弱了，剩下一只车，一只马，便有悔棋的举动。章哲和她争执起来，不肯让她悔棋。许言偏要悔棋。二人边争执边走棋，棋子落在石头上，噼啪有声，不觉明月东挂，银辉洒在大地上。

许言见下不过章哲，却不肯认输，就叫来了援兵，却是彭仙姑和卢仙姑。章哲也请来了仙人王子乔。

小小石桌，围了很多人。三位仙人在月光下，一边指点章哲，一边指点许言。彭仙姑与卢仙姑心思缜密，走一步想到后面三步；王子乔大刀阔斧，杀着凌厉；章哲稳打稳扎，步步为营；许言怪招迭出，却往往不被认可。有时是章哲与许言对垒，有时是二位仙姑与王子乔对阵，大家在石桌上混战一团，忙得不亦乐乎。这时，土地公公和土地婆婆也现身了，拿出一些果子和美酒给大家吃喝。土地公公也技痒难耐，走了几步棋。大家兴致很高，下了一局又一局。

不知不觉，天亮了。一个早起的妇人，听到棋声噼啪。众人喧哗，走过来，看见很多人围在那里，说道："你们不是彭仙姑和卢仙姑吗？在这里做甚？"

彭仙姑、卢仙姑听了，心想，自己被认出来了，凡人知道自己在这里下棋玩要不好，急忙隐身遁去。王子乔也化作一白鹤飞走。章哲对着妇人笑笑，说道："没什么，在下棋呢。我们要走了。"

许言忙收起棋子，慌乱之中，留下棋子一枚在石桌上。传说，后来，石桌上的这枚棋子，时隐时现，如果有人能看见棋子，就能卜得年丰岁稔。有诗为证：

合港石桌

清·刘廷福

合港多乱石，仙人道法奇。
拍手现方桌，邀仙常下棋。
四方形宛肖，平正光如脂。
今若见棋子，丰年卜无疑。

雾隐仙人床

试剑石左边半里许，有一个坪，全是石头。灰白色的岩石，形态各异，因此被称为石坪。石坪中有石板一块，长八尺，宽三尺，厚二尺，莹然如玉。章哲见此石明净可爱，常常到石板上坐卧，静养修道。他躺在石床上，以右手肘撑在石床上，身子右侧，蜷腿屈膝，作"吉祥卧"。躺卧几天后，他才知道这石床的妙处，居然可以助人练功，对练功者大周天、小周天的运行极有裨益。

章哲一时高兴，就用手指在石床上刻下"仙人床"三字。他把这个仙人床的事告诉了许言和徒弟邓九。许言说："好啊，我也想去躺着练功。"于是，章哲常常带着邓九与许言到此地练功。

一天晚上，月亮明晃晃地照着，把个石坪照成了琉璃世界。章哲与许言又来到石坪，许言登上了仙人床，躺在那里练功。鸟儿鼙鼙也来了，在月光下的石床上嬉戏。章哲在一旁练剑术。

良辰总是容易流逝，不知不觉就近午夜了。章哲收了剑式，鸟儿鼙鼙和许言下了仙人床。正要离开，这时，突然大雾弥漫。满山满谷全是灰白色的雾气，又深又浓，汹涌着，翻滚着，似乎要吞没了山间的一切。

"怎么突然起雾了，这雾好美！"许言道。

"你们今天在劫难逃了。"这时，大雾中出现了四个穿黄袍的人。章哲望去，却是当年在会仙观偷丹的黄鼠狼。

"偷丹贼，你们来偷什么？"章哲见了他们，心头就冒火。

"我们得知这丝罗山上，有一仙人床，就来看看。"一个黄袍人说道。

"我们不仅知道这仙人床，还知道这仙人床的秘密。这石床中藏有一颗灵珠。我们想借去用用。"一个黄袍人接着说道。

"说得好听极了，你们是来借吗？"许言斥道。

"我们担心你们不借，所以请来了一位大师。"一黄袍人冷笑道。

这时，出现一只怪物，冷不防对着章哲吐雾气。那雾气是浓黑的，腥臭异常。章哲不小心吸了一口黑雾，手软脚软，头晕眼花，拄着宝剑，半跪在地。然后，坐在地上，运功，要将毒雾逼出来。

章哲定睛一看，那怪物原来是一只超大的蜘蛛。它挥舞着两只前爪，恶狠狠地抓来。许言措手不及，被它抓住了，不停挣扎着，却无法脱身。

鸟儿鼙鼙飞上前去，用爪子去抓，用嘴巴去啄，却差点被巨蜘蛛扫中。只能飞远，去搬救兵。

许言被毒蜘蛛抓住，有力气使不出，见章哲又中了毒，不由得心急如焚。

章哲休息一会儿，挣扎着起来，去救许言。他的功力没有恢复，只能艰难地举起宝剑，去砍那蜘蛛。蜘蛛不得不放下许言，舞动两只爪子，和章哲搏斗，一时战得难分难解。那蜘蛛一边打，一边吐黑雾，整个石坪被黑雾笼罩。那黑雾异常腥臭，许言和章哲不得不掩住口鼻，屏住呼吸。

那四只黄鼠狼见状，就去搬运仙人床，抓住仙人床四角，用力往上抬，眼看就要抬走了。

正在这时，鸟儿鼙鼙飞来，叫道："石仙人来了！石仙人来了！"

原来，它请来的救兵是守卫孟姥潭的石人。石人挥舞火龙神剑，霞光万道，一下就破了这弥天大雾。月亮又泻下了如水的清辉。

石人对着蜘蛛挥舞火龙神剑。蜘蛛撇开章哲，忙于应付石人的剑招。

毒雾散去，章哲顿时神情气爽，加速运功，恢复了功力。他运用阴阳指功夫，点中了蜘蛛。蜘蛛惨叫一声，瘫软在地上。

许言见蜘蛛瘫在地上缩成一团，变得只有拳头大小。走上前去，踢了几脚。骂道："你这个死蜘蛛，居然敢抓我。"

石人走上前去，一脚踩上去，将蜘蛛踏为齑粉。

四只黄鼠狼早丢下了仙人床，逃窜了。

章哲得道飞升以后，此仙人床还在石坪中。后来，章哲的后嗣章道洪也喜爱这个仙人床，学祖师章真人的样子，在这仙人床上坐卧静养，后来，有仙女献茶给他，章道洪一饮而尽，只觉得那香茶沁人心脾，章道洪每天喝着这茶，忽然就悟道了，十几年后，飞升成仙。

雪地画诗行

雪落无声。不知不觉，就飘了一夜的雪花。早晨起来，许言发现丝罗山成了一个银装素裹的世界。雪霁丝罗山，景观各异，群峰竞秀，美不胜收。山上的树枝呈现千姿百态的妩媚雾凇，佑圣宫屋檐上吊着的冰柱，在初升的阳光照耀下，晶莹剔透，如梦如幻。大地一尘不染，像一张未曾用过的上好宣纸。许言喊章哲出来看风景，说道："这样好的雪地，宜用来抄诗。"

原来，不知是从哪一天开始，章哲和许嫣然约定抄诗，每天各自抄一首，抄了就给对方看。章哲说，抄诗，可以学习诗歌，也可以练习书法，一举两得，希望两人把抄诗当作修行，一直坚持下去。章哲先抄第一首，送给许嫣然看。许嫣然也开始抄了。

他们用毛笔在纸上抄，有时在干枯的树叶上抄。黄杨宝树的叶子、芭蕉叶、梧桐叶上都留有他们的字迹。章哲写的是行书，以王羲之的字为本，秀美之中自有一种狂放不羁。许嫣然的行书却自出心裁，没有摹本，倒也干净利索，别具一格。

晚上抄诗，翌日早晨，章哲会把抄好的诗放在许嫣然住的清净观门窗上。许嫣然也会把抄好的诗放在章哲的门窗上。两人看到了，就收起来。

平时，他们大多都是跟抄修道有关的七言和五言的律诗或绝句。内容有炼丹诗、咒语诗、游仙诗等。有时，也抄较长的步虚词、道情等。佑圣宫落成大典时，义父送给了章哲很多书籍，里面就有不少道家的诗词集。两人抄的诗，就是从那里而来。

章哲喜欢看许嫣然独具一格的字。如果她抄的诗，是章哲没有见过的，他便尤其喜欢。有一次，她抄了一首诗，章哲道："昨晚抄的诗，是以前抄过了的，最好不要重复。"

她说："再品一次也可以啊。"

章哲只好说道："可以。"

许嫣然也有抄错字的时候。有一次，把一个"况"字，写成了"祝"字。章哲就要她改过来。

有一次，章哲没有看到许嫣然送抄的诗，就问她是不是忘记抄了。她说，已经抄了啊。原来忘记放在门窗上了。于是改天就放了两首诗在那里。

有好几天，许嫣然忙于茶园的事情，晚上太累，就没有抄诗。章哲就说："我知道你忙，但是，哪怕你再忙再累，我还是会催促你抄诗的。希望你不要烦我。"

许嫣然道："你多虑了。我是喜欢抄诗的，我会坚持下去。"

从那以后，许嫣然坚持天天抄诗，没有空过一日。

这天清早，章哲和许嫣然，一人一把宝剑，在雪地上画诗。宝剑舞动，雪花飞溅，地上出现了一行行字。他们抄的是吕洞宾的长诗。章哲先写一句："数载乐幽幽，欲逃寒暑逼。"那字每一个一尺见方，深约一寸。刻在雪地上，铿锵有力。刚抄完，鸟儿罂罂就飞来了，一个字一个字念了出来。

许嫣然立即跟着写一句："不求名与利，犹恐身心役。"她的字，看上去就是没有临过碑帖的，按照自己的想法写，有时真的难以辨认。不过，章哲喜欢看她的字，有个性。

他们从佑圣宫外的极高明亭前写起，一路写去。在龙珠墩旁写道："苦志慕黄庭，殷勤求道迹。阴功暗心修，善行长日积。"

然后，在炼丹亭下，他们写道："世路果逢师，时人皆不识。我师机行密，怀量性孤僻。"

在黄杨宝树下，他们写道："解把五行移，能将四象易。传余造化门，始悟希夷则。"

在老古井旁边，他们写道："服取两般真，从头路端的。烹煎日月壶，不离乾坤侧。"鸟儿罂罂引着他们来到了大殿后山楂树下。他们继续写道："至道眼前观，得之元咫尺。真空空不空，真色色非色。"在龙塘边沿，他们写道："推倒玉葫芦，迸出黄金液。紧把赤龙头，猛将骊珠吸。"后来，他们一直跟着罂罂来到一天门梨树下，写道："吞归脏腑中，夺得神仙力。妙号一黍珠，延年千万亿。同途听我吟，与道相亲益。未晓真黄芽，徒劳游紫陌。把住赤乌魂，突出银蟾魄。未省此中玄，常流容易测。三天应有路，九地终无厄。守道且藏愚，忘机要混迹。群生莫相轻，已是蓬莱客。"至此，一首诗刚好抄写完毕。鸟儿罂罂把全诗都念出来了。章哲道："真不错，认得这么多字。""累死我了，一口气写了这么多字。"许嫣然累得将宝剑抛在地上。章哲弯腰捡起宝剑，笑着还给了许嫣然。此时，佑圣宫传来阵阵晨钟之声，是邓九在敲钟了。

神龟服打

太平山佑圣宫大门外二十步，有一对石龟，分列左右。左边那只石龟稍大，其背上有一道深深的锄头印痕，这是有来历的。

当年，章道长带着徒弟郑巡和邓九等人在丝罗山筚路蓝缕创建道场，先后修建了佑圣宫、万寿宫、万福宫。在佑圣宫门前雕了一对石龟。这石龟，有脚盆大小，一雌一雄，活灵活现。许嫣然见这石龟可爱，说道："那时，我在武当山经常看到一只大乌龟的。"

章哲道："是啊，那是真武大帝手下的一员大将。守护武当山的。"

许嫣然拍拍一对石龟说道："你们好好修炼吧，将来也守护这座丝罗山。"

此后，这一对石龟蹲伏在殿前，承日月精华，享仙山玉露，受了佑圣宫的香火，听了章道长念的经文，不久就有了灵气，成了神龟，伸展四肢，探长脑袋，活了过来。

后来，许嫣然发现一件蹊跷事：这一对石龟在白天蹲在原地一动不动，每当章真人给徒弟传授道法时，石龟就抬起头来，仿佛在谛听。到了夜里，就不知去向了。一天晚上，许嫣然问章哲道："你看，这一对石龟不见了，也不知跑到哪儿去了？"

那时，章哲忙于道场里的事务，也未曾多想，说道："随它去吧，两只石龟，老实巴交的，量也不会出什么乱子。"

几天后，山下的村民上丝罗山来找章道长，说是山下出现了两只妖怪。每当夜深人静的时候，两只乌龟精就跑到水田里去吃秧苗。人们赶也赶不走，实在没有办法，只好请章道长下山捉妖。

章道长见老百姓来有所求，便马上答应了，说下山去捉妖。

许嫣然在旁边忙给章哲使个眼色。章哲醒悟过来了，明白是石龟成了精。这时，有个眼尖的农夫看见了佑圣宫前的两只石龟，说道："好像就是这两只石乌龟下山去了。"

章哲是个实在人，马上说道："确实是这两只石龟祸害了庄稼，只怪我管束不严。你们放心，我会管好它们的。"

农夫们见章道长如此说，便不好再责备了，叮嘱章道长严加看管石龟，然后告辞而去。

章道长明白了事情原委后，连忙请来石匠，凿了两块石碑，刻了道符，压在佑圣宫前石龟的背上。章真人抚摸着乌龟的头顶，嘱咐道："你们从今以后，不要下山去祸害百姓了，就老实待在原地吧。"

乌龟似乎听懂了，轻轻点头。

谁知道，两只石龟下山惯了，便难以忍受山上的寂寞，还是偷偷下山去。它们有了法力后，不把石碑放在眼里，晚上还是下山去四处游荡。它们最喜欢吃水稻，丝罗山下的稻田就遭了殃。它们把水稻拖到田埂上来慢慢享受。被它们糟蹋的水稻四散在田间地头，山下的百姓见了很是心疼，却是无可奈何。他们已经知道，两只乌龟精是丝罗山上下来的，是佑圣宫前的护卫，是章道长的爱将。山下的村民大多受过章道长的恩惠，碍于章道长的面子，只好忍受下来，任那乌龟精下山胡来。

章道长见没人来告状了，以为石龟被压住，就放心了。他对许嫣然道："你看，石龟还是很听话的，背上驮了石碑以后，就不再下山扰民了。"许嫣然那时忙于在山上种茶叶的事情，也没多想，点头道："那就好。"

两只石龟没人管束，就越来越放肆了，走动的范围就更广。有一天晚上，两只石龟爬到田坵村的一块水田里吃稻子。那些刚抽穗的水稻汁液很多，甜甜的，石龟吃得可欢了。有一个年轻男子，撞见了石龟在水田里吃水稻。他大喝一声，石龟还是爱理不理，拖着水稻走来走去，一路稀里哗啦的。男子跑回家叫了人来，一个个举起锄头，呐喊着冲到水田里去。年轻男子冲在最前面，对着脚盆大小的花背乌龟，狠命地挖了一锄头。火花四溅，只听得"叮当"一声，乌龟就不见了踪影。

第二天，大伙上到丝罗山，把事情说给章道长听。无意间，人们发现大殿前左边那只石龟的背上有伤痕。上前一看，是被锄头挖的。

"哈哈，是我挖的！看你以后还敢下山去吗？"那个男子笑着对石龟说道。

章道长说道："代我管教，感激不尽。"

从那以后，丝罗山下，再也没有出现过"神龟拖谷"的事情了。从此，人们常常戏言道："章真人的法术不如锄头，神龟还是服打。"

依样画葫芦

一日，章哲正在修炼之时，吕洞宾来了。吕祖背插宝剑，腰悬葫芦，一身白色道袍，须发风中飘拂，神态十分潇洒。章哲刚要跪拜迎接。吕洞宾扶起道："此乃在你的地盘，不必多礼。"

二人在草坪之上坐着聊天。章哲问吕洞宾近来云游何方。吕洞宾就将云游的所见所闻叙了一阵。吕祖还说，何仙姑很关心许嫣然的修道进展，望她努力修炼。聊了一阵，章哲站了起来，恭敬地问道："师父，我如今已经是三宝充足，道理空明，可是还不能脱壳飞升，如何是好？请师父教诲！"

吕洞宾呵呵笑道："你现在要想求脱壳飞升，还是隔了一层攻夫。"

章哲忙下拜，说道："师父，请你指点，再传我大道！"

吕洞宾点点头，说道："今日我来，正有传道之意。你的火候也是差不多了。"说罢，吕祖走到草地上的一块四方石头前，一手以五指按在石头上，一手以剑在石头上画了一个葫芦，指示了脱壳飞升之法，又传了口诀一篇："浑浑沦沦，景象难名；混混沌沌，形容难罄；恍恍惚惚，其中有物；杳杳冥冥，其中有精；明明白白，五千道德；的的确确，妙有着落；清清净净，高悬明镜；优优游游，好觅源头；玄玄妙妙，回光返照；绵绵延延，胎息自然；活活泼泼，形神超脱；虚虚无无，变化不拘；高高下下，忘却四大；原原本本，仙佛真传；少少老老，曷尊吾道！"

章哲伸出手指，沿着石头上的线条，在石头上依样画了一个葫芦。一边画，一边将吕洞宾传的口诀背诵了一遍，牢记在心。章哲的手指触到了葫芦线条时，便感觉到一股神奇的轻柔力量，微微颤动着，从石头上传递到指头，从指头一直传送到心头。章哲情知是仙家妙法，不由大喜，谢过师父。吕洞宾呵呵一笑，飘然远去。

后来，这个石头被称为葫芦石。那石头上有一个葫芦形迹，还有吕祖五个指头的印痕。

许言听说吕祖在石头上画一个葫芦，便赶来看。她也用手指在葫芦上画了一遍，却是没有什么感觉。她看到了吕祖的指头印痕，便将自己五指扣了上去，五指与指痕重合了。"咦，吕祖的手掌跟我一样大吗？"她问道。

"应该是比你的手掌大。"章哲自己也将五指按在指痕上，也是不大不小，丝毫不差。章哲明白了，不管你的手掌或大或小，都可以与指头印痕重合。

许言把自己的手掌与章哲的手掌一比，章哲的手掌明显大多了，然而，两人在石头上的印痕，却是一样大。其中奥妙，百思不解。

重遇吕祖，依样画葫芦后，章哲于是心头杳冥恍惚，灵光出现，不用食物，了然如仙。章哲得到了吕洞宾传授的秘诀后，又开始炼丹。他朝夕用文武火悉心熬炼，在炼丹亭上盘桓三年。七月三十日那天晚上，佑圣宫出了一奇事。宫门外四五十步有土墩，名龙珠墩，其形如龙戏之珠，故名。这天夜现出龙珠本形，红光万道，照耀宫殿内外。

章哲见了，知道自己的大丹炼成了。他开了丹灶，取出大丹，喜不自胜。这时，鸟儿謷謷在一旁叫道："丝罗山上来客人了。"原来，是仙人丁令威、王子乔、王猛、丁秀英、卢仙姑、彭仙姑等来祝贺章哲大丹炼成。众仙聚在五龙亭上，评议仙丹，谈玄讲道。"今天是过仙人节啊，这么多仙人来聚会。"许嫣然见到众位仙人到来了，心下欢喜，忙把自己做的茶叶用丝罗山的清泉烹制好，招待客人。

众仙人喝着许嫣然的好茶，谈天讲地，兴致勃勃，不知不觉，就天亮了，已是八月初一。这时，有早起的香客看到了五龙亭里有男女仙人，便惊呼起来。众仙被扰，便飞走了。山上香客在地上跪拜，求仙人赐福。随着在丝罗山见到众仙人聚会的事传开，此后，丝罗山上多了一个节日，每年八月初一，为朝仙节。

章哲修炼成道，吞服大丹，最终一身清爽，自饮菩提玉液，快乐自然。许嫣然也服用了大丹，修道又上了一层境界。一日闲暇，章哲与许嫣然来到一天门百步许外，见一四方石，光明如镜。"这石头可爱。"许嫣然站在石头上，用力一蹬，就飞到空中去了。

章哲也将左脚往石头上一踏，立时脚下腾云直上，与许嫣然在云端相聚，逍遥物表。二人的脚迹留在了石头上。至今登山者还能看到，用手叩石，声如洪钟，响震林木。

石板江羽化

章哲知道自己即将脱壳飞升，心中甚是欢喜。回顾自己的求道之路，走过无数艰辛，也得到贵人相助，特别是义父石公的恩情重若泰山。于是，他想到去跟义父石公告别。许嫣然道："我也想去。"章哲道："你还是在这里照看宫观吧。"许嫣然道："那你早去早回。"章哲道："我见个面就回。"

许嫣然突然感到一阵心酸，眼泪都要涌出来了。她说道："我为何这般难过呢？好像你这次一去不回似的。"

章哲道："你放心，我会回来的。"

许嫣然送章哲下山，一直送到山门，才依依不舍返回。章哲也频频回首，挥手作别。

章哲下了丝罗山，来到卧牛山。弟子郑巡出来迎接。章哲问了一下道观里的事情，郑巡一一作答。

章哲道："我即将脱壳飞升了，此番去石板江与义父辞行。"郑巡道："恭喜师父，得道成仙。"

章哲来到卧牛山下。看见路旁的地里有一个老人，弓着腰挖地，地下有一只陶制茶壶。章哲一时口渴，就上前问道："施主，可否给点茶水让我解渴？"

老人抬头看看眼前的道人，又看看自己的茶壶，摇着头说："茶壶里是有茶，但是不能给你喝。"

章哲奇道："这是为何？"

老人道："我偷懒，没有带茶碗，直接含着茶壶嘴喝的，因此不能给你喝。你等我一下，我家离这里不远，回家给你端茶来。"

章哲就在那里等。一会儿，老人端着一大碗茶来了。茶壶煮的茶，清凉可口。章哲一饮而尽。老人问章哲这么大热天的赶路是去哪儿。章哲说去石板江。章哲问老人挖地打算种什么。老人说，打算种菜。不过，这天一直干旱，不下雨，不知道种得下不，先把地挖好再说。

章哲掐指一算，说道："今天是八月十三，再过半个月，八月二十八日会下一场大雨，地面会湿透，可以种菜。"

老人道："要是老天由人算就好啊。"

章哲笑道："你记得下雨种菜吧，我告辞了。"

章哲来到了石板江，拜见了义父。"多年未见，义父神采依然"，章哲道。

石公道："为父老了。"

章哲又去房中拜见了义母的灵柩。然后，坐下与石公谈起自己的近况。说自己近日就要脱壳飞升了。石公道："吾儿致力修道，今日得成仙果，可喜可贺啊。"

翌日，章哲又去看朋友梁栋。去敲门，开门的是个陌生人，章哲说找梁栋。那人说，梁栋已经不在了，死了几年了。问他的母亲，说是早就死了。问他是否有妻儿，说是没有。

章哲闻言嗟叹不已。

章哲在义父家住了几天，陪义父过了中秋节。一天，他说道："义父，我明天就要脱壳飞升，我死之后，不要急着埋葬我，等我三天。如果我死后三天，身体发出香味，你就把我身体送到丝罗山的道观去。要是我身体变臭了，就一把火烧掉。"

九月初九日辰时，章哲盘腿坐着，两手自然扶在膝盖上。两眼睁开，说一声："义父，我去了。"

石公探了探，义子已经鼻息全无，身体变凉。就这样，章哲羽化了，时年五十三岁。

石公在一旁静静看着。只见一团白气，从章哲头顶升起，慢慢聚拢，凝成了一个婴儿的形状，缓缓地飘远。

三天之后，章哲的肉体果真发出香味，异香簇鼻，经久不息。石公欣喜，叫来侄子石九模，燃起香灯，供奉章哲，请了十六个壮汉，抬着章哲的仙体往丝罗山而来。

这天，卧牛山下那个老汉正在种菜，看到有一群人抬着一个竹椅子，上面坐着一个人。他看那坐着的人，正是那个道人，便上前去说道："你还真会神机妙算，知道有大雨。这不，我把菜种下去了。感谢你啊。你今天怎么不走路，坐起轿子来了啊？"

石九模说："老伯，他不会回答你的话了，他已经羽化升天了，留下了

161

这仙体。"

"不会吧，这不是跟活着一样的吗？"老汉惊诧不已。

"你不认识他吧？他是章权孙，是丝罗山的道长，我们要护送他的仙体去丝罗山。"

老汉说："哦，我知道他，他在卧牛山也有道场的。"

石九模护送章哲的仙体经过卧牛山，见过了郑巡。郑巡请众人歇息，用餐。郑巡见师父安坐在椅子上，双目睁开，神色如生，知道师父已证仙果，心下为师父高兴。

离开卧牛山往丝罗山去时，章哲的仙体回头望了望卧牛山，一共望了三次。那时，山路旁的茅草，也跟着一同回头。从那以后，人们就把卧牛山称为回头山了。

永镇太平山

石九模护送章哲的仙体到了丝罗山。鸟儿矍矍报信给许嫣然道："他回来了！"

许嫣然忙出去迎接。郑巡和邓九早就跪在地上恭候师父。一伙人抬着章哲的仙体到了佑圣宫前。郑巡站了起来，燃放了爆竹。爆竹声里，章哲的轿子落地。章哲身披道袍，两眼睁开，嘴巴微闭，安详地望着众人。

许嫣然叫了一声："你，你就这样回来了吗？"章哲不发一语。许嫣然心下明白，章哲已经脱壳飞升。顿时，她不由得悲欣交集。欣慰的是，章哲苦苦修道几十载，终于功德圆满。悲伤的是，从此，尘世少了一个一起修道的人。许嫣然眼泪涌出，赶紧回到住所。

石九模叫众人将章哲的仙体放置在佑圣宫正殿内的宝塔内，"辛苦你们了。你们回去吧。我不回家了，就在这丝罗山上修炼。我叔叔会明白我这样选择的。"石九模打发众人回去，自己留在丝罗山上，奉章道长为师，静心修道。

晚上，许嫣然一个人来到正殿里，在章哲的仙体前说道："你倒是好了，羽化成仙，留下我一人在这荒山上。你说，我该如何是好？你若有灵，就跟我说说话吧。"

章哲眼睛望着许嫣然，并不说话。许嫣然啜泣着。这时，有人抚着她的肩膀，说道："不要难过。"

许嫣然回头一看，只见一个身穿白裙的女子站在身后。不是何仙姑是谁？许嫣然忙跪拜迎接，说道："仙姑啊，我只是心里难受啊。"

何仙姑道："你乃求仙道之人，怎么还想不开呢？章哲留下了肉体，是为了给世人一个信心，说明肉体凡胎都是可以成仙的，不然的话，他连肉体也不要了。他如今还是婴儿状态，要过七七四十九天的修炼才能成人，与你相见。你不要悲伤，要为他高兴才是。你自己的仙果也快成熟了。日后，你们还是可以相见相聚的。"

许嫣然点头道："谢谢仙姑指点，我不再难过了。不知我何日能得仙果呢？"

何仙姑道："迟则三年，早则一天。你是想早还是迟呢？"

许嫣然道："早又怎讲，迟又怎讲？"

何仙姑道："早就用兵解之法，迟就顺其自然。"

许嫣然道："我要早。"

何仙姑叹息道："我知道你心急的。好吧，我把法子告诉你。你好自为之。"何仙姑就把兵解之法传给了许嫣然。

翌日清晨，大雾弥漫，许嫣然站在丝罗山一天门外悬崖处，闭着眼睛，静默不语。鸟儿謇謇在一旁盘旋。石仙人手捧着火龙神剑，问道："你真的想好了？这样兵解是很痛苦的。你可忍受得了？"

许嫣然道："我想好了，为了早日成仙，这点苦我可以忍受。你动手吧。"

石仙人挥起火龙神剑，对着许嫣然拦腰斩去。"啊——"许嫣然惨叫一声，瘦弱的身子被神剑斩成两段，一齐跌入山谷。同时，一股白烟冉冉升起，慢慢聚集成人形，飘远了……鸟儿謇謇一边哀鸣，一边飞向高空。几年后的春天，丝罗山仙坑附近有一处山谷，开满了樱花。那樱花，有的粉红，有的雪白，一簇簇的。在春风里，散发清香；也在春风里飘零，点点如离人泪。人们将开满樱花的山谷，称为樱花谷，至今仍是丝罗山上的一道风景。

有道人向武宁县令报告了章道长肉身成圣的异事。县令亲自来察看，果真，章道长端坐在宝塔内，双瞳炯炯，道貌如生，气宇不凡。县令不由自主就跪拜了。

县令写了一道奏章，把丝罗山上章道长肉身成圣的瑞事报给了皇帝。后来，大宋皇帝下了一道圣旨，敕封章权孙为"自然灵应真君"。

于是，人们就称章权孙为章真人。此后，章真人的肉身安坐在佑圣宫正殿内的一座宝塔里，两眼炯炯有神，打量着世人。吴楚两地前来朝拜的香客络绎不绝。章真人被尊称为太平山祖师爷，在江西、湖北两地的信徒众多。几百年来，每年农历二月十九祖师爷生日那天，宫观人员会为祖师爷洗澡换衣，而有上千人会上山等候分发祖师爷的洗澡水，据称有治病的功效。并从十九日起做法事约五至六天。另一次大的活动被称为庙会，时间是八月初一，自初一起做法事二十余天，其中主要是太平清醮。八月称为"朝仙月"，前来求财求子求医的信众于此月上山进香，不绝于途。

医治元太后

元朝皇庆二年癸丑岁，春节刚过几天，家家户户还沉浸在春节的喜庆氛围中，突然，传来瘟疫流行的消息。接连几个月，疫情在大地上扩散，不少百姓得病身亡，连住在京城深宫大院的皇太后也染上了瘟疫。御医开尽了药方，检尽天下良药，还是无效。皇太后的病是越来越严重。只见她脸色惨白，气喘吁吁，茶饭不思，骨瘦如柴，卧床不起。皇帝急得直搓手，寝食难安。他发怒道："你们这些医士，平日里不是一个个都很有本事吗？怎么就不能把太后医好呢？你们若是不能医好太后，就提头颅来领罪。"

那些太医们，吓得瑟瑟发抖，在地上长跪不起。皇帝余怒未消，坐在龙椅上，身子因激动而起伏不停。

一个大胆的官员劝解道："皇上息怒，不必过于焦虑，天下之大，必有能人，何不出榜招贤，让民间的良医脱颖而出，前来为太后医治呢？说不定，药到病除妙手回春呢。"

皇帝这才转怒为喜，令大臣赶紧操办。于是，京城里贴出了榜文："哪位良医若能治愈太后之疾，高官任做，财宝任挑。"

消息传到了丝罗山，章真人的化身连夜上了路，清早就赶到了京城。

那年春节期间，武宁县也有人传染了瘟疫。一些百姓因此人亡家破。众多患者求治于民间郎中，郎中们无术可施。武宁百姓人心惶惶，只见患者日渐增多，疫情日益严重。后来，患者上丝罗山和回头山求医。章真人仔细查看了病症，试了几个药方，找到了对症之药。

为了方便给患者医治，章真人托梦给丝罗山和回头山的道士，召集山上道士采制茶叶，将草药放入茶叶中，煮丝罗山仙泉泡茶，并开观施茶七七四十九天。当地百姓闻讯纷纷前往讨取丝罗山和回头山的仙茶水，许多患者饮用数次后，渐有好转终至痊愈，一度肆虐蔓延的瘟疫终被降服。

有了医治经验，因而，章真人对医治此瘟疫症甚有把握。他到了京城，揭了皇榜，便有士兵把他带进皇宫，见过皇帝。皇帝一看章真人道士打扮，仙风道骨，神采奕奕，大有好感，便令章真人立即去为太后看病。一位大臣却劝阻道："请等等，要看这位道人有何本事，试过之后再去不迟。"

皇帝一听，觉得有点道理，便说道："道长，你本事如何？"

章真人便说道："贫道从武宁县丝罗山而来，当地也有瘟疫，是贫道找到了对症之药，治愈了众多病人。"

"这只是你一人片面之词，不足为信。"那大臣说道。

章真人望了望说话的大臣，笑道："大人，你近来可是患有头晕之症？每天晚上，头就发晕，躺在床上，便觉天旋地转，无法入睡，便是白天，也是微微头晕，且恶心不已？"

那位大臣吃惊道："你何以得知？"

章真人道："我一望你气色便知。你若信我，我立马可以为你治愈。"

大臣跪在地上对皇帝说道："陛下，恕微臣隐瞒病情。连日来，微臣晚上头脑发晕，夜不能寐，日间恶心，勉强支撑，如今被道长看出，请陛下让道长先为微臣治病，若有效，再去给太后治疗，望陛下恩准。"

皇帝准奏了。章真人让大臣到了太医室，让其脱光衣服，头朝下倒挂，湿布擦身一遍。一会儿，病人的脉搏就出现了五种颜色。章真人用银针刺穿脉搏，流出了五色血。然后，再涂上膏药。病人顿时感到神清气爽，连声道谢。几名太医见了章真人牛刀小试，用奇特的法子治愈了病人的眩晕症状，忙上奏皇帝，说章真人确实有本事。那大臣也一个劲地点头，夸章真人是神医。

皇上令章真人去见皇太后。章真人望了望皇太后的脸色、舌苔，心中有数了。他叫人打来一碗清水，以手指在水面上隔空画了一道符，然后，掏出药丸，让太后以符水吞服。一个时辰，皇太后就病愈了，喊着要吃食物。

皇帝龙颜大悦，给章真人赐座。章真人说道："如今疫情还在蔓延，我这里有防治瘟疫的秘方，请太医们照此抓药，给宫中上下服用，可保无虞。"他还传给太医们一个推拿按摩的法子，教他们帮助宫中上下增强体质，抵抗瘟疫。这个按摩方就是推拿膀胱经，按摩迎香、内关、足三里、公孙等穴。

护送五宝钟

元朝皇庆帝是个大孝子，感激章真人治愈了太后之疾，于是问他，愿否在朝为官？可以封为国师，就像当年成吉思汗封丘处机一样。章真人道："贫道乃闲云野鹤，做不了官的。"皇帝便要赏赐金银财宝。章真人也推辞了，说出家之人，视钱财为累赘。皇帝就问："那你要什么呢？"

章真人道："别的都不要，只求皇上能赐一口宝钟，好让我丝罗山上回荡福音。"

皇帝道："好，这个好办，我赐你五宝钟一口，小香炉一座。另外，丝罗山名字不好听，改为太平山吧，道法无边，保天下太平。"

章真人道声谢谢，就翩然而去，一下就不见了踪影。

皇庆帝问满朝文武大臣道："谁愿意护送五宝钟与香炉去江西太平山？"

当即有一个姓汪名觅踪的侍郎站了出来，说愿意走一遭。原来，这汪侍郎是江西吉水人氏，自幼聪明过人，过目成诵，在私塾里读书时，于同窗之中，出类拔萃，仿佛鹤立于鸡群之中。等到他长大成人后，汪觅踪性好善，智慧异常。有一次，他在老家的三清殿读书，晚上，做了一个梦，梦中，有一个身穿黄袍的道人引着他来到一座仙山，遍山游玩，只见峰峦叠叠，万壑千岩，奇花异草，胜迹名踪，都是平生未曾见过的。这个梦，他一直记得，还写入了诗文中。当时，他把自己做的梦跟三清殿里的道长说了。道长说他与道家有缘。于是，道长给他看道家典籍，一起探讨道法，朝夕晤谈，甚是投机。这次，他有心到太平山见识一番，故而主动请缨。

汪侍郎领着一队人马，护送五宝钟和香炉往江西太平山而来。到了太平山，汪侍郎宣读圣旨，早有武宁县令领着众道人跪在地上迎接。汪侍郎进了大殿，见到章真人的仙体，活貌生然，立时醒悟："我之前在三清殿读书时，夜里梦到的黄袍道人正是章真人啊。难怪在朝廷里，见到为太后治病的道长很是面善，今日仔细一看，原那就是章真人的化身。"然后，汪侍郎又在太平山上走了一遍，观看山景，与当年梦中所见相同。他当即决定，要留在太平山上修道，让士兵们回去复命。他让士兵们转告皇上，去大都给皇太后治病的道长就是太平山的章真人，他肉身成圣，化身去给太后治病。自己跟章真人有莫大的渊源，就留在这里修道了。

汪觅踪当即弃功名如敝屣，抱道法若甘霖，拜了太平山佑圣宫当家的师父净水道长为师。净水给他取了一个道号，为冰壶。净水道长为广惠门下第五世弟子，汪冰壶为第六世弟子。

翌日，净水道长叫弟子们将皇帝赐的五宝钟悬挂在千年黄杨木上。这时，一位小道士问汪冰壶，为何这钟叫"五宝钟"？

汪冰壶道："这钟啊，由金银铜铁锡五宝铸成，故名五宝钟。"

净水道长叫众弟子都出来，他手持木棒，亲自敲钟，想让大家开开眼界，乐上一乐。他随即敲了一下，只听得一声闷响，宝钟落在地上了。大家以为钟没有吊稳，正要动手重吊，发现钟蒂没有了。满山都找不到。那小道士又问道："说是皇帝赐的五宝钟，怎么敲不响，敲一下，还把钟蒂丢了呢？"

汪冰壶一时大窘。他弄不懂，为何皇家赐的宝钟像个赝品。他想起了去库房内领五宝钟的时候，看守库房的太监似乎在示意要他拿点好处费。当时，他没有在意，以为太监是在跟他开玩笑而已，没有想到，自己一时大意，竟然着了道儿。他又不能说出其中的缘故，只能暗暗为朝廷中出现蛀虫而叹息。此后，这口钟就再也没有用过了。只留下一段民谣："太平宫，太平宫，太平宫有只没蒂的钟，五月霉天不上锈，六月日头晒不红。"

皇庆帝知道汪侍郎留在太平山修道，并不责怪，反而嘉奖他，派人来传圣旨，敕封章真人为"天乙佑圣宫自然广惠真君"。圣旨写道：

"奉天承运皇帝制曰：

考绩报勋劳之烈，异数宏临；酬庸昭显应之功，荣褒特晋。慈闱庇佑，御陛加封。尔太平得道，章老真人，炼丹州载，得道一时。法力无边，夙仰修持于三昧；威灵有赫，久钦感应于十方。兹以尔医朕母后之疾有功，敕封尔天乙佑圣宫自然广惠真君。于戏！起沉疴于萱室，铭感难忘；降敕旨于枫宸，褒嘉莫馨。崇膺祀典，用答神庥。"

同时，敕封汪觅踪为"道正司"。颁给图印一颗，长二寸二分，宽一寸四分，并赐部照一纸，代代相传。

一伞之地

元朝至正年间，武宁仁义乡二十都贾家畈，有一姓竺名寿翁的人，一生纯朴，毫不非为，克勤克俭，理财有方，家产丰盈，娶朱氏为妻。夫妇两人，年近六旬了，还没有一儿半女。这天晚上，竺寿翁在妻子面前叹息道："我素来恪守本分，为何我时乖命蹇，竟然没有后裔呢？"

朱氏道："儿女乃是前世修来的。你我今生无儿女，想来必是前世做得不够好，如今怨命何益呢？为今之计，不如舍去这万贯家财，广种福果，以求来生。"

竺寿翁闻言，思索一会儿，道："娘子所言甚是，老身即刻就行动起来。"

次日，竺寿翁带着一个仆人，捆就包裹，随意游走。遇到贫苦人家，需要救济的，就立马布施。刚开始，人们对竺寿翁的布施很是感激，都说他是个大善人。后来，有风言风语出来了，说竺寿翁因为年老无子，想通过这个布施的法子求子。还有人说竺寿翁是前世做多了恶事，所以今生无儿无女。于是，有人认为拿竺寿翁的钱财，不拿白不拿，反正他的钱太多，也许是来路不正的不义之财，而且他又没有儿女，钱再多也没用，这钱财带不去棺材里的。这些话传来传去，使得很多得到竺寿翁钱财的人不但不感激竺寿翁，反而用一种嘲笑的目光看着他。仆人听到了这些话，心里很难过，就劝竺寿翁不布施了，好心没好报。

竺寿翁说："我布施，并非图人们说我一个好字，我只图修来世，自己心安就好。"

一天，竺寿翁来到太平山脚下，遇到一个身穿黄袍的道人。道人约莫四十来岁，脸圆微胖，三缕长须，手里拿着一把黑色纸伞，坐在草坡之上。"寿翁长者，我有话要跟你说。"

竺寿翁走上前，道："叫老身有何言？"

道人站起来说道："听说你发下愿心，舍家财，布福果，以成人之美，济人之急。我想问你，你能大布施吗？"

竺寿翁道："我周游布施一年有余，家里的钱财散得差不多了，只剩下产业而已。敢问道长，你居在何处，修了什么功果，而想要我大布施呢？"

道人微笑道："贫道乃太平山章真人的后裔。你虽然舍弃家财布施，却未曾送到亟须的地方去，功果甚微，难以保久远之计。竺翁长者，若你能布施我处，则功果不可思议，你愿意大布施吗？"

竺寿翁沉吟一会，问道："你想要多少布施呢？"

道人撑起黑纸伞，道："我知道你在这太平山附近有田百亩，有山万顷。我想要这一伞之地。即此伞飞起来，所遮盖的山林，你愿意给我吗？"

竺寿翁笑了，道："一伞之地，能有多少？任凭你飞伞，我当不反悔。"

道人于是就将手中纸伞往空中抛去。当时天晴日白，万里无云。那一把黑伞冉冉上升，化为乌云一朵，而且还在慢慢扩大，最后凝成一片，将周围的山林田地遮住不放。道人不再说话，纵身一跃，飞入云端，隐身不见了。

竺寿翁看着这一切，惊诧不已。他的仆人也惊呼道："今日遇到神仙了。"

竺寿翁点头道："是啊，我一生从未见过神仙，想不到今日得见。可见举头三尺有神明，为善为恶自有报，此话不假啊。"他打开包裹，取出纸笔，将乌云遮住的良田百亩，周围茅山数十顷，都写成文书，布施给太平山道宫。写毕，令仆人去太平山报知道长。随后，竺寿翁上了太平山。宫中的道士们，都穿好整齐的道袍，洒扫宫门，迎接施主竺寿翁。竺寿翁进了佑圣宫大殿，见到章真人的玉体灵威赫赫，仙骨姗姗，慌忙下拜。他这才明白，草地上遇到的道人，就是章真人的化身。竺寿翁将地契交给了宫中当家道长，说道："请道长承管为业，以保万年香火。"

太平山道士们，立即打起太平醮，举行仪式，领取了地契文凭。然后，道长领着竺寿翁在宫中内外参观。竺寿翁看到了那口五宝钟，躺在地上，便问为何不挂起来？道长说，此钟无用。竺寿翁在太平山上住了几天，然后辞别道众回家。他把自己如何在草地上遇见仙人，献上良田百亩、茅山数十顷为太平山香火之资的经过一一说给了妻子朱氏听。朱氏听后，称善不已，说道："好啊，布施遇上真仙了，不枉我们一片诚心。"竺寿翁见太平山缺一口大钟，于是叫良匠铸成大钟一口，扛送到宫中。自此，此大钟悬挂在楼阁上，每天，音响十方之外，传播太平福音。从那以后，民间就传开了，说太平山是"一伞之地"。几年后，章真人化身前往竺寿翁家里，渡其夫妇，同登仙山，飞升为神。从此以后，太平宫里称呼竺寿翁为竺真人，合受香火。

花木瓜之祸

至正年间，元朝已经奄奄一息，日薄西山。皇帝为了麻痹自己，下令各地献上祥瑞之物。一时间，各地官员纷纷到民间搜寻祥瑞。

武宁县泉口乡芭蕉寺。这是一座山里的小寺庙，离村居有几里路。寺是古寺，四周有翠竹和芭蕉掩映。一条小溪，潺潺流动，梵呗之声随着水声流入红尘中。

新任的住持，是个胖乎乎的和尚，正在摘自己用心栽种的花木瓜。他摘下了一只很奇特的花木瓜，打算进贡给当朝皇上。

说干就干，住持当即把花木瓜献给县令。县令端着花木瓜仔细看看。这个花木瓜，长约一尺，碗口粗细，外表金黄，光洁润滑。木瓜上有一个草书的"梦"字，呈乳白色，半隐半现，仿佛出自天然。

县令道："这个字是天然的？"

"县令大人，这是一个不可多得的妙物，皇上定然喜爱。必定重重有赏啊。至于字是怎样来的，就不必问了吧。"住持一脸谄笑道。

县令玩赏了一会儿，点头道："好的，若皇上有重赏，少不了你的那一份。"

住持道："赏赐倒不敢奢望，若能请皇上给我们芭蕉寺题写寺名，那就很荣幸了。"

住持将花木瓜装进一个雕刻精美的小樟木箱，让县令带走了。几经辗转，这个有字的花木瓜来到了宫廷，被皇后看中，带到了床上，当成了枕头。皇后说她近来睡眠不好，老是睡不着，有这个梦字的木瓜枕头，看能不能做个好梦，一觉睡到天亮。

第二天早上，皇后起床时，说脖子疼。头就那样歪着。原来是落枕了，还很严重。皇上见皇后成了歪脖子，大怒，说这个木瓜是害人的妖物。

皇上立即下了一道圣旨，要把这进贡木瓜的芭蕉寺废了。圣旨传到了武宁县，钦差大臣和县令当即带人去抄查芭蕉寺。寺里的住持见县令亲自来了，赶紧出来迎接。

县令道："还不跪下，钦差大臣来了。"

住持笑道："县令大人，钦差大臣带来了皇上的御笔吗？"

钦差大臣喝道："圣旨到！"

县令赶紧拉着住持跪下，自己也跪下，一起接旨。

钦差大臣念完了圣旨，住持这才明白，还以为带来了皇上的封赏，结果是要废掉芭蕉寺。他吓得浑身哆嗦磕头求饶。

钦差大臣道："你这和尚，无事生非，进贡什么花木瓜，这回害惨了吧。幸好圣上仁慈，没有要你的狗命，只是废了你的寺庙，你好自为之吧。"

县令一声令下，衙役们如狼似虎般，开始拆寺庙了。那些菩萨的塑像，被拉倒在地，尘土飞扬，惨不忍睹。

几天后，武宁县令又接到了圣旨，皇上令他废掉武宁县所有的寺庙和道观。原来，皇后的脖子疼了几天，在皇上面前抱怨不休。皇上便迁怒于武宁县所有的出家人，不管是佛教的寺庙还是道教的道观，一律要拆掉。

上面有令，下面就雷厉风行。这天，县令带人来到太平山，要拆佑圣宫。那时，汪冰壶被皇帝封为玄应广度真人，当了太平山住持。他见县令带来一班人马，来势汹汹，赶忙出来迎接。县令道："皇上有诏书，要废了武宁所有的道观和寺庙。你们识相的就赶紧收拾好东西，散伙了吧，这宫观是住不得了，马上要化成一片废墟。你们知道吧，很多寺庙已经被废掉，现在，就轮到你们这了。"

汪冰壶说道："且慢，你可知皇上敕封我为道正司吗，我这里有图印一颗，给你们看看。"

他拿出了图印，石头刻的，长二寸二分，宽一寸四分，并有部照一纸。上面写着，敕令太平山佑圣宫统领全县道观，任何人不得伤害道人和破坏道观。

县令道："你这是前一个皇帝颁发的图印和部照，换了皇帝就不能作数了。正所谓此一时，彼一时。"

汪冰壶道："难道不都是大元的皇帝么？怎能不作数呢？难道换了皇帝，就把以前的律法都换掉了吗？"

县令道："废话少说，我奉当今皇上的旨意，要来拆掉道观，你等速速让开。若不然就是抗旨之罪。"

汪冰壶站在佑圣宫前，凛然道："今日要拆道观，就从我身上踏过去。"有山风吹来，汪冰壶的道袍迎风猎猎，须发飘动。

"你是找死！"县令拿起马鞭，就往汪冰壶脸上抽去。

汪冰壶身子不躲，眼睛不眨，任那马鞭抽来。"啪"的一声，他的脸上出现一道血印。

县令气恼不已，说道："你还真有种。"说完，挥舞马鞭，又要抽下。

忽然，天空中太阳隐去，乌云密布，闪电亮起，一个雷直接打在县令的手上，手掌变得焦黑。县令丢下马鞭，握着自己的手，喊道"疼死我了，疼死我了。祖爷饶命，我不敢了。"

县令知道祖爷显灵了，赶紧带着手下仓皇逃离。

几天后，县令又接到圣旨，令他立即停止拆毁武宁的道观和寺庙，以前拆掉的，要逐步恢复。县令叹道："一下这样，一下那样，朝令夕改的，这圣旨也太随意了吧，叫我们如何做事啊。"当他看到自己焦黑的手时，顿时不敢再言语了……

胡大海出山

元朝末年，朱元璋一边抗击元军，一边与各路豪强作战。一日，军师刘伯温对朱元璋道："主公，我夜观天象，见到在江西省武宁县地界，有一将星闪耀。我想早日去将此大将请来，为主公效力。不然，若被他人请去了，反而不妙。"

朱元璋道："军师此言大善。只是，不知军师此去，何时能返？军中有大小事务，要有劳于你啊。"

刘伯温道："主公放心，我料到近期无大战事，正可趁此休整部队，我此番前去，多则两个月，少则三十天即可返回。"

刘伯温辞别了朱元璋，不日就赶到了武宁县，直赴将星所在地黄沙村而去。刘伯温到了村里，就向人打听，村里可有一个奇特的年轻人，武功高强，能上阵打仗的。

有人就告诉他："你说的是胡大海吧？他可是一个奇人，力大无穷，跟着他爹学过武艺的。"

刘伯温道："正是，正是，我要求他一件事。"

有人就把刘伯温带到了胡大海家。这是黑松树林边的一间茅屋。一个五十来岁的老妇人在家中忙活着。屋里，挂着好些老虎皮、豹子皮，散发着腥气。

刘伯温上前寒暄。经过攀谈，知道老妇人姓刘，是胡大海的母亲。二十年前，她怀着孩子，跟随丈夫，从安徽逃荒到江西黄沙村，在一个山洞里生下了孩子。一家三口，在这个村里相依为命。几个月前，丈夫去世了。刘伯温见刘氏知书达理，待人热情，于是直接说明来意，想请胡大海出山辅佐明主。

刘氏说，儿子胡大海一身武艺，能在乱世建功立业，当然是好事一桩。只是不知他自己意下如何，还要由他自己定夺。

坐了一阵，刘氏道："我儿子就要归来了。他性情暴躁，见家里突然有陌生人来就会大怒，你不如说你是我娘家的弟弟吧。先在房里坐着，等会儿喊你再出来。"

刘伯温答应了。

时近中午，胡大海打猎回家。他人还没进屋，就在门外喊道："娘，我今天打了一只老虎来了。"嗓门很大，把屋里的水缸都震得嗡嗡响。

刘氏起身赞道："我儿厉害，厉害啊。"

胡大海进了门，把一只斑斓老虎往地上一扔。他喝了一碗水，忽然，用鼻子嗅了嗅，皱着眉头说道："娘，家里有生人的气味啊。"

刘氏道："我儿果然聪明，告诉你吧，今天，我娘家的弟弟，你的舅舅刘伯温来了。弟弟啊，快出来吧。"

刘伯温这才从房里出来。只见胡大海身材魁梧，面皮黝黑，眼似铜铃，红红的，布满血丝。

胡大海作揖道："舅舅好！"

吃完午饭，刘伯温道："大海，你愿意随舅舅去打仗吗？你这么好的本事，不当一个大将军，太可惜了。"

胡大海道："我父在世时，曾告诉我，有一身本事，要保家卫国、上阵杀敌，建功立业是我的志向。舅舅叫我去，我当然十分乐意，只是，我父亲去世不久，我要为他守孝三年才能跟你去啊。"

刘氏也说道："是啊，守孝三年，是我们的规矩。"

刘伯温一听，不禁眉头紧锁。

住了几天后，还是劝不动胡大海，刘伯温担心时间来不及，便告辞了，想先回去复命。走在太阳山上，见一个地方"雾如纱，平如毯"，便停下来脚步，说道："此地可名为纱坦峰。"他又想到，自己在主公朱元璋面前说过要请回一员大将的，如今无功而返，如何交差？若此将才被敌军请走了，那不是添了一个劲敌？不行，还是要想办法劝胡大海出山。

刘伯温在纱坦峰建了一个茅屋，居住下来，有空就去劝胡大海，有时还四处走动采集药材，卖给当地人换取食物。

一天，刘伯温一个人四处闲逛。正是春天，太阳山上杜鹃花鲜红如火。高山的茶叶已经要到尾声了，只有极少的人还在采茶叶。见人在采茶叶，刘伯温心中道："这地方的茶叶以后可名为纱坦太阳红啊。"太阳山下，河水不停地喧哗着，让人心烦意乱。刘伯温一边叹息，一边走着，忽然遇到一个采茶的女子，躺在地上哭泣。原来，她被蛇咬了一口。刘伯温上前去，看那伤口流黑血了，腿肿得老高。

他叫女子不要动，自己去找蛇伤药材。他走到一个山谷，遇到了一个中年道人，一身黄色道袍，飘然不凡。道人手里拿着一把草药，正是治疗蛇伤的七叶一枝花。

刘伯温眼睛一亮，说道："道长，你这草药能否给我拿去救人？"

道长笑笑道："正是给那人准备的，我随你一起去吧。"

道长和刘伯温来到采茶女跟前，刘伯温将草药捣碎，敷在女子腿上。道长伸出手指，在那浮肿的腿上画了一个符，转瞬之间，女子的腿就完好如初了。站起来，千恩万谢的，告辞回家去。

刘伯温这才对道人施礼道："道长好神通，不知道长从何而来，要去何方？"

道人回道："我乃太平山章老真人是也。知你寻访将星而来，遇阻在此，特来助你。此将星当辅佐明主一展光华，岂能埋没荒山野岭之中乎？况朱元璋有一统天下的才能，能为天下百姓谋来几百年太平盛世，帮助他即是帮助天下百姓也。我辈岂能袖手？"

刘伯温大喜过望，问道："道长可有良策教我？"

章真人微笑道："你且附耳过来，如此这般就好。"说罢，章真人倏忽不见了。一会儿，空中飘来一句话："刘军师，他日有缘定当再见，后会有期。"

刘伯温这才明白，自己是遇上神仙了。他朝虚空中拜了几拜，就喜滋滋走了。

翌日早上，刘伯温又来到胡大海家。胡大海照例去打猎，打招呼道："舅舅，我要出门了。"

刘伯温道："大海且等等。你说要守孝三年，我且问你，何谓一年？山间草木一枯一荣，可算一年否？"

胡大海道："草木一岁一枯荣，当然是人间一年啊。"

刘伯温道："好，好，好，这话是你自己说的，你娘亲也听到了，太平山的章真人可以做证。你且看吧！"话音刚落，黄沙村四围的山上，周边的田野里，草木顿时枯黄了。仿佛冬日骤然降临。

第二天，早上，那些草木全部返青，犹如从冬天转到了春天。

第三天，草木又是一枯一荣。

刘伯温道："大海，你亲眼见到了的，草木三枯三荣了，人间已是三岁，你守孝三年已满，当随我出山。大丈夫一言既出驷马难追。"

胡大海见草木如此枯荣，便知是天意如此，要自己出山。于是，他就带着母亲，跟着刘伯温一起投奔了朱元璋，立下了汗马功劳，成为明朝的开国元勋。如今，在黄沙村，有将军洞，还建有胡大海庙，村里流行唱神歌纪念他。刘伯温预言的纱坦太阳红茶也成了全国名茶。

胡大海将军纪念堂

盛文郁求雨

明朝洪武二年，武宁县大旱。

八月的一天，已是申时，大地上还热得像红炉一样，野外万物如焚。县令盛文郁忧心忡忡。傍晚，他步出衙门，站在修江畔，抬眼望去，只见修江已经断流了。沙滩上，几只鸟儿干渴欲死，翅膀耷拉着，有气无力的，飞不起来。他慢慢地往回走，只见稻田里土地皲裂着，写着无数个十字。不远处，山上岩巅枯树光秃如指。路上，很多百姓提着木桶去寻找饮用之水，然而往往是徒劳。

目睹这一切，盛文郁摇头叹息不已。他没有想到，自己上任不久，就遇到这样的旱灾。

盛文郁是听从了母亲王夫人的话才出来担任武宁县县令的。朱元璋建立明朝以后，盛文郁知道自己将不容于洪武皇帝，因为自己知道了洪武皇帝太多的往事。他悄悄离开京城，带着母亲和妻儿来到武宁县。本来，他是打算隐居在武宁了此一生的。

至正二十六年即公元1366年12月，朱元璋派大将廖永忠去滁州迎接小明王韩林儿去南京坐殿，途经江苏瓜洲渡口，船被凿沉，韩林儿溺死，历时十二年的宋国告终。盛文郁的宋国丞相位亦不复存。一片丹心付之东流，他心灰意冷，来到武宁隐居，在斜石街私塾任教赚钱养家。生活过得很清贫，但无怨无悔，每天与母亲、妻儿一起，怡然自乐，过着田园诗人的生活。然而，平静的日子很快就被打破了。朱元璋知道了盛文郁在武宁，派人来任命他为县令。盛文郁有心拒绝，说是要征询一下自己母亲的意见。

王夫人沉吟一会儿，说道："如今离乱初定，民气未复，百废待兴。你若能担任县令，安抚百姓，造福一方，何尝不是功德事。"

盛文郁点头称是。于是，接了武宁县令之印。上任后，盛文郁亲自到田间地头，督促百姓垦荒疏水。他还兴建学校，与诸生讲习经史，培育一代人材。

然而，旱灾却无情地席卷而来了。盛文郁正在摇头叹息间，这时，县衙的叶师爷对盛文郁说道："大人，于今之计，只好去太平山求雨了。太平山祖爷章真人甚是灵验，只要大人亲自前往求雨，必定是心诚则灵。"

听到了章真人三字，盛文郁想起了当年刘伯温请胡大海出山时，就得到了章真人的帮助，听其提起过，有点印象。

于是，盛文郁沐浴斋戒后，上太平山去。太平山路很陡峭，鸟道回环，直上翠微。看来章真人护国佑民深得民意，沿途礼拜的人很多。虽是夏日，山上却有清风吹面，高处自有寒气。盛文郁坐在轿子里，一路攀高，仿佛触到了云朵。那些岩石立那里，仿佛迎面而来，着实惊人。"山川不老仙何在？天地无穷想入非。"盛文郁不禁吟了这两句诗出来。

到了佑圣宫，道士出来迎接县令。进入大殿，盛文郁恭恭敬敬地跪在章真人神像下，在道士的指引下，焚香，祷告，诚心求雨。

回到了县衙，晚上，盛文郁做了一个梦。梦里，章真人身穿黄色道袍，微笑地对他说："许给你一场大雨，连下三日。我让伊山洞里的小龙给你降雨。"

翌日上午，从伊山方向来了一线白云。蓝天下，那白云绵延不绝，如一缕白纱，一直停到了县衙上空。一会儿，白云变了颜色，先是变灰，再变乌色。然后就电闪雷鸣。"下雨了，下雨了。"县城的百姓们纷纷走上街头，奔走相告。任那大雨淋湿了全身。一个个喜笑颜开。

好一场大雨，天降甘霖，让病人起床，让病树返青，让病鸟振翮远翔。盛文郁诗兴大发，笔走龙蛇，写了两首七绝。

喜雨二首

一

夹道层阴护老松，岩深磅礴有神龙。
我来乞取天瓢水，洗出伊山第一峰。

二

伊山云接白云天，村北村南水满田。
想时老龙知我在，片云飞渡县衙前。

盛文郁见自己求雨心愿达成，十分欣喜。太平山章真人如此灵验，让他心生敬仰。他把太平山的景象跟母亲述说了一番。母亲王夫人道："儿啊，太平山章真人赐雨给我们，我们要去还愿啊。去的时候，带我一起去吧。"
盛文郁应承了。

过了几天，盛文郁就带着一行人上太平山去谢雨了。为此，他特意写了
两首诗：

登太平山谢雨二首

一

太平宫接紫微宫，云树依依雨路通。
草静岩深村市远，水流花落古今同。
扫除旱魃苏民困，呼吸雷霆夺化工。
登拜将相天尺五，道人犹自卧高峰。

二

春膏沾足沛仙宫，蹑屐摩云一径通。
道士莫教童子出，老夫不与县官同。
寄来玉版三千片，炼就丹砂百二工。
醉后相思何处是，夜阑骑鹤下天峰。

盛文郁之死

太平山谢雨回来后不久，盛文郁的母亲王老夫人就离世了，享年六十五岁。临终前，她对盛文郁说："儿啊，我看见有白鹤飞来，接我去天宫，五色祥云环绕四周，香气盈鼻，我实在是开心啊。"说罢，面带笑容，安详离去。

王夫人死后第三天，托梦给盛文郁道："我在跟太平山祖爷章真人学仙道呢，你要给我去太平山多多送上一些香火钱啊。"

盛文郁是个孝子，对梦中母亲所说之言深信不疑，赶紧亲自给太平山送上了不少香火钱。

明洪武三年（1370），八月十二日，一个燠热的日子，武宁县令盛文郁接到当朝皇帝朱元璋的诏书，命令他于十一月半之前赶到都城南京功臣楼去参加开国庆功会。同时，传了一个口谕："闻说伊山的伊洞龙鳅甚是美味，爱卿可带一些来尝尝。"

盛文郁接到诏书，心想，皇上还记得这些开国大臣，特意召开庆功大会，委实不错，看来，是自己的心眼太小了，不该对朱元璋心存芥蒂。

盛文郁心情大好，以《迎诏书》为题赋诗一首：

> 八月仙槎下凤台，欢声动地遍梃垓。
> 艾城雨露人同润，魏阙丝纶手自裁。
> 扶杖只因迎诏书，焚香都为报恩来。
> 功名远逊龚节侣，百里何堪属不才？

皇上点名要吃伊洞龙鳅，这让盛文郁感到震惊。皇上真是神通广大，连武宁县伊山有伊洞龙鳅都知道。而这一热产盛文郁也是才知道不久。伊山，这个地名跟一个名叫伊叟的隐者有关。他是秦朝人，为躲避暴政，隐居深山，自耕自食，平日里采集野麻野葛，织成鞋履，放在路边，任人取用，换取村人的米、油、聊度岁月。某日，他在路边水潭捡到一个五色晶莹的蛋，后来，此蛋孵化出一小龙，小龙又产下无数小泥鳅，人们称之为龙鳅。其头上有角鬣，隆准丰唇，有龙的形状。每年秋分前后，随水涌出，委积无算，伊山的村民，用撮箕去取，每次可得到数条，趁着新鲜，或者晒干以后，味道都很鲜美。这龙鳅过了秋分以后就得不到了。

接到诏书的第三天，正是秋分，伊洞龙鳅出来了。盛文郁叫人去取来，晒干，装了一大袋子，预备去献给皇上。

盛文郁忙着把手头上的事情处理好，做好去南京的准备。

这一天，有一位客人来拜访县令，是一个中年道长。他身穿黄色道袍，手执拂尘，三缕短须，两道剑眉，双眸炯炯有神。

盛文郁一见，便觉眼熟，忙施礼相迎。道人施礼说道："太平山章哲见过县令大人。"盛文郁忙道："原来是祖爷驾到，有失远迎。"章真人道："听闻大人即将去南京参加庆功大会，是否当真？"盛文郁道："这是皇上的恩典，为臣的当然欣然赴会。"章真人道："据我测算，此次庆功会凶多吉少，你是一个好官，武宁难得来一个好县令。我不想你去以身犯险。"盛文郁闻言大惊，说道："祖爷乃是神仙，所料之事，定然不差。只是，皇命难违，我若不去，便是抗命。"章真人说道："唉，天命难违。既然你一定要去，有一句话望你牢牢记住：功臣楼庆宴之日，你要紧随皇上，寸步不可离开。"盛文郁一时不明白，想问个究竟。章真人说："照此行事，日后便知。"临走时，章真人还留给了盛文郁妻子一个锦囊，说是要等到功臣楼庆宴结束后才能打开看。十一月，庆功会上，酒宴大开，热闹非凡。朱元璋命众功臣开怀畅饮，不醉无归。酒席中途，朱元璋借故离开。盛文郁也打算跟着走，却被别人拉住饮酒，一时推辞不得。才饮数杯，突然，"轰隆隆"一声巨响，功臣楼瓦飞砖腾，火光冲天，可怜满楼功臣，全部葬身火海。原来，朱元璋为了永保朱姓天下，才设下这火烧功臣楼的毒计。可怜盛文郁就这样死于非命。当年，盛文郁任宋国丞相时，朱元璋尚是郭子兴部下的一名将官。郭子兴死后，朱元璋率部投向小明王，任左副元帅，职位在丞相之下。朱元璋做了皇帝，为维护独裁统治，明接小明王来京，暗害于瓜州江中。此时，小明王手下的大臣已不在世，唯一能知朱元璋底细的就只剩下盛文郁一人，于是，朱元璋明以诏盛文郁进京，暗予谋害。盛文郁死后，他的妻子打开章真人的锦囊，看完后泪流满面。原来章真人算到盛文郁有此一劫，安慰盛文郁的妻子不要难过，不要声张，尽心抚养儿女，日后儿孙必能发达，告慰盛文郁在天之灵。从此，盛文郁的子孙在武宁不断繁衍，他就是武宁盛姓的始祖。

寒牛不出栏

明朝永乐年间，盛以荣在湖北武昌县任知令，告老还乡，荣归故里。他是武宁县北乡二十七都大禾田村的。该村里有一块十来亩的大稻田，故名大禾田村。这块田，是他祖上的产业，如今还是属于他家的。

秋风吹拂，大田的稻子涌起金色波浪。盛以荣背着双手，站在大禾田畔，似乎闻到了稻谷的香味，心情非常好。退休几个月了，在故乡享受青山绿水，吟诗作画，时而与客对酌，真个是逍遥快活。

这时，有人骑马带来了消息，说是有钦差大臣来武宁彻查盛以荣。

原来，那时有一批即将退休的县官，临走时贪污国家钱粮，狠捞一把。事情败露后，皇上震怒，令钦差大臣到地方来查明究办，其中，点了武宁县盛以荣的名字。

盛以荣闻讯大惊。他没有想到，自己退休之后，满载而归，以为从此万事大吉，安享晚年。谁知，皇上居然要秋后算账。这个坏消息传开后，盛家一家大小无处藏躲，惶惶不可终日。家中一向供奉汪真人画像，只得合家跪神像前，叩祷求救："汪真人啊，求你显灵吧，救救我们一家大小的命。"

这位汪真人，道号汪冰壶，元朝时在朝为官，护送五宝钟到太平山后，拜在章真人门下，出家为道士，为广惠派六世弟子。

盛以荣的先祖盛玄同与章真人的弟子汪冰壶真人友善，一日，盛玄同对汪真人说："我知道你精通风水，我父亲死了很久，还没有找到一个好地方安葬，我想请你指示一风水宝地，可以吗？"

汪真人说："伯父死后没有吉地安葬，我愿意效劳。"汪真人于是手执罗盘，边走边看，一路寻过去，终于在盛玄同家后山选得一吉地，名为"寒牛不出栏"。那地方生得非常好，层峦叠嶂，回抱有情，真牛眠佳穴也。汪真人说："这是我这几年来所见到的最好的风水宝地，你家后人必发无疑。"盛玄同大喜，于是将父安葬该地，并以重金酬谢。汪真人只取了一小锭银子，飘然而去。

盛玄同死后，他的子孙果然大发，三代子孙都有考中进士的。其中，盛以荣登进士后，在湖北做知县。他们都知道汪真人择吉地的故事，为表示感激，就在家里悬挂了汪真人的画像，每天香火供奉。家里人有什么小病小疼的，在汪真人画像前讨一碗水喝就痊愈了，颇为灵验。

第二天，盛家来了一个道人，自称姓汪。盛以荣闻报，赶紧将道人迎进了客厅。道人手持拂尘，年过五旬，一派仙风道骨。盛以荣知道是汪真人显圣了，化作一个道人来救他，忙跪在地上，说道："汪仙人救我！"汪真人将拂尘一甩，对退休的县令说道："我和你先祖有缘，曾经择吉地葬你先祖，本来盼望你为官清正，造福一方，奈何你贪婪不忠，本应不来救你，姑且看你先祖之面，救你们全家。"

汪真人手执拂尘，念起咒语，脚踏罡步，做起法来。然后，他嘱咐道："你们一家大小男女，七日内不准出门，不准烧烟火，只能吃干粮度日，切记切记。"

盛县令跪倒在地，道："仙人救命之恩，感激不尽，无以回报。"

汪真人道："我不求你回报什么。当年，我为你家先祖择地，名为寒牛不出栏，今日救你们全家，也可谓是寒牛不出栏。你渡此劫后，当散家财救贫济苦，以求后福啊。"

盛县令在地上磕头不已。汪真人忽然隐身不见了。

那一日，钦差大臣到了北乡，问盛家所在。村里人说，盛家几天前被火烧了。钦差大臣哪里肯信，便要人带他去盛家看个究竟。果然，只见盛家被火烧成一坪，不见屋宇。

钦差见了，大为诧异，叹息道："可惜，可惜。"钦差立马转回京城，奏明皇上。此事就作罢了。

钦差走后第二天，村里人惊奇地发现，盛家的大屋好好的立在那里，一家大小安然无恙，都出门晒太阳了。盛以荣像换了个人似的，对乡亲们很热情，拿出钱粮分发给大家。

原来，这是汪真人用道法掩住屋宇，将它化成被烧的情形，使钦差见了如此景象，从此不再追究。

助战立奇功

明朝宪宗成化三年，岁在丁亥。这年四月二十八日，建州左卫都督董山率领部下一行人前来京城进贡。一路上，将士们趾高气扬，掠夺百姓财物，好不嚣张。沿途的明军，稍作抵抗，便被董山击败。董山系明正统、成化时期建州女真部的主要首领，曾被明廷册封为建州左卫都督。他身材魁梧，天生异禀，武功十分了得，曾和朝鲜国大战，杀了几名猛将，威名远扬。明军对他多有忌惮。自成化初年以来，建州卫屡次犯边，明廷多加诏谕均无济于事。这次，董山来进贡，明宪宗有心安抚他，令众大臣轮流热情招待他。三日一小宴，五日一大宴。董山在京城每日吃喝玩乐，快活逍遥，转眼已是一个多月了。

那时，明朝廷设立了西厂，是一个特务机构，直接听命皇上。一日，西厂首领向皇上密报，说是董山暗中勾结大臣，图谋不轨。皇上令西厂继续监视，心中有了驱赶董山离开京城之意。

五月二十九日，皇上赐宴，众大臣陪董山入席。酒过三巡，皇上问道："董爱卿，在京城愉快吗？"

董山道："哈哈，吃得好，玩得好，十分愉快。"

皇上道："今日设宴，乃是欢送宴，董爱卿该回去了。"

董山道："此间乐，不思蜀。我并不急着回去呢。"

皇上皱眉道："京城虽云乐，不如早还家。你该回去了。"

董山一拍桌子道："怎么，你要赶我走吗？我偏不走，你能奈我何？"

皇上斥道："大胆狂徒，如何口出狂言？"

董山骂道："你这个昏君，欺压臣下，早该下台了。"

皇上气得浑身发抖，喝道："来人，把此狂徒给我抓起来。"

早有丞相在一旁劝道："皇上，不可不可，董山是来进贡的，若在此时抓他，恐怕天下人不服，酿成灾祸。不如就当他醉后胡言乱语饶了他吧。"

皇上心知董山武艺高强，恐怕御前侍卫难以制服他，打斗起来，局面不好控制，不如暂且放过他，便点头道："醉酒狂徒，朕不与你一般见识。"

董山见皇上震怒，便道一声："告辞了。"拂袖而去。

董山回到建州以后，花了几个月时间准备，于十一月二十日，整顿了几万精兵，来攻打京城。有一个大臣，和董山勾结了，率领一部分军队作为内应。当时明朝廷本来就兵力薄弱，几乎难以抵抗来犯的敌军。再加上内讧，情势更是不妙，危如累卵。京城乱成一片，耳畔全是喊杀声、哭闹声，皇帝吓得心惊胆战，坐卧不安，一时没了主意，竟然想拔剑自杀。一旁的小太监见状，抱住皇上的大腿道："皇上啊，千万不可寻短见。我的家乡武宁县有座太平山，山上供奉一位章真人，道法无边，何不请他来救驾？"

皇上道："我平日里并未曾为他烧香供奉，他肯来吗？"

小太监道："心诚则灵，赶紧求吧。我妈妈最信祖爷章真人的，她曾给了我一道符，说是烧了就可以请祖爷的。"

说完，小太监烧了那张符，请皇上求章真人显圣。

皇帝于是向天空喊道："天啊，是我天下神应保，非我天下命该当。宋元二朝真人保，恳请真人从天降。"

皇帝念了几句后，就躲在宫内床帏后面，瑟瑟发抖。

却说京城外面，董山的军队叫喊着冲上来，气势汹汹。守城的明军不敢妄动。突然，一个巨人自天而降，高约数丈，身穿黄色道袍，头戴金色道冠，落在城楼上。然后，道人坐下来，一只脚垂在城墙下，一只脚踏在城楼上。手往前一伸，抓住一个攻城的士兵，往空中一抛，又用手掌接住。那建州士兵吓得魂飞魄散，大喊饶命。

董山骑着高头大马，挥舞长刀赶来，对着道人喊叫道："什么妖怪，敢来坏我好事？"

道人不说话，将士兵轻轻放下，然后，从城墙上走下来，站在阵前，巍然如一座山。

董山喝令道："放箭！"

顿时，万箭齐发。那箭射到了道人的脚下，就自动掉下来，不能再向前一步。

董山恼羞不已，拍马挥刀向前。道人弯腰，伸出一手指，勾住了董山的战马。那战马忽地倒下了。董山跌落在地，被道人用指甲按住了，动弹不得。明军将领见董山倒地，便打开城门，出来擒住董山。建州叛军见头领被擒，纷纷投降。明军将敌军团团围住。

此时，道人倏忽不见。众人只见一朵白云冉冉升上天空，飘然而去。

几位忠心的将领，赶来皇上身边，报告道："恭喜皇上，贺喜皇上，天上降下一位神仙道人，前来助战，我军擒住了叛将董山，听候皇上发落。"

皇上呵呵大笑道："天助我也！章真人果然显圣了。"皇上忙命人摆香案，虔心下拜，一谢苍天，二谢真人，三谢将士。

皇上命人斩了董山，并将其余党送福建、广东等地充军。

后来，明宪宗心想，章真人果然可敬，不愧是仁义之天尊，救苦救难，护国佑民。于是，颁发一道圣旨，赐封太平山章真人为"仁天教主太平护国天尊"，并亲笔题写了匾额"通真宝殿"四字为纪念广惠真人。

太平山佑圣宫旧貌

不为鹰爪奴

明朝宪宗成化四年，岁在戊子。太平山迎来了几位稀客。为首的是一个中年太监，后面是一个年轻小太监，再后面就是抬着两只大箱子的四个大汉。中年太监肤白、脸瘦、身长，眼露精光，气宇轩昂，十分威严。小太监胖乎乎的圆脸，稚气未脱，他快步跑到佑圣宫大门口，站在石狮石象前，用尖细的嗓门喊道："西厂厂公汪大人驾到！"

原来是西厂大头领汪直、小太监彭雨带领一干人马，来到了太平山佑圣宫。当时主持道观的道长章道洪已是年近八旬，须发皆白，赶紧出来跪下迎接。

汪直宣读圣旨：

"奉天承运皇帝制曰：

嘉武烈于佐助奇献，神威丕振；酬战功而荣褒异数，圣秩崇膺。逆寇既平，元勋特奖。尔天乙佑圣宫自然广惠章老真人，灵感千秋，恩孚万姓。降魔于三界十方，神通广大，平妖于九州四海，道法森严。兹以尔助战有功，加封尔仁天教主太平护国天尊。于戏！鸿猷奏凯，实感念于朕衷；麟阁铭勋，特酬劳于尔力。恩荣晋秩，功烈升庸。钦此！"

宣读完毕，拿出"通真宝殿"四字的横幅来，一并交给道长。

章道长再三叩谢，接过了圣旨和皇上御笔横幅。然后，章道长带着汪大人和彭太监进佑圣宫参观。小太监彭雨对道长说道，他是武宁人，家在太平山脚下。这次也算是顺便回家探亲了。

三人来到佑圣宫内，只见章真人雕像端坐中央，两旁十大雷神侍卫着，汪王张汤四大真人分站左右。

来到石塔前，汪直和彭雨一见坐在塔中的真人道貌如生，双眼炯炯有神，仿佛能看透人的灵魂，不由自主就跪拜了。

接着，章道长带着他们在山上四处走走。路上，汪直道："章真人能否现身跟我们见个面？"

章道长摇头道："祖爷很少在青天白日现身的。无事最好不要惊扰他。"

汪直道：“此番前来朝拜圣山，我们备好了金银珠宝两箱，要献给章真人座下。烦请章真人现身，我们想一睹仙貌，回宫也好向皇上交差。”

早有随从打开了箱子。金银珠宝，熠熠发光，夺人眼目。

章道长看着两箱金银珠宝，不由得双眼放光。山上的道宫亟须修葺，需要大量金钱。如今朝廷赐了这些金银珠宝，不啻及时雨。

章道长忙说道：“好吧，请祖爷现身的法子不是没有，我来试试吧。我乃章真人的第十五世法嗣，是有幸见过他现身的。”

章道长带他们来到后面鹤山，看到一棵大松树，大十围，高百尺，古色苍苍，枝叶茂盛。有群鹤栖息在树上。章道长敲了敲松树。轻轻敲了一百零八下，然后烧了一道符，念了咒语。

过了一会儿，章道长带他们回到宫中，章真人已经现身，坐在了房间里，唤章道洪带人进去。章道长赶紧带汪直和彭雨进去。章道长早跪下了，道：“拜见祖爷！”汪直和彭雨见章真人，年约四旬，脸色红润，头发漆黑，肌肤丰润，双目炯炯，气度不凡，仙气缭绕，忙下跪道：“拜见章真人。”

章真人叫他们起来，坐下。章道长又忙不迭地将太平山的好茶叶泡了出来，恭恭敬敬端上，然后躬身退下。

汪直开口道：“今日能一睹章真人仙貌，真是三生有幸。皇上感激真人助战，破了建州叛军。这次命我前来，宣读圣旨，传达圣意，送来金银珠宝两箱。有事相求。”

章真人微笑道：“不知贫道能为皇上做什么呢？”

汪直突然站了起来，转过身去，在头上弄了几下，再转过身来，对章真人说道：“拜见章真人。”

章真人见到眼前是另外一个人，是一个胡须拉碴的老者，顿时面露惊诧之色。

小太监彭雨说道：“章真人，汪大人易容术神妙吧？”

章真人道：“原来是易容术，实在是高明。”

汪直嘿嘿一笑，低下头一弄，又将脸恢复原状，说道：“不瞒真人说，我这易容术在本朝可谓是天下无双了。我就是靠这易容术混迹人群，刺探大臣的机密。但是，还是有所局限。我想向真人学习隐身术。”

章真人道：“你学隐身术何用呢？”

汪直道：“有了隐身术，我就能更好地进入大臣的家中，甚至是密室内，刺探他们的秘密，为皇上服务。"

章真人闻言，摇摇头说："若是隐身术如此用，恕难从命。"

汪直道："好吧，此事作罢了。章真人乃是神仙，无所不能的，能洞察人心。皇上有意聘请你为国师，为朝廷做事，监视朝中大臣，让他们不得不对皇上忠心耿耿。"

章真人道："你在说什么呢？我还没有听懂。"

汪直说道："我简单地说吧，就是请你担任国师，去监视朝中大臣，洞察他们的心思，然后报告给皇上。让皇上足不出户就对大臣的动向了然于胸。还有就是请你控制大臣的语言，让他们只说赞美皇上的话，凡是对皇上不利的话，谁说了就抓起来。那些写诗文的，只能写赞美朝廷、赞美皇上的诗文，谁若胆敢非议朝政，讽刺朝廷，就抓起来。"

章真人道："我懂了，你是想我去为皇上做告密的勾当，做鹰爪奴，去钳制大臣的心思。这个还是恕难从命。"

汪直道："啊，这个也不行吗？真人啊，你会炼仙丹，能否为皇上炼制一些忠心丹，让大臣们吃了以后，乖乖听皇上的话，皇上说西，大臣们不敢说东，哪怕在内心说也不行。还可以让大臣们互相揭发，谁若不忠心，或是贪赃枉法，就及时报告给皇上。"

章真人摇摇头道："这个仙丹我也炼不出来。你不要再讲了。我还有很多重要的事情要做，要走了。这些金银珠宝，你带回去吧，太平山不需要。"

汪直见章真人再三推辞，知道此次来太平山是无功而返了，只好打算离开。他说道："章真人，我听你的，马上离开此地，金银珠宝，我也带走，不过，离开之前，请真人赐我几句话为我以后的路指点迷津。"

章真人道："人在做，天在看，你凭着自己良心办事，将来一定会有后福。"

说罢，章真人就隐身不见了。

汪直只好跟章道洪告辞，带着手下，抬着两只箱子，离开了太平山。汪直一直记住章真人的忠告，虽然位居西厂厂公，权势炙手可热，但没有做一件欺心的事情，后来西厂失势，但他还是得以善终。

凤城殿

明弘治六年，夏季，武宁县城郊一带遇水灾，修河泛滥，浊浪滔滔，冲毁良田三四千亩。那些即将成熟的水稻全部被洪水卷走，叫人心疼不已。洪水还在家门口肆虐，而官府却丝毫不体恤民情，仍然催促百姓交苛捐杂税。

百姓们有的把旧年的余粮上交，自己勒紧裤带挨饿；有的典当衣物，四处借贷，为的是把如狼似虎的催税公差打发。最可怜的是一些贫苦人家，家无余粮，原指望稻子收割起来聊以度日，却不料被一场大水冲垮了梦想。真是叫天天不应，喊地地无门，只能卖儿鬻女或是出门乞讨了。

后来有人说，在修河里看到了蛟龙。这场大洪水就是蛟龙掀起来的。蛟龙不除，洪灾难退，晚稻栽不下去，要饿死更多的人。

有人说，要除蛟龙，除非上太平山求章真人。武宁县城内的几位信众，自告奋勇上太平山去了。

众人来到太平山，焚香，跪拜，哭诉蛟龙作怪，洪灾害人，官府威逼，百姓苦不堪言，恳请章真人显圣除蛟龙。几位信众打笅问讯，求祖师保佑。

此时，章真人的大弟子郑巡得知蛟龙为祸，不由大怒，隐身站在空中，须发皆动。章真人心中有数了，便答应信众，派弟子郑巡去除蛟龙。章真人嘱咐弟子郑巡道："此蛟龙功力尚浅，不能变作人形，你完全可以战胜他。倘若有疑难，只要想起为师，一定能助你。"

郑巡点头称谢，然后现出真身，辞别师父下山。只见他，头上有一对角，眼睛如铜铃，胡须硬如钢丝，身披铠甲，手持一把巨斧，纵身一跃，飞入空中，不一会儿就在修河畔落下。郑巡在修河巡视，只见河面上，浊浪汹涌，许多枯木茅草漂浮在水面。蛟龙不知隐藏在何处。郑巡找了一番，不见蛟龙身影，不由得心中焦躁起来，将巨斧探入水中，叫了一声："疾！"那斧头就暴长了数丈。郑巡使出神通，手摇巨斧，在水中搅拌起来。修河水像是煮沸了似的，喧腾不已。蛟龙在水中藏不住了，跃出水面来，张牙舞爪，要对付郑巡。郑巡哪里惧它，挥舞巨斧，照头就砍。斧刃闪耀金光，蛟龙见势不妙，转身就逃。临逃跑时，尾巴卷起一个石头，出其不意，打中了郑巡的额头。郑巡气得哇哇大叫，纵身去追。

蛟龙往上游逃去，逃到了修河最深的仙人潭，蜷卧在潭底，喘息一会就屏住气息了。郑巡追到了上游，眼见蛟龙在此处沉入水中，却望不见了。于是，郑巡又拿出斧头，在水底搅动。斧头柄虽然变得很长，但依然探不到潭底。河水沸腾得紧，蛟龙还是忍住，死死地潜藏在水底，就是不出来。

郑巡一时无奈，只能在水畔坐着歇息。突然，他脑海灵光一闪，想到这里是仙人潭，乃是师父章真人的故乡，潭上的山峰就是仙人尖。或许能在山尖上找到些什么。他飞身跃上仙人尖。山尖上还有一个炼丹亭。郑巡在炼丹亭下捡到几粒红红的残缺丹药。郑巡想把这丹药作为诱饵，引蛟龙出来，就往河水里一扔。谁知那丹药入水后变成了火球，直接冲向潭底。那蛟龙在水里歇息了一会儿，忽然见到几团火球打了过来，大吃一惊，跃出了水面。

郑巡早有准备，斧头横扫过去，把蛟龙剁成两段。顿时，血染修河。

蛟龙被斩，洪水开始退下。修河两岸百姓见洪魔已除，欢喜雀跃。

郑巡来到武宁县衙，敲了敲衙门口的大鼓。县令升堂了。郑巡昂首阔步进了公堂之上。县令抬眼，猛一见有人手持斧头闯进来，吓了一跳，喝问道："你是何人？"

郑巡道："我乃太平山上元帅郑巡是也。闻说你于洪灾之中，逼迫百姓交税，使其家破人亡，太平山特遣我来代百姓缴税，你好好收下吧。"

说罢，郑巡将斧子往地上一插，地上裂开数尺。他伸开手掌，迎风一抓，抓来一锭金元宝，递了过去，说道："这个给你缴税，要得吗？"

县令一看是金灿灿的元宝，眉开眼笑道："要得，要得。"他伸手去接元宝。那一个元宝到了县令手中，忽然变成十个，十个变成百个。县令笑得嘴都合不拢了。元宝越来越多，堆了起来，团团围住县令，他整个人被压得陷入土中半尺深，满脸通红，气喘嘘嘘，喊道："不要了，不要了。"

郑巡这才收起法术，所有元宝化为乌有。县令终于松了一口气。才知道眼前富贵是南柯一梦。郑巡说道："是你自己说不要了的，那么百姓们的税都不要了，对吧？"

县令知道郑巡的厉害，忙说："不要了，不要了。"

郑巡说道："口说无凭，你要发布通告。"

县令只得叫师爷拟了文书，叫人在街上打锣宣布，今年免除百姓的杂税。

郑巡办完事，就飞回太平山向师父复命了。章真人连夸他办得好。

太平山头炉香火时郑巡元帅显圣杀蛟龙、免杂税的事情就在民间传开了。武宁县城的信众为了感谢郑巡，决定为他塑像，以便纪念。当时，县城东侧有一座飞凤山，以形似飞凤取名。山不甚高，俯瞰修江，水光山色，蔚为壮观。曾建有东林寺。有《东林寺晚眺》诗一首为证：

佛天随喜罢，联袂出禅扉；

鸟宿寒林坞，渔归旧钓矶。

波光含暮霭，山色射余辉；

相顺皆相识，何当赋采薇。

此地一景，名"东林牧笛"，为豫宁八景之一。在明朝弘治年间，此寺香火没落，守寺和尚离开了，只剩下一空庙。有人提议将郑巡元帅的塑像请进去。但是有人反对。说东林寺是佛家的，郑巡元帅进去不合适。众人扯了两天，还没有头绪。后来，有个信众说，章真人给他托梦了，说可以将郑元帅请到东林寺去。还教他念了几句诗：

道显清虚妙，

释明智慧深。

仲尼仁义古通今。

三圣一般心。

何须分门别户，

一朝合眼奔前程。

众人这才明白了，不管道家佛家，总是一样的导人为善，不必过于拘泥门户之见。于是，信众们把郑巡的塑像请了进去，让他坐在殿上，四时受香火供奉。从此，东林寺成了飞凤殿，后来又改为凤城殿，作为太平山的行宫，至今香火旺盛，庇佑一方百姓。

凤城殿

王夫人祠

明朝正德八年，有一群匪徒打着华林山起义军的旗号，攻打武宁。他们从靖安县过来，杀进罗溪，一路上杀人放火，强奸抢掠，无所不为，渐渐逼近武宁县城。

武宁知县毛丕功闻讯，惊慌不已。小小县城，只有几百名士兵，平日里只是跑步、巡逻，很少真刀真枪干过。如何能与杀人不眨眼的土匪战斗呢？为了先发制人，毛知县命令军士们主动出击，御敌于城外。军士们与悍匪们在县城外战了一场，损失十几名军士，仓皇而归。

匪徒胜了一场，更加趾高气扬。他们在城下叫阵，扬言要县令出来投降，限定两天，乖乖献上金银美女若干，不然的话，就攻进城去，杀个鸡犬不留。

毛县令大怒，恨不得自己跃下城去，跟匪徒拼个鱼死网破。然而，自己只是个文弱书生，手无缚鸡之力，只能徒然叹息。

晚上，毛县令做了一个梦。梦中，有一个中年妇人，相貌端庄，衣着华美，头上戴着金花八宝凤冠，身披云霞五彩帔肩，说道："我乃洪武年间盛县令之母也，在太平山修炼多年，一心只想护佑武宁。如今有贼军入侵，不必惊慌，我传授你一个阵法，明日你可让军士们照此行事，定能破贼。"说罢，细细讲述一遍。毛县令用心学习，牢牢记在心里。

翌日，毛县令召集全体军士，把破敌的方略细细说了一番。

"诸位都知晓了吗？"毛县令问道。

"大人英明，都知晓了。"军士们响亮地回答道。全体军士，列为三队，各执武器，鱼贯出城。毛县令站在城头上观战。

当军士们出城的时候，在他们的头顶上方，一个中年妇人，一身戎装，翩然飞舞，说道："军士们，为保家园，听我指挥！"她手握羽扇，左右指挥着军士们。

军士们抬头望去，顿时军心大振。呐喊着冲向敌军。匪徒们被守城的军士的气势震住了，再加上有一个仙子在空中助战，一个个失去了斗志，几乎是呆若木鸡。毛县令见了，在城头大声呐喊："冲啊！"军士们一鼓作气，将匪徒杀个落花流水。

匪徒们被赶走了。毛县令给朝廷报捷，特别提到了王夫人显灵助战一事。皇上降旨，令武宁县给王夫人建造祠庙，塑造金身，四时祭祀。

听说要给王夫人建祠庙，军士们奋勇争先，都愿意尽自己一份力。不久，一座美轮美奂十分精致的祠庙就在县衙门旁边落成了。这座祠庙，高有二十尺，宽敞明亮，雕梁画栋。正门匾额上书"敕建王夫人祠"六字。祠庙前面十几步远，还建了一个亭子，也装饰得很是华丽。

那一天，天朗气清，迎接王夫人像入祠庙。毛县令带着众人拜奠如仪。

傍晚，在祠庙里举行宴会。丝竹叠奏，载歌载舞。众人酒醉饭饱后，再一起给王夫人像磕头，热闹直至深夜。

建成之后，王夫人的金身享受到了武宁老百姓的香火，常常显灵，护佑一方平安。后来的武宁县令遇有难事，常常向王夫人祈祷。或是求雨，或是驱逐蝗虫，都要来请王夫人出面。

万历年间，船滩有一个客商，名叫傅鹤鸣的。他的一艘货船满载着货物，从修河上游一直往下游而去，直到三碛滩。这时，突然遇到了暴风雨。河里的大小船只均遭此暴风雨，船帆被吹落，船身覆倾，只有傅鹤鸣的货船安然无恙，在水中转了几个圈后，停泊在水边那块有"水月双清"四字的巨石下，静静歇息，等待雨过天晴。

晚上，傅鹤鸣在船里睡觉，做了一个梦。梦中，有两个穿着青色衣裙的丫鬟，上前施礼道："请随我移步岸上，我家夫人有请。"

傅鹤鸣随着两个丫鬟上了岸，来到一个地方。远远看见一个房子，灯火通明。进了房子，一个头戴凤冠、身披霞帔的中年贵夫人，仪态万方，坐在堂上。傅鹤鸣不敢直视，忙上前施礼。

贵夫人道："因你曾有阴德于人，故能免此大厄，望你继续与人为善，不要自暴自弃，日后还有好报。你且去吧。"

傅鹤鸣拜谢退出，出了大门，回首望去，只见那门上署额有六个大字，"敕建王夫人祠"。

翌日，傅鹤鸣将此梦讲给船上的船夫们听。船夫们道："傅东家宅心仁厚，故能得到王夫人的护佑啊。"

傅鹤鸣说："不知王夫人说我有阴德于人，所指何事？"

一个船夫说道："我想起来了，应该是前年端午节那个事吧。那天，修江涨大水，我们的船装满了五百袋盐，停泊在巾口，系在一棵大树下，水越涨越高，两岸的村民纷纷求救。东家你就要我去救人。我说船上装的东西太沉了，不能再救人。你二话不说，就将一袋袋的盐掀到水里去了。既然你这样，我还有什么可说的，于是，我马上解开缆绳，划过去救人。刚解开缆绳，那棵大树就被水冲走了，好险。我们那天，一共救了十六个村民。虽说是损失了几百袋盐，你却一点不后悔，这些，老天爷都看在眼里的，对吧？"

傅鹤鸣道："看来，善有善报，恶有恶报，所言不虚啊。"

甘泉观古柏

明朝嘉靖年间，十二都，甘泉观，这天来了一位香客。小道士见这个香客衣着华丽，气度不同一般，就恭恭敬敬地将香客迎了进去，对师父说："师父，来客人了。"

一位年过六旬的老道士出来迎接客人，施礼道："施主好，贫道这厢有礼了。敢问施主，你是要抽签吗？"

这位香客昂着头，四处打量着，根本不把两位道士放在眼里，也不回话。小道士见这个香客无礼，便走开了。老道士还是笑盈盈地望着香客，等他回话。

好一会儿，香客才说："不，我不抽签，我只是四处看看。"

老道士又说道："我这甘泉观大有来历，当年许逊将军捕杀孽龙，他的弟子甘战插剑取泉，剑拔泉出，因而有井，后人在此建道观，名为甘泉观。"

香客听了点点头，继续往前走。他走出了道观，站在屋坪里，望着两株参天大树，不住地点头。

老道士跟着他出来，见香客在望两株大树，就主动介绍道："这两株柏树，有一千多年了，是晋朝时栽下的。是我道观的镇观之宝。"

"嗯，这两株好树，好树啊。"香客两眼放着光。

老道见客人夸赞两株古柏，越发来了劲，说道："这两株树，可以跟武侯庙前的两株古柏媲美了。我念给你听：

孔明庙前有老柏，柯如青铜根如石。

霜皮溜雨四十围，黛色参天二千尺。

崔嵬枝干郊原古，窈窕丹青户牖空。

……

不露文章世已惊，未辞翦伐谁能送？

苦心岂免容蝼蚁，香叶终经宿鸾凤。

志士幽人莫怨嗟：古来材大难为用。"

197

香客拍手道："师父好记性，能一口气背出这首《古柏行》来。不过，大材也有重用的时候。杜甫的话未必是对的。"

老道士呵呵一笑，说："施主过奖了。"

香客四处转了一会儿，就骑着一匹枣红马走了。

两天后，老道士正在殿前帮人解签，小道士跑了进来，说道："师父，县老爷来了。"老道士忙放下签文，往道观大门走去。

一个粗犷的声音在外面喊道："快出来，县老爷来了。"

老道士出门一看，只见坪里有一匹枣红马，马上坐的正是那天那个香客。不过，这回，他穿的是官服。神态更是倨傲无比。

老道士忙施礼道："贫道见过县令老爷。"

县令道："我今日来无他事，只是来告诉你一声，我看中了这两株古柏，我要叫人将树挖空，做成窍木，让工匠给我造两艘柏舟。"

"不可啊不可，大人，这是我道观的镇观之宝，是风水树，树在观在，树亡观亡。求大人手下留情，饶过柏树，放过道观。"

县令道："道士，我看你还粗通文墨，才给你一个面子，给你打一声招呼再来砍树。你不要不识相啊。我乃堂堂一县令，这武宁的山，武宁的水，都是我的，我想要什么就能得到什么。你敢拒绝我？"

"县老爷啊，求求你了。千万不可砍掉这千年老树啊。"老道士急了，下跪求情。

两衙役道："废话少说，明天我们就来砍树了。"

晚上，老道士在殿前神像下哭诉："元始天尊，灵宝天尊，道德天尊啊，求求你们显灵吧，县令要砍我镇观之宝树啊，求你们把县令赶走吧。要是你们显灵了，我以后多给你们上供啊。"老道士哭着哭着，就昏睡了过去。

朦朦胧胧中，他听到一个声音对他说："别担心，让我来帮你。这件小事情，不用惊动至尊至贵的三清。"

老道士睁眼一看，面前是一个身穿黄色道袍的中年道士。

老道士问道："你是？"

中年道士笑了笑，道："我乃太平山天乙佑圣宫章老真人也。"

老道士忙磕头道："噢，原来是太平山上的章真人来了，有失远迎。你特意来帮我吗？谢谢你了。"

章真人道："我有点事情路过这里，听到你哭诉，知道你遇到难处，便打算来助你一臂之力。你放心，若是那霸道的县令来了，你就焚香，连叫"广惠真君"三声，我必赶来，一切我自有主张，也不会得罪他，毕竟他是父母官，惹恼了他对道观也没有好处。我会让他知难而退的。"说罢，章真人隐身不见了。

翌日，小道士匆匆跑进前殿，喊道："师父，县令又来了，这回还带了两个手拿斧头的人，看样子是真的要动手了，怎么办？"

老道士说道："又来了？真是阴魂不散啊。你去应付一下，缠住他们，我求一下章真人来帮忙。"说罢，老道士焚香祷告，一连叫了三声"广惠真君。"

县令带着四名衙役进了甘泉观。县令道："道士，我来砍树了，你有意见吗？"老道士闻言，畏缩地站在一旁，不敢出声。小道士攥着拳头，牙齿恨得发痒，却敢怒不敢言。

一个衙役提着斧子，走上前，就要砍树。

忽然，"轰隆隆"一声，晴天一个霹雳，劈在一棵柏树上。那棵树从树顶到树根，中分为二。树还冒出一缕淡淡青烟。

县令见状，吓了一跳。一个衙役问："大人，另一株还砍吗？"县令忙摆手制止了，说道："天意不可违。"县令带着手下匆匆离开了，以后再也没敢打甘泉观这两株古柏的主意。两株古柏一直到清朝嘉庆年间还葱翠郁然，后来，可惜毁于兵火。自那以后，甘泉观也落败了。

逼退李自成

明朝末年，李自成率领农民军起义。那时，他顺应民心，屡战屡胜，一路打向北京。后来，崇祯皇帝在景山自杀，风雨飘摇的大明王朝画上了一个句号。李自成建立"大顺"政权。然而，就在北京登基后不久，李闯王的命运再次骤然逆转。他屡战屡败，一路向南方撤退。

在清军铁骑的围追堵截之下，李自成沿着吴楚古驿道一路南撤，逢战必败，溃不成军。李自成得知武宁县是个"天下大乱，此地无忧"的好地方，就往武宁县奔来，打算休整队伍，以图东山再起。

这一天，李自成带着几十人逃至武宁县钟鼎山下的玉清宫。玉清宫的道长接待了他们，给他们烧火煮饭。玉清宫古井里甘甜的井水给这些残兵败将除去了一路风尘和焦渴。

道长还特意给李自成安排了房间休息。李自成连日奔波，早已疲惫不堪，在这个世外桃源似的地方便卸下了戒心，安然睡去。临睡前，李自成令众将士在玉清宫外围防守，不得入内惊扰道士和香客。

却说李自成有一个手下护卫，见那玉清宫香火旺盛，前来朝拜的信众很多，一个个跪在神像前磕头，还往功德箱里扔钱。这个护卫看不惯这些。他认为这是道士在骗老百姓的钱财。他自己不信神灵，要为老百姓破除迷信。他就不听李自成的话，带人闯进玉清宫内，惊走了道士，砸破功德箱，抢走里面的银钱，还在道士住处翻箱倒柜。

等到李自成惊醒后，已经劝阻不住了。将士们似乎把打了败仗的怨气都发泄在这里。他们发疯似的在玉清宫里打砸抢。宫中供奉的三清道祖和吕纯阳祖师的神像都被砸碎了。一口巨大的钟和一面巨大的鼓也被捣碎。

然后，疯狂的将士们放了一把火，烧毁了玉清宫。熊熊大火，将玉清宫烧成了残垣断壁，连道观后面的那棵千年古樟树也遭了祸殃。火光照见了李自成满脸的无奈。

李自成带兵烧毁玉清宫的消息一下传到了太平山。佑圣宫中的道士听到这个消息后都吓得各自逃散。只有住持陈明德一人在佑圣宫里照应。他跪在祖爷像前叩拜，请祖爷保佑。

李自成在玉清宫歇息了一晚，翌日带领残兵几十人，打算上太平山去。他们骑着马，沿着太平山陡峭的山路上去。还刚行走在半山腰，忽然看见一道人立在云端。这位道人身材高大，身穿黄袍，手持宝剑，面容威严，周身红光万道，挡住山路。

"啊，有神仙挡路，走不得了。"李自成手下的残兵知是遇上神人，畏惧不敢前进，下马跪下，抬头望着。那几匹战马也跪下了，一动不动，在那里喘息不止。

李自成的战马虽然依然站立，却逡巡不前，不安地叫着。李自成一边勒住马缰，一边仰首开口问道："你是何人，为何挡我去路？"

那道人稍稍降下身形来，在李自成头顶不远处的空中站定。他双目炯炯有神，俯视下方，开口说话，声音洪亮。他说道："我乃太平山章哲是也。玉清宫乃我道家清修之地，尔等为何纵火焚烧？真是罪不可恕。若敢上我太平山扰乱，我定不轻饶。"

"不敢，不敢，神仙饶命！"前面几位将士忙磕头求饶。

李自成环顾四周，叹息一番，顿了一顿，然后低声说道："你既然是神仙，可否为我指一条明路？"

章真人说道："上天有好生之德，而你杀戮太多，回天乏术了。况且你在玉清宫约束手下不力，毁坏玉清宫，吕祖十分震怒。冥冥之中，自有因果报应。"

李自成听后，默默无语，勒转马头，带着手下仍转来路而去。

李自成一行人往九宫山去。在九宫山的山阴（今湖北通山）和山阳（今江西武宁）辗转，像一只寒鸦那样无助，寻找栖身之地。一路上，李自成又被当地乡勇截击，随行部下四散逃逸，他也单人匹马落荒而去。然而，险峻、陌生的九宫山让逃亡变得异常茫然而艰险。

李自成刚刚翻过牛迹岭，到达小月山，还没有来得及下马休息，风中传来喊杀声，只好继续逃亡。由于势单力孤，一木难支，李自成在朱寨的外面被当地的乡勇包围，被杀身亡。

柳山叠阵岭

明朝末年，兵荒马乱，**盗贼蜂起**。有一队人马有十几号人，来到武宁县柳山脚下的一个村子，自称是闯王李自成的部下。他们限定村民缴纳粮食若干，银钱若干，年轻女子若干，以资战守。

村里管事者见来者要求实在过分，便上前道："我听闻闯王的军队是为老百姓好的，不要钱粮，哪有你们这样的，你们是强盗吧？"

那些人说："我们就是强盗，你们敢怎么样？三天之后，我们大军就要来了，你们乖乖准备好吧。如不照办，便血洗村庄。"

村民们恐慌不已，忙去找一个姓张的秀才商量对策。这位张秀才，饱读诗书，无意功名，颇懂得岐歧黄之术，常常免费为村民治病，热心为村民办事，且对道家十分钟情，曾多次去太平山学道。一日，张秀才在太平山上，遇到了化身为一中年道人的章真人。

章真人道："你诚心向道，可喜可贺。你我有缘，我传给你一本阴符秘书，你好好研习，必能造福百姓。你好自为之吧。"

张秀才得了奇书，夜以继日地研习，学成了一些道法。他喜欢打扮成道士的模样，到各个村庄走动，擅长卜卦，断人凶咎，断事成败，往往得到应验。村民对他十分信服，因此来找他商议。

村民说，我们村里有的是热血汉子，会武功的也有十几人，绝不能这样被盗寇讹诈，要跟他们拼命。张秀才得知情况后，说："我们的村庄地势平坦，易攻难守，不如我们全部躲到柳山上去，借助柳山的地形，居高临下，与盗寇决一死战。"

于是，村民们将粮食和钱财藏好，几百口人扶老携幼，全部躲到柳山上去。柳山上有岩洞，女子和儿童就藏在里面。男子们准备好了棍棒刀枪、锄头斧头等，准备迎战。

晚上，一轮新月挂在柳山之巅。张秀才手握宝剑，在山上巡视。村民们大多沉沉睡去，只有山风在轻轻地吹。

这时，柳山上出现了一个身穿黄色道袍的中年道人。他向张秀才迎面走来。张秀才见了道人，赶忙跪下施礼道："拜见章真人！"

章真人微微一笑，扶起张秀才道："不必多礼。盗寇即将来了，你要速速做好准备。我与柳山渊源颇深，定要助你保住柳山，战胜盗寇。来，我传你一个叠石阵，确保无虞。"

章真人带着张秀才来到柳山山阴的月岭，这地方修衍而平。章真人说道："可在此布下叠石阵，以御盗寇。"

张秀才道："可是，此处无有巨石啊。"

章真人说道："此有何难？"说罢，他脚踏罡步，念动咒语，挥了挥道袍袖子，山上的巨石就飞来了，落在月岭之上，一共有八块石头。接着，章真人又念了咒语，握着剑诀，指挥那些巨石摆成叠石阵。

那八块形状各异的巨石，安顿在月岭上，错落有致，在月辉下，散发着神秘的气息。

章真人对张秀才说道："来，我告诉你，此八块巨石，乃是按照八卦方位摆成，再传你几句口诀，可以催动此阵。"

张秀才学会了口诀，将叠石阵演练一番，谢过章真人。章真人道："你此战功成后，便上太平山找我吧。"说罢，隐身不见了。

第三天，盗寇大队人马来了，约有几百人，一个个举着明晃晃的刀枪。他们来到村庄，见村里空无一人，望见柳山上有炊烟升起，人影幢幢，知道村民躲在山上去了，便爬上柳山。盗寇们上了柳山，气势汹汹，扬言要把柳山踏平。

张秀才镇定自若地指挥众汉子，让他们藏身在叠石阵后面，严阵以待。

盗寇来到了叠石阵前，仿佛被一股看不见的力量阻挡着，不敢贸然前行，在那里大呼小叫道："你们出来受死吧。不要当缩头乌龟了。"

张秀才从叠石阵里走了出来。只见他年约五旬，广额阔口，三绺长须，身材高大，头戴道冠，身披道袍，手握宝剑，自有一股英武之气。他对着盗寇喊道："尔等匪徒，丧尽天良，欺压百姓，我今受太上老君的旨意，特来降服，若能改过自新，饶尔不死，如若不知悔改，此叠石阵就是尔等葬身之地。"

说罢，张秀才就返回了阵中。

那些盗寇听了张秀才几句话，气得哇哇大叫，挥舞刀枪冲向石阵。张秀才念起口诀，催动石阵。只见那巨石开始前后左右移动，叠成了一堵石墙。柳山上的村民见了这般奇景，一个个目瞪口呆。众盗寇挥舞刀枪，对着石头一阵乱砍乱刺，石头上火花四溅。待到盗寇们失去了锐气后，张秀才带领众汉子从石墙后杀了出来。杀死一批盗寇后，迅速躲到石墙后面。巨石不断移动，变幻莫测，阻止盗寇。这些杀人放火惯了的盗寇，在石阵面前，有力使不出，被村民们杀得落花流水，最后窜逃而去。

张秀才带领村民大胜盗寇后，果真上了太平山，潜心修道，得成道果。

此后，叠石阵一直留在柳山月岭上，至今依然在默默地守护柳山。

谭廖二仙姑

明朝末年。武宁县城东门头，有一家姓廖的人家。这一天，嫂子谭秀莲要回娘家，小姑廖红英陪她去，因为哥哥廖仁义出门经商去了。回秀莲娘家只有一条水路，就是坐修江上的小船沿江上溯。本来，说好回娘家只住十天，谁知连日大雨，足足下了一个月，只得延期。雨停之后，姑嫂匆匆返家。路途遥远，交通不便。恰好有货船沿修江而下，姑嫂二人求船主行个方便。船主是个五十开外的汉子，装了一船的木材要卖到修江下游的吴城去。他见两个年轻美貌的女子想搭船，便一口应承。

姑嫂二人上了货船，真是归心似箭。江水昏黄，时而可见漂着的芦苇秆子。船顺流而下，不觉已过县城，到了下游桃花岭下。红英说："糟了，糟了，船开过头了，我们还要走不少回头路呢。"姑嫂求船主靠岸。船主慢悠悠地拿起竹篙，将船撑到了岸边。这是一片荒山野水之地，四处无人，偶尔有斑鸠的鸣叫，更添加了无边的空寂。姑嫂二人刚刚下了船，船主也跟着下船了，伸出了手掌，说："你们到了，该给钱了吧，不要多，二十个铜板就好。"

秀莲摸摸钱囊，只搜到几个铜板，红着脸问红英。红英搜了一会儿，摇了摇头。秀莲说："船老大，真不好意思，出门太急，忘了带钱。"船主淫笑道："无钱也不要紧，你们可以用身体还账啊。"

姑嫂羞愤不已，一时说不出话来。船主动粗，伸出了魔爪，就要撕开姑嫂薄薄的衣衫。二女几成待宰羔羊。正危急间，有一大汉路过，喝道："光天化日之下，怎有如此禽兽？"大汉挥舞铁拳，几下就把船主打得跪在地上求饶。

大汉救了二女，姑嫂二人感激不尽。其时天色向晚，太阳悄悄落向西山。姑嫂二人皱了眉头。大汉道，天色不早，二位姑娘莫怕，不如跟我上桃花岭上一宿。不瞒二位说，我本是桃花岭山寨主，响当当的好汉，干的是劫富济贫的勾当，绝不做欺心的事情。

姑嫂二人见寨主说得如此恳切，就大胆上山去了。翌日，二女被寨主护送到县城外，安全返家。

廖红英心直口快，回家后将有惊无险的遭遇和盘托出。父母连呼侥幸。哥哥廖仁义满脸疑云，一个劲地追问细节，不信二女在色鬼以及强盗面前能完璧而退。

秀莲只知啼哭喊冤。红英大怒，责骂其兄道："你真是以小人之心度君子之腹啊。你以为这世上就没好人了吗？"廖仁义道："你这个下作的东西，肯定跟强盗有了瓜葛，这才会说强盗的好话。"

红英道："你不要血口喷人。你骂我下作，你自己那么干净吗？这些年，你做的亏心事还少？"

兄妹对骂，乃至动手。秀莲跪下求情。红英气呼呼地收拾衣物，说："待不下去了，在这个家没意思。"她牵嫂嫂手就要离家出走。家中竟无一人挽留，廖仁义黑着脸，一言不发。红英的父母将脸扭到一边去，似乎认定了这两个女子真的做了有伤风化的事情，辱了家门，不愿意再看到她们了。姑嫂二人于是弃家而去。

姑嫂二人急促地赶路，想奔到远方去。但是，远方何处是归宿呢？二人来到修江边，但见江水茫茫一片，两三只打鱼的船在水上飘摇。七八只水鸟在水面上盘旋。秀莲一身翠裙，分外柔弱，哭泣道："妹妹，今日你我出了家门，恐怕是再也回不去了。我只能投身修江，让滔滔江水，洗出我一身清白。"

红英道："嫂子休得出此言语。你我二人清者自清，何须葬身鱼腹讨个清白。我不信莽莽乾坤，就无有我们立足之地。"

秀莲只是哭泣不休，就要跳往河中。红英慌忙抱住。姑嫂二人在河畔乱作一团。这时，有人跑来围观。在围观中，有人喊道，要跳河就赶紧跳啊，我们在等着呢。

红英大怒，转身骂人。秀莲挣脱了手，就扑入河中。红英惊觉，顿时也纵身投入水里。

江水滔滔，一袭红衣，一截翠裙，随波逐流，往下游漂去。没有一人跳下去救人，没有一只船伸出救援的竹篙。岸上的看客伸出了脖子，看完了这一出戏就散场了。

幸好秀莲和红英命不该绝。命里的贵人就在身边，不离不弃。当她们漂到下游时，恰好被桃花岭的山寨主发现，及时救上了岸。寨主邀请二位女子就留在山寨上。但是谭秀莲不同意，她说："我俩若苟活于山寨，便成了别人眼里的不贞之人，不如任我们去死。既然做不成人，我们就去做鬼吧。"说罢，秀莲就牵着红英的手离开了山寨。山寨主在后面喊，她们也不听，一直往前奔走。

走了一阵，廖红英停下来道："嫂子啊，做人难，做女人更难，可是，就非要做鬼吗？我不想死啊。做不了人，也不想做鬼，我想做仙子啊。我们武宁一向多仙女，澧溪有仙姑殿，里面有陈靖娘娘，白鹤坪有丁秀英跨鹤飞升，白云殿有何仙姑，严阳慈姑岭有七仙女，她们都可以修炼成仙，我们为何不可以啊？"

秀莲道："修炼成仙，哪有那么简单的事情。"

二人正在歇息的时候，山寨主带人骑马赶到。他说道："二位莫慌，既然你们不愿意在山寨住下，不如我送你们到严阳慈姑岭仙女观安顿下来吧。观里的住持道长是我姑姑，她会关照你们的。"

两位女子沉吟一会，答应了。

山寨主将二人送到了仙女观，跟住持道长交代一番就返回山寨了。住持道长是一位胖乎乎的中年女子，圆圆的面庞，甚是红润，圆圆的眼睛，透着光辉。她问秀莲和红英，是否愿意出家修道？两人满口答应。二人就拜在道长门下修道。

住持道长见二人甚有慧根，十分欢喜。然而，二人心中有怨念，不能静下心来修炼。住持道长感到为难。一天晚上，住持道长梦见了太平山章真人，说要来石镬洞与众人相见、谈道。

这一日，住持道长带二人去石镬洞。三人来到小河旁边，沿着小河上溯，走了半个时辰就到了。

石镬洞位于河床边的平缓地带，有七八个洞。最大的洞，广有一丈许，潭水碧绿，深不可测。小的如水缸大小，还有的如水桶大小。最为奇特的是，有两个石镬，底部相连，泉水相通；另有一个浅浅的石镬，长形椭圆，犹如"筲箕"。

洞之上有平横石岩一块，其上书"石镬洞"三个大字，笔力苍劲，笔法精湛，一看就知道出自名家手笔。从上下落款可知，这是南宋嘉泰年间武宁名士周友直题书。

谭廖二人正在那里观看字迹，忽然，住持道长说道："拜见章真人。"

不知何时，河床边上，一天然石桌上坐了一位中年道人。

谭廖二人也赶紧施礼道："拜见章真人。"

章真人身穿黄色道袍，神采奕奕，微笑道："来了，我们就开始吧。今日召集各位在此学习，乃是有个缘故的。这里地名为石镬洞，当年，严阳尊者在此制毒龙。严阳尊者，是晚唐时期一位高僧。他是赵州和尚的徒弟。天佑年间，他在此建明心寺，拜佛修炼。常有一蛇一虎相伴他修行。为了降服毒龙，他在此冥思。何谓毒龙，就是那些贪婪，那些嗔怒，那些愚痴，那些傲慢。最终，他制服了毒龙，参悟了佛法，成为一代高僧。我们学道之人，亦须修心，万法唯心，万道唯心。心唯人之主宰，亦为精气神之主宰。炼精炼气炼神，均须先从炼心始。心若冰清，天塌不惊，万变犹定，神怡气静。忘我守一，六根大定。"

　　谭廖二人听后，心头豁然开朗，当即开悟。之后，二人日夜勤修，得到了章真人的点化，最后升仙而去。

显圣惩罗寇

清朝顺治元年，岁在甲申。罗朝贵在罗峰尖立寨经常下山来劫富济贫。这个罗朝贵自幼焚伤左手，五指粘连在一起，手指如姜，乡人都叫他罗姜子。小时候，他跟随一个亲戚学武，刻苦学艺，练就一身好本事。本想凭着武艺到官府谋事，却因残疾被拒。后爱上村里一个姓王的姑娘，鼓起勇气追求，却被姑娘的父亲赶跑了，还被众人嘲笑。为此，罗姜子的性情大变，乘着乱世，在罗峰尖自立为山寨主，手下有十几个喽啰跟着他。罗姜子不仅武功高强，还有一门绝技，就是腋下夹着大竹盘，能从高处跃下，飞行得很远。

一日早晨，罗姜子在睡梦中被山上鸟儿的歌声唤醒了。手下喽啰说："大王，今天要去弄点猪肉吃就好。"

罗姜子道："这有何难？我去去就来。"他速速取过两个靠石壁的竹盘，分别夹在两边腋下，像展开一双翅膀似的，向山下高坪街市方向飞去。街市上的两家肉铺，好像是罗姜子自家开的一样，他看中的肉，不用称，不付钱，隔三差五地就去拿肉吃。肉店老板敢怒不敢言。

这次，他飞在半空中，不料，因宿酒未醒，左竹盘滑落，掉进了年丰乡罗坪村的项家大坪里，把腿都摔瘸了，在地上叫唤着。

这时，有一个年轻妇女在喂猪，见有人从天上掉下来，吓得一跳。又见那人动弹不得，就上前扶他一把。罗姜子站起来，谢过妇人。他认出了，眼前的妇人正是自己当初的意中人王姑娘。原来，王姑娘嫁到这个村来了。

女人也认出了他，赶紧低头回家去了。许多人围拢过来，好奇地打量眼前这个怪人，有人还对着他如同一块姜的手指议论纷纷。

此时，罗姜子又急又恨，脾气发作了。他眼露凶光，抓住近前的人恨恨地说："去，把最好吃的给我拿来，把貌美的女子给我找来。否则，我会让这里血流成河，尸横遍地。"人们面面相觑，胆战心惊地把酒肉摆在他面前。酒足饭饱之后，罗姜子丢下一句话：三天后，我会再来的，我要的美女下次给我备好。话音刚落，他夹起竹盘飞将起来又往高坪方向而去。

三天后，罗姜子像往常一样又在空中飞来了，远远看见项家门口晒谷坪上铺满了黄澄澄的谷子。近看，边上还摆着几大块猪肉，还有几个漂亮女人围在旁边坐着。罗姜子高兴地降落下来。谁知，他一下子掉进了一口深水塘里。这时，有人喊道："祖爷的计策大妙啊！强盗掉进水塘了！"隐藏在屋里的村民手拿棍棒、锄头、菜刀、石块向罗姜子一齐砸去。面对这群起而攻的力量，罗姜子无心招架，挣扎着跑掉了。

　　原来项家与肉店老板上了太平山，求祖爷保佑山村。祖爷托梦，告诉他们将秕谷撒到水塘里，让罗姜子误以为是"晒谷坪"，还安排猪肉与漂亮女人引他上钩。

　　罗姜子在寨子里休息几天，打算再次去项家大屋。这时，有手下喽啰怂恿道："既然是太平山祖爷在捣鬼，不如就让我们去找他算账。我们可以占领太平山，在那里立寨的。"于是，罗姜子就带领喽啰上了太平山。

　　罗姜子带人进了佑圣宫大殿，喊道："祖爷，我跟你无仇无怨，你何故害我，使我在项家大屋吃个亏，出了洋相？今日我来，要向你讨回公道！"说罢，他就令众喽啰在大殿上打砸。

　　太平山上当时只有一个年迈的老道人，走来开口阻止。那些喽啰哪里肯听劝阻，一个个手拿兵器，嬉笑着就要将十大雷神等神像打毁。顷刻间，殿内狂风陡作，飞沙走石，天昏地暗，好像有人用绳索将罗寇捆住，然后，被风吹在一天门大柏树上。众喽啰都眼睛发黑，头脑发昏，扑倒在地。

　　过了一会儿，风忽停息，沙石俱无，依然天晴日照。罗姜子抬头见云端一黄袍道人手指自己骂道："我在此山受吴楚人民香火数百余年，护国救民，从无人敢轻视我者，汝乃小寇，胆敢挠乱吾山门，欺侮于吾，何也？"罗姜子在树上挣扎不停，知道是祖师显圣了。他低首哀求道："祖师饶命，小人从此不敢侵犯。"祖师知该罗姜子气数未终，喝道："汝欲吾饶命，可闭双目。"罗姜子赶紧闭目。章真人吹口仙风，绳索松散。罗寇下树，率众喽啰拜谢祖师。他们然后进大殿行香，俯伏九叩，悔罪立誓道："祖师威灵显赫，我等从此保护山门，永无异心。"后来，罗姜子带领手下人年年上山朝谒祖师。几年后，罗峰尖上的山寨被朝廷招安了，罗朝贵被授都司一职，随上司征讨宁州奉乡山寨。罗朝贵挺身奋勇，连破三寨，立下大功。后来，他看不惯上司残害百姓的作风，有意辞职，回到山寨去，被上司疑他心存反复，图谋不轨而抓了起来，斩于宁州之黄土岭。罗朝贵死后，郑巡元帅将他的灵魂渡上太平山，祖师命为护法神，保护太平山。

最美茶仙子

清朝康熙年间，南昌府举办全省最美茶仙子评比大赛，邀请各县市的茶商选派茶仙子参赛。武宁县茶商代表是太平山茶业，派出的是聂县令的女儿聂婉儿。

"爹爹，去南昌参赛之前，我想去太平山一趟，求祖爷保佑我此番能夺得头筹。"聂婉儿对父亲说道。

聂县令道："女儿为何如此看重这场比赛？此不过是一场商家活动，女儿何必太在意。"

聂婉儿道："爹爹此言差矣，此番大赛云集全省各地茶艺高手，名茶荟萃，争奇斗艳，定有一番激烈争夺，事关我县茶叶之名气，不可等闲视之啊。况且，我与太平山甚有渊源，你不是常说，我这个女儿是在太平山求来的吗？我该为太平山道家茶争光啊。"

"哦哦，我女儿有胸怀有气魄，爹爹自愧不如啊。好吧，爹爹就先陪你去太平山，再陪你去南昌。"

沐浴斋戒之后，聂县令带着女儿上了太平山，进了佑圣宫。住持道长闻得聂婉儿即将代表武宁县参加全省茶仙子大赛，欣喜地说道："好啊，好啊，我太平山道茶，于祖爷开基立业之际萌芽，几百年来茶香不绝。聂小姐秀外慧中，天资过人，定然将太平山道茶发扬光大。"

聂婉儿道："道长过誉了，我是武宁儿女，当为武宁茶叶尽一份力。只是初次参赛，心下忐忑，故来祖爷这里求一个心安。"

在住持道长的指引下，聂婉儿在祖爷神像前焚香祷告再问答。住持亲自打答，打了三次，都是胜答，最后解道："此番必定能独占鳌头。"

聂婉儿满心欢喜，与住持告别，跟着父亲坐轿回城。

虚空中，许嫣然对章真人说道："没想到，当年我在山上种的茶叶，如今越来越多的人喜欢喝了。县城里还有一个太平山茶楼，不错不错。最美茶仙子大赛，这个肯定好玩，我也要去看看。"

章真人道："太平山的茶园是你一手开创的，这些年来，茶叶的兴衰与宫观的兴衰息息相关。如今，恰逢盛世，茶业兴起，中华茶叶远销海外，举办最美茶仙子大赛此其时也。你想去看，我就同你一起去吧。"

几天后，聂县令带着女儿聂婉儿，还有太平山茶业的李掌柜，一起来到南昌，进入南昌中大街广场茶艺大赛现场。临到进场时，许嫣然和章真人化作两个年轻道士，说道，奉太平山住持道长之令来赛场助威。聂县令便带两位道士进场了。路上，李掌柜微笑道："二位道长的吃喝住宿都归我管了，安心观赛即可。"

第一天是初赛，全省 100 名参赛选手参加。观众席上，密密麻麻围了不少人，还有几个金发碧眼的外国人。各位茶仙子以普通的茶艺方式把自己带来的茶叶泡好，由评委品鉴。最后，选拔 50 名茶仙子参加复赛。聂婉儿带来的是太平红茶、樱花白茶，毫无悬念地进入复赛。

第二天是复赛。笔试考的是茶艺理论知识。选拔出十名茶仙子参加决赛。聂婉儿顺利进入决赛。

第三天是决赛。决赛是自由发挥的茶艺表演加上才艺表演。

首先上台的是浮梁县的一位茶仙子。她一身唐朝女子打扮，轻启朱唇，先唱了一段采茶戏，然后开始茶艺表演，念道："香泉一合乳，煎作连珠沸。时看蟹目溅，乍见鱼鳞起。煎茶盛行于唐代，古风朴雅，颇为妙哉。我愿效古人之贤，与众雅士共赏煎茶。"原来，她表演的是唐代的煎茶。她的表演博得众人的一片掌声。

然后又上来一位选手，来自九江的。她请两个助手举着一张宣纸，她挥毫写下一个大大的"茶"字，然后说道："饮茶可得长寿。苏东坡有云：何须魏帝一丸药，且尽卢仝一碗茶。九江佳山胜水，孕育了健康好茶。"她表演的茶艺是"何止于米，相期以茶"。

接着上来一位选手，是修水县的。她身穿宋代服装，翩跹起舞。舞毕，她说道："宋朝时期，出生于修水的著名文学家、书法家，江西诗派开山之祖黄庭坚曾把我们修水的茶叶带到了全国各地，并成为了御茶。茶香千年梦大宋，我为大家表演'梦回大宋'，愿与君一同领略宋代茶艺之美，重温盛世风雅。"

修水选手博得了众人喝彩。

许嫣然轻声道："这些茶仙子，一个比一个厉害啊，看来，我不出手帮忙不行了。"

章真人轻声道："你是真正的仙子，她们是凡人，如何比得过你，你要是出手，不是帮聂婉儿作弊了吗？"

许嫣然道："你放心，我不会作弊的，我只是帮她弄一个道具。"

许嫣然拿出一只坛子来，坛口用一张纸封住。她将坛子交给聂县令说道："住持道长要我将此坛子给你，关键时刻可助令媛一臂之力。待婉儿表演时，你把这个坛口打开，这里装的是太平山上的重云，打开以后，让那白云慢慢飘出来，令媛的表演就更好看了。"

轮到聂婉儿上台了。她穿的是旗袍，显出她的双臂如雪藕，身段婀娜多姿。她鹅卵形的脸，五官精致，辫子又黑又长。她一上台，就有人轻声惊呼："这位茶仙子，太像观音菩萨了。"

聂婉儿微微一笑，说道："我今天要展示的是太平山道家茶艺，在开始之前，我给大家唱一段武宁的山歌吧。"

婉儿的话音刚落，聂县令就把那个坛子的封口弄出几个窟窿。霎时间，乳白色的云朵从坛口涌出，弥漫开来，在聂婉儿的身畔缭绕不绝。所有的观众都惊呆了，仿佛是一个仙子驾着云彩来到舞台。

"南山顶上一株茶，阳鸟未啼先发芽，今年姊妹双双采，明年姊妹落谁家？"

一曲才罢，台下掌声雷鸣。

然后，聂婉儿开始表演茶艺。在缥缈白云的衬托下，她把茶艺表演恰如行云流水般地完成了。众人看得如醉如痴。最后，白云散去，聂婉儿鞠躬示意表演完毕。评委们和其他观众不约而同发出雷鸣般的掌声。"仙女下凡啊，仙女下凡""最美茶仙子，最美茶仙子"，观众就这样高声叫着。十位茶仙子表演结束后，评委一致表态，宣布来自武宁太平山茶业的聂婉儿为本届茶仙子冠军。聂婉儿上台领奖，获得了一张五百两银子的银票。聂婉儿下来后就将银票交给了父亲。

聂知县拿过银票，放在嘴上亲了又亲，乐得合不拢嘴。

李掌柜对聂婉儿道："恭喜小姐获得冠军，为武宁茶叶争光了，我也要奖你五百两银子。"

聂县令嘿嘿一笑，道："如此，又要李掌柜破费了。"

章真人和许嫣然看到聂婉儿夺冠，相视一笑，就悄悄走开了。

鲁溪洞里的石龙

　　那年，孽龙吃下了观音菩萨煮的那碗面，腹疼难忍，被许真君擒住，跪倒在菩萨跟前。观音菩萨以铁链将孽龙锁在深井里，念了几句咒语。孽龙问："菩萨，你用这么粗的铁链锁着我，何日能放我呢？"

　　观音菩萨说道："铁链开花之日，就是放你之时。"

　　铁链哪里会开花？观音菩萨的本意是不打算放出孽龙了，免得它危害人间。然而，千年以后，清朝康熙年间某日，有一个妇人，抱着孩子，来水井边看孽龙。那孽龙在水里寂寞多年，见有人来看它，就兴奋起来，在井里摇头摆尾地掀起了一些小浪花。

　　孩子见水里游龙摆动，看得高兴，手舞足蹈的。这时，他头上戴着一顶绣花帽，低头的时候，帽子就掉进了水井。孽龙刚好游到水面上，帽子掉在它的铁链上。那顶帽子，红红的，罩在铁链上，恰似一朵大红花。

　　"开花了，开花了。"孽龙见到铁链开花，乐得在水里翻了几个滚。高高的浪花涌起，井水溢出了井面。妇人赶紧抱着孩子离开了。

　　孽龙在井里喊观音菩萨："铁链开花了，菩萨快放我出来。"

　　它喊了几日几夜，终于把观音菩萨喊来了。

　　观音菩萨见了铁链上的红帽子，说道："这个不可作数的，只是一顶花帽子，不是真的花。你还是安心在此修炼吧。"

　　孽龙道："那我不管，帽子花也是花，菩萨不能食言而肥。"

　　观音菩萨道："你这是胡扯。我走了。"临走，菩萨又念了咒语，防止孽龙脱身出来闹事。

　　孽龙不服，在井里掀起浪来，井水流到村里。然而，它的法力还是被封禁了，无法脱身。

　　过了两天，有个白衣白裙的女子来到井水边，叫道："哥哥，我又来看你了。"

　　原来，来人是孽龙的妹妹水龙。孽龙说道："妹妹，你来了，正好。"孽龙就说观音菩萨食言，说了铁链开花就放它出去的，但是铁链开花了，还是不放。叫妹妹去武宁闹事，逼迫观音菩萨放了它。

水龙居住在鲁溪洞深处。那鲁溪洞是个有仙气的地方。相传，有村民康一、康二、刘五、刘六追赶一头仙鹿进了洞中，遇到一树仙桃，吃了仙桃后，成了仙人，从此有了法术，可以施符画水，以济生灵。鲁溪洞里钟乳石千奇百怪，或如雄狮滚球，或如千年灵芝，或如百鸟朝凤，或如寿星洗头，惟妙惟肖。洞内泉水长流不断。水龙盘踞深处，平日里以钟乳石的汁水为食，不断修炼。她得知哥哥被许真君擒住，关在罗坪万寿宫的一口水井里，曾多次营救过。无奈，观音的法力高强，那铁链有法力加持，根本无法击散解开，只好作罢。如今，哥哥叫她去闹事，她欣然领命而去。

水龙来到修江畔观音阁前不远处，做起法来。突然，狂风大作。那狂风对着观音阁对面的山口村吹去。好大的风啊。一时间，昏天黑地，房屋全部飘举到空中，四周墙壁飞掷如乱蓬。小河边，参天的大树被连根拔起，冲入了水中，流入了修江。山口村里，一时死的有三十余人。年轻力壮的，皮肤被剥开，露出森森白骨，或者两臂抱着头颅而死。年幼的被吹入云间，坠落下来，像瓦片一样摔个稀巴烂。村里只剩下十一个人，一个个都手足受伤，昏迷不醒。

有人报告给武宁县令。得知到这些惨况后，县令来到县城附近的凤城殿，跪拜郑巡元帅，祈求元帅保佑武宁百姓。郑巡火速报知太平山祖爷章真人。祖爷化身为一个中年道士下山来察看详情。他先是把受伤的人全救治好。忽然，他看到地上有一行字："菩萨若慈悲，先放我兄弟，如若不慈悲，大风继续吹。"章真人掐指一算，知道乃是水龙所为。章真人带着郑巡赶到鲁溪洞。郑巡站在洞口，手持巨斧，喊道："水龙速速出来领死。"水龙全身披挂出来了，只见她一身银色盔甲，手提一把宝剑，站在那里，见章真人和郑巡都来了，喊道："你们不要多管闲事，我只想为我哥哥讨一个公道。"章真人道："你做起妖法，害死无辜百姓，今日我们要替天行道。"话音刚落，郑巡就挥舞斧头，对着水龙劈去。水龙毫不示弱，手中宝剑舞得风车一样，泼水不进。章真人见郑巡一时难以取胜，就捡起一块石头，画了一道符，对着水龙掷去。石头击中了水龙的额头。水龙顿时大叫一声，抛了宝剑，往洞里逃去。郑巡就去追赶，追到洞内最深处，看到水龙已经化作一个石头，盘踞在洞里，一动不动。郑巡踢了它一脚，仍然是纹丝不动。章真人赶了过来，又往石龙身上贴了一道符，说道："水龙已经化作石龙，谅它不能再危害人间。"如今，人们在鲁溪洞里，还可以看到这一条石龙。

某乡有妇

  清朝康熙年间，某乡有妇，闺名为金桂，嫁给秋生为妻。秋生家中有一个寡母，勤劳善良，为人本分。进门快一年了，金桂与婆婆相处不好。婆婆见媳妇不做家务，每天只顾梳妆打扮，就叫她扫一下地。金桂端详着自己一双葱白一样嫩的手，说道："整天说扫地，扫地，哪一天，我叫我娘家一伙人来给你扫扫扫。"

  金桂吃饭的时候，经常把饭菜掉在桌子上，还喜欢留"饭脚"。婆婆就教训道："一粒粮食一粒汗，不能这样糟蹋的。"她叫金桂把桌上的饭菜捡起来，把碗里剩下的饭吃掉。金桂皱着眉毛，"哼"的一声，懒得理睬，还是我行我素。

  有一天，婆婆人不舒服，躺在床上，没起来煮饭。金桂喊道："起来煮饭啊，这么晚了还不起来。"

  婆婆呻吟道："我不舒服啊，你自己煮吧，我想喝水，给我倒碗水来吧。"

  金桂这时就装个没有听见，走开了。

  母亲就把金桂的事情告诉秋生。秋生是个懦弱的人，不想多事，还袒护妻子，就说："我觉得金桂人不错啊。你要对她好点。"

  母亲说道："儿啊，我跟她一起过的日子短，你跟她过的日子长，我是怕你以后受苦啊。"

  秋生道："她以后会好的。她不做家务，就随她去，家里的事情，你就多做点吧。让着她一点吧。"

  金桂在门外偷听到了丈夫的话，心中窃喜。此后，她对婆婆更加过分了，动不动就骂婆婆。婆婆常常气得掉眼泪。婆婆在菜园里摘菜，有时都会伤心地哭泣。旁人看见了，免不了问她。村里人对秋生说，你好好管管你媳妇吧，不能对老人那样的，她这样对待老人，把我们村的风气都带坏了。

  秋生这才回家说了金桂，叫她对母亲好一点，左邻右舍都说闲话了。金桂道："我哪里不好了，全是她在外面说我坏话。"

几年后，为了生活，秋生到外地谋生，很少回家。临走前，秋生对妻子说："你在家要照顾好老人。"

金桂说道："你放心去吧，我知道的。"

丈夫不在家，金桂对婆婆更坏了，婆婆年老体弱，眼睛也瞎了，生活不能自理。金桂常常拿一只破碗盛一点剩饭剩菜给老人吃。可怜的老人，饱一餐，饿一餐，冷一餐，热一餐，想喝口茶都困难。有时，婆婆渴得难受，就在床上叫唤，邻居听见了送茶水来，金桂就冷嘲热讽的。还有的邻居送饭菜来，被金桂当场就倒掉，说："我家不是讨饭的。"邻居气得再也不管了。

金桂不给老人洗碗。有一次，有个邻居看到，一只猫跑到饭桌上，舔那只破饭碗。就对金桂说，猫上桌舔你婆婆的饭碗了。金桂说，那就是一只猫碗，随它去吧。

一个寒冷的冬天，婆婆躺在破棉絮里，冻得瑟瑟发抖。外面寒风呼啸，大雪飘飘，她起来解手，不敢出门，就在房里蹲下来小便。第二天，金桂发现了，拿起棍子就没头没脑地打向老人，边打边骂。老人无力反抗，蜷缩在床上，奄奄一息。

就在这个漫长漆黑的冬夜，婆婆咽下了最后一口气，结束了她痛苦的一生。婆婆死了以后，金桂还在村里说她的坏话，说她如何如何的不是。村里几个不安好心的媳妇有时也会和金桂凑在一起，听她讲如何对付婆婆的事情。

村里有些媳妇跟婆婆吵嘴，就拿金桂说事，说："有样没样，但看世上。我比金桂好多了，你要是对我怎么样，我就跟金桂学样。"

后来，村里的一些婆婆去太平山朝拜，有时会在章真人神像前说道："祖爷啊，求你管管我家的媳妇，千万不能学金桂啊。"

村里不止一个婆婆在祖爷面前提到金桂的劣行了。

夏日的一天，金桂和秋生在家里厨房吃午饭。天晴得好好的，忽然电闪雷鸣，那些闪电和响雷绕着秋生的房屋，缠着不放。突然之间，一团闪电将秋生和金桂提将起来，跪在堂前。两人低垂着头，披头散发，脸色灰黑，昏迷不醒。一个时辰过去了，秋生醒来，金桂还是不太清醒，闭着眼睛，口中喃喃自语。忽然间，秋生像发疯了似的，提起金桂的衣领，一路奔跑着，把她带到了婆婆的坟墓前。秋生让金桂跪下，按住她磕了三个响头，然后，用石头砸扁了她的脑袋。

太学生求子

清朝康熙年间，县太学生王昆秀家境殷实，42岁还没有生孩子。他有一妻一妾，然而都未曾生育。有人告诉他，太平山章真人道法无边，很是灵验，可秉一片诚心去求子。

王昆秀也听说过太平山章真人的故事，知道当年章真人的父亲和母亲也是人到中年而无子，后来在玉清宫求子，最后得偿所愿。

王昆秀沐浴斋戒三天后，带着正妻和侧室上了太平山求子。

回到家里，第三天晚上，王昆秀梦到一个身穿黄色道袍的老道人对他说道："河对面玉枕山上有三个孩子，你可以去捡来。"

王昆秀醒了以后，就对妻子说起这个梦。妻子说："肯定是章真人给你托梦了。这是好事啊，赶紧去玉枕山吧，宜早不宜迟，不然，三个孩子被别人捡去了。是谁家的孩子啊，丢在山上没人管了，真可怜。"

王昆秀道："我们原本打算自己生一个孩子的，没想到，去求祖爷来，却求来了三个孩子，还是别人生的。"

妻子道："也许是我们命里注定没有孩子吧，我们一片诚心，感动了祖爷，给我们带来三个孩子，哪怕是捡来的，带亲了也是一样的。你赶紧去吧。"王昆秀就雇了一艘小船，横渡修河，上岸后，往玉枕山而来。玉枕山位于武宁县城北门外。山不甚高，其状如枕，山顶建有喜雨亭。此地有景名为"玉枕清风"，为"豫宁八景"之一。王昆秀曾经和同学一起去春游过，还曾赋诗一首。时值春天，山上树叶青翠欲滴，山花如火燃烧，花香暗中袭来，不时有鸟儿在唱歌。王昆秀无心贪看风景，只顾赶路，寻找被丢弃的三个孩子。走过喜雨亭，忽然听到一间茅舍里传来哭声，有男声，也有女声，听上去很是凄惨。无门可敲，且事情紧急，王昆秀顾不上许多，直接进了茅舍，见一男一女坐在那里相对哭泣。两人见有人闯了进来，就停止哭泣，互相为对方揩干眼泪后，一齐打量来人。

"青天白日的，你们二位为何在家哭泣啊？"王昆秀不解地问道。

"你是什么人，来我家做什么？"男子责问道。

王昆秀朗声道："我乃县城太学生王昆秀是也。闻到你们哭泣，特来相问。唐突之处，还请见谅。"

那男子见王昆秀衣着华丽，仪表堂堂，不像坏人，便说道："先生啊，你有所不知，我家实在是遇上大麻烦了。去年我父亲得了重病，花费了许多银钱去治疗，拖了几个月，最后是落个人财两空。今年上半年，我母亲又患了重疾，借钱寻医问药，花费不少，最后还是一病归西了。人死了，账不能不还，催债的人天天在威逼我。无奈之下，我只好将妻子卖掉还债。日子不能不过下去啊。"

女人说道："我是愿意为丈夫分忧的，卖掉我。能去除压在丈夫头上的债务，我十分乐意。然而，丈夫一向以来待我情深意厚，一朝分手，从此形同路人，甚至永生不能相见，实在是叫人难以接受，我们舍不得分离啊。而催债的人明天还会来的，说好的买家明天也来的，分别在即，无可奈何，我们只好在这里抱头痛哭。"

王昆秀听明白了，心想，这一对年轻夫妇，情投意合，日子本来过得好好的，只因家人大病，如今夫妇即将劳燕分飞，怎不叫人心疼？

王昆秀本来是个豪爽之人，平日里也曾救助穷人，此刻听到两人一番哭诉，便有心成人之美，于是豪气顿生，说道："你们不要哭了，我来帮助你们，欠了多少银钱，我全部给你还清。"

男人说道："先生，这个如何使得？"

王昆秀道："既然我知道了这个事情，就不能不管。你说个数吧。"

女人轻声说道："纹银二十两。"

王昆秀道："区区二十两银子，就能让你们这一对鸳鸯不用拆散，值得。"说罢，他掏出了几锭银子出来，交给了男子。

男子接过雪白的银锭，仔细看了看，眼里露出疑惑的神色来，问道："先生为何这般慷慨？如此大恩，小人实在无以为报。"

女人忙牵着男人一同跪下了，谢道："感激先生大恩大德，先生好人长命百岁。"

王昆秀扶起了男人，说道："我，乃是读圣贤书长大的，做好事不求回报。好事索性做到底，再给你们一些银钱，让你们好好过日子，做一对人间的仙侣。"说罢，他又掏出几锭银子，交给男子。

男子问道："敢问恩公名讳三个字如何写的，也好让我们写起来，时刻记着恩公啊。"

王昆秀笑道："不必了。我王昆秀乃是读圣贤书的。今日所为不过是学圣贤而已。"说完，王昆秀就下山走了，登上小舟，清风徐来，水波轻漾，水鸟翔集，心驰神悦，顿时觉得快意平生。

　　第二年正月，王昆秀的妻子生了一个儿子，到了十二月，又生了一个胖乎乎的儿子。同时，他的侧室。也生了一个儿子。王昆秀一年得了三个儿子，所做的梦应验了。他这才明白，祖爷托梦给他说将在玉枕山捡到三个儿子是何深意了。

水月双清

清朝乾隆年间，春天的一个午后，章真人与许嫣然泛舟修江之上。他们从澧溪北湾上船，沿江而下。碧绿的江水映着天上的白云和两岸的绿叶红花。小船缓缓划过，恍若在天上徐徐行走。

船有短篷，船长一丈有余。许嫣然穿着一袭深蓝色的道袍，宽大袖外翻着，露出雪白的里子。她站在船头上，微风拂动绑扎头发的紫色绸缎带子。她自然而然地用手捋了一下带子。

"不要站着，你坐下来。"船尾，正在划船的章真人对她喊着。

许嫣然笑着答应，就坐了下来。"这水真清啊。"许嫣然解下腰间的小葫芦去装江中的水；装满了就倾倒出来，再装。

章真人在船尾，一边微笑地看着她，一边划着木桨。桨声欸乃里，有几只白色水鸟掠过，扔下几声圆润的啼叫，就飞进青山的影子里去了。

许嫣然回头看着章真人划船，然后，调皮起来，以手掌舀水，向章真人洒去。章真人侧身躲过，喊道："小心，不要掉进水里了。"

章真人此刻化作一个年轻的道士，二十来岁，身穿黑色道袍，背插宝剑，长眉入鬓，眼睛炯炯有神，英气逼人。

他们是应邀来修江上参加一场雅集的。

不到两个时辰，小船就来到了县城东面六十里外的三碛滩。七百里修江曲折婉转，暗礁丛生，以二十四险滩著称。东去最后一滩就是三碛滩，过此入永修县境河道平坦，畅通无阻，故有"过了三碛滩，出了鬼门关"之说。

"你看，那就是试剑石。当年许真君在斩蛟前曾在此试用董晋所铸之剑，挥剑劈下，巨石中开，古称试剑石，而如今当地人称之为'破石'。黄山谷先生是修水双井人，往来修江必定从此路过。有一回，他于月夜舟过石下，见两岸山影重叠，月色如银，水月相映，波光粼粼，于是题'水月双清'写于石上，如今有七百余年了。石头上的字迹模糊不清了，武宁县城的文人雅士于是发起了今天的雅集，请人将山谷先生题写的四个字补书一遍。"章真人指着不远处的巨石说道。

"噢，原来如此。他们的船也到了。他们的船好大啊。"许嫣然说道。

过了一会儿，章真人就把小船慢慢靠近了大船。大船上，有十来位文士，还有几个姿容俏丽的女子。其中，一位中年文士身材中等，面白微须，春风满面，穿蓝色儒服，戴着儒冠，站在船头问道："二位可是太平山的道长？"

章真人走到船头，对着中年文士道："小道正是奉太平山佑圣宫住持之命来的，特来见证今日的盛举。"

那个中年文人道："好啊，来了就好。快上大船来。"

章真人与许嫣然上了大船。中年文士对船上人说道："这两位太平山来的道长，是我特意邀请的，一来他们与许真君甚有渊源，二来若是今日有孽龙为患，还可以请他们出手，可保大家无虞。"

众人听了齐笑。

中年文人又提高了嗓门，向众人道："好，大家都到齐了就开始吧。我先说几句。鄙人王子音，向来爱慕苏东坡黄山谷等先贤。此处石壁上，有山谷先生亲笔题写的'水月双清'四字。几百年过去了，字迹漫漶，我不想让前贤名迹就此湮灭，特请云南巡抚谭尚忠大人补书，请各位做个见证。谭大人钟爱黄山谷的书法，研习多年，颇有山谷之风，请他来写，乃是最好不过了。"说毕，王子音就鼓掌。大家也一起鼓掌。

谭尚忠是一个微胖的中年人，看上去意气风发，此日穿着便服，沉声说道："我也是江西人，老家是南丰的。子音兄是我的朋友，承蒙他抬爱，请我来补写黄山谷先生的字。我想，一块石头有什么稀罕呢？一块石头，破了，更有什么稀罕？只因这块石头乃是因许真君斩孽龙而破，那就有意思了。而这块石头在修江，千古此水，千古此月，水月双清，因山谷先生一语道破，便别有风味。我知道，王子音的先祖悦卿公，文章事业与山谷先生并重一时。他慕山谷即以慕其祖也。我今日因袭前贤而补书，而能使破石水月，与前贤余韵并传不朽，真是我的荣幸啊。今天是乾隆壬子孟春月三日，我在此补书'水月双清'四字，请大家为我见证。"

说完，命大船缓缓靠近巨石，他就站在船舷边，提笔在石头上照着旧痕，补写"水月双清"四字。只见他手起笔落，酣畅淋漓，将四个大字写了出来。夕阳的余辉下四个字闪烁着异样的光芒。

写完了，众人一齐鼓掌叫好。王子音端起两只酒杯，递给了章真人和许嫣，说道："请大家共同举杯，庆贺今日之事圆满成功。"

众人举杯一起庆贺。船上有一小桌子，早已列杯盘，陈肴核，众人吃着，喝着，唱着，竹肉交作，响震江岸。

不知不觉，月亮就升起来了。月影朦胧，沿江景物，吞吐烟云中。一会儿，纤翳顿扫，天空如镜，刚刚还是苍茫隐见的事物，全部森罗列出。水月相荡，闪闪作金光色。水上清风习习。谭尚忠道："妙哉，此刻身如浮在海岛上，我等皆神仙中人也。"

王子音喝醉了，说道："不好，月亮掉进水里了，待我去捞起来。"说罢，纵身跃进水里。谭尚忠伸手去扯，却没有扯住，众人惊呼不已。

王子音被寒冷的江水激醒了，在水中慌乱招手喊救命。

章真人不慌不忙，纵身而起，一个鱼跃，跃向水中，抓住王子音的腰带，将其提了起来，踩着水面，转身回到船上。这几个动作，兔起鹘落，一气呵成。

众人目瞪口呆，缓了一阵，才拍手叫好。王子音全身湿淋淋的，此刻醉意全无，知道了是眼前的道长救了自己忙不迭地说感谢。

章真人道："时候不早了，我等要回佑圣宫复命，各位，告辞了。"施礼毕，就上了小船，摇起木桨。许嫣然也跃上小船。

银亮的月光下，小船载着二位年轻道人离开，消失在众人视线里。

求雨受惩戒

　　清朝嘉庆十六年，夏秋两季，武宁县大旱。田地里的庄稼干枯欲死，人们心情像干枯的树叶一样萎靡。不过，也有些人在想办法抗旱的。北乡二十七都罗坪洞大窝地方，有家姓方的，一行三十余人上太平山求雨。那人名叫方富贵，长得人高马大，膂力惊人，满脸络腮胡须，一双虎眼常常瞪得圆圆的，说起话来，嗓门奇大，如炸雷一般。他扛着一把鸟铳，大摇大摆地走在前面，一边吹嘘他这几天的战果，打了七只兔子，三只野猪，十几只岩鸡。众人都吹捧他是神枪手。方富贵就更加得意了，走起路来，将尘土石块踢得飞起来。方富贵在村里是最富的，家有良田，本不靠打猎为生，只是图个好玩，没事就去山上打铳，很是威风。

　　在太平山半山腰的路上，方富贵看见有一群白鹤在青翠的树丛上盘桓。他说道："你们猜，我这一铳打过去，能打到几只鸟？"

　　众人就嘻嘻哈哈地猜了几句。方富贵眯了一只眼，放了一铳，"轰"的一声，惊散了白鹤。它们发出哀鸣，向佑圣宫方向飞去了。

　　方富贵见一只鸟都没打到，"嗤"了一声，又上了弹药，扛着鸟铳往佑圣宫来。

　　一个瘦弱的老道士接待了他们。方富贵掏出一把铜钱，往案桌上一丢，说道："道士，这是香火钱，我们是罗坪洞大窝的，今天来求雨。你可要到祖爷面前给我们美言几句，让祖爷给我们多发点雨啊。"

　　老道士收起了香火钱，说道："好的，我马上在大殿设斋建醮，恳求祖爷章真人发雨。只要你们诚心求雨，祖爷是有求必应的。"道士整了整破旧的道冠和道袍，干咳了几句，点燃三炷香，烧了一道符，敲起太平锣鼓，念了一段咒语，然后说道："今有罗坪洞大窝信众方姓一族前来求雨，诚心诚意，苍天可鉴，请祖爷准许发雨，以除旱魃之灾。"然后，往地上抛了两片竹筊。"啪啪"两声，竹筊在地上分开，一下是阴筊，二下是阳筊，三下还是阳筊，就是不出现一阴一阳的胜筊。

　　"看来，祖爷不准发雨啊。贫道也没有办法了。"道士无奈地说。

方富贵当即气愤发急，开始胡言乱骂道："我们缴了香火钱，怎么不给我们发雨呢？你这个神仙是贪财的吗？嫌我们的钱太少了？要是嫌少，你就是贪财，要是收了钱不办事，你就是混蛋。"

其他姓方的也跟着谩骂不止，还动手掀翻求雨坛，香火散落在地。大殿里乱糟糟一片。

老道士在一旁劝道："祖爷不准发雨，肯定是有原因的，你们切不可责骂祖爷啊，罪过罪过。"

"骂他算什么，我还要打他呢。这样不灵的神仙有何屁用？"方富贵说罢，就举起鸟铳，对着祖师章真人的塑像开火。

然而，虽然翘了扳机，铳却闭住不响。方富贵感到奇怪，接连翘了几下，还是没用，就低头去检查鸟铳，打算再次开火。

虚空中，十大雷神和郑巡元帅、邓九先锋见姓方的众人如此狂悖，一个个怒火中烧，对祖师章真人说道："如此狂徒，罪不容赦，今日若不惩戒，显不出我们的赫赫灵威。望祖师允许我们施展雷霆手段出来。"

祖师章真人默许了。郑巡挥舞大斧，邓九掏出棍子，就要对着方姓众人头上打去。十大雷神齐声说道："二位暂且退下，让我们来。"

十大雷神开始做法，顿时，大殿狂风大起，雷公电母各现真身，电闪雷鸣。那些闪电，如同一个个碗大的火球，往姓方的人身上飘去，在他们身上爆炸。方富贵见火球来得急，慌忙逃走，一个球形闪电追着他不放，钻进他腰里。他用手去抓，哪里抓得到。"轰"的一声，他就被雷炸死了，一身焦黑，面目全非。那一把鸟铳也被炸得稀烂。闪电照耀，雷声轰隆，当场就打死方姓十余人，横七竖八地躺在大殿内。空中弥漫烧焦的臭味。其余的人赶紧逃跑了。边跑边喊："不得了，不得了，雷公打死人了。雷公打死人了。"

雷神还要追击，祖师暗中叫雷神罢手，这才放走了余下的方姓众人，不然全部要被打死。

过了两天，罗坪洞大窝姓方的来太平山赔罪，在佑圣宫烧香跪拜，求祖爷章真人原谅。然后，他们把所有被打死尸骸均埋在太平山山路之旁。那些木制的简陋墓碑上只写了各人姓名及嘉庆十六年殁于太平山字样。具体死因只有方姓自己人清楚。

求雨斗法记

清朝嘉庆二十五年，即1820年，这年，湖北兴国县与江西武宁县这两个地方都发生大旱。一连几个月，老天爷没下过一滴雨。稻田都干得裂开了一道道大口子，仿佛在喘息着说，热不过，热不过。禾苗虽然到了抽穗时节，然而，缺乏雨水的滋润那稻穗都是干瘪的，真个是颗粒无收。武宁县的老百姓无疑是来太平山求雨，湖北兴国县的人也来太平山求雨。一路上，求雨的人络绎不绝。

湖北兴国县路口乡华家庄有个修炼得道的人，当地人称之为华老师。华老师在茅山学过法术，能以法力帮助当地老百姓，口碑甚好。他造福一方，还收了一些徒弟，在当地算是赫赫有名的人物。他遗下肉体，升仙而去以后，当地人为他建了道观，塑了像，祭祀他，跪拜他，往往是有求必应。这年大旱，兴国县的老百姓来向华老师求雨。华老师指点要到太平山求雨。华老师的神灵附体在一个大弟子身上。面对老百姓渴望的眼神，这个大弟子拍拍胸脯，以华老师口气说话："大家放心吧，跟着华老师我去，一定给大家带来甘霖。"

大弟子带领师弟们和华家庄的老百姓来到太平山求雨。他们焚香后，跪在章祖师跟前，用打筶的方式问祖爷，能不能给兴国县降雨？一连问了三回，章祖师都没答应，无法打出胜筶来。原来，章祖师知道该庄百姓罪孽甚重，应该受旱灾，理应顺天，不敢逆天，未准发雨。

华家庄的大弟子见章祖师不许发雨，很不甘心，说道："我们不能白来一趟。我知道有一个法子可以降雨的。走，我们去抽那口古井。"

太平山佑圣宫里，当时只有两个年迈体弱的道人，见华家庄的人要去抽古井，苦苦相劝。华家庄的人依仗人多势众，执意孤行。

大弟子带领一伙人，将太平山那口古井的井水都抽干。然后，那井底冒出了一泓新水。这大弟子说道："这新水是好的，带回去了便可以降雨。"于是，他便将竹筒装了三筒新水。一伙人嘻嘻哈哈，耀武扬威而去。太平山佑圣宫弟子只好在章祖师面前哭诉。

章祖师当即显灵，命座下的郑巡元帅和邓九先锋两位神灵马上出发，去追赶华老师的大弟子一伙人。郑巡和邓九赶到了茅田河那个地方，拦住了姓华的那伙人去路。郑巡喝道："识相的留下水筒。"说罢，挥舞大斧头，寒光闪闪，气势逼人。邓九舞动大铁锤，在一旁助威。

　　华姓一群人向前不得。华老师附体在大弟子身上，发出掌心雷，轰击郑巡和邓九。郑巡和邓九躲过掌心雷，一左一右，飞身扑向前，夺回两筒水。可惜还有一筒水掉在地上，打破了。郑巡和邓九只好带着两筒水回佑圣宫复命。那一筒水流在地上，刹那时，天昏地暗，乌云密布，这茅田河附近十余里，登时下起倾盆大雨，连日不止。

　　华老师的神灵回庄后，心里气愤不已。他心想："自己也是道仙，求雨不成，反而被章祖师的徒弟欺负，脸上无光啊。"他心生一念，做起法来。只见他口中念念有词，然后，用草纸剪了一个水车，画了一道符，然后烧了纸水车，自己吞下纸灰。他本人幻化成一架水车，躺在地上。顷刻间，一架水车冉冉上升，一直升向天空，像一条巨龙，将龙头伸向太平山。原来，这是一架天车。华老师变的天车架在了太平山龙塘里，哗啦啦地抽取水来。那水一直流向了华家庄的稻田里。华家庄的人见一股清水自天而来，浇灌禾苗，一个个眉开眼笑，赞叹华老师法力无边。

　　章祖师见那华老师逆天而行，架起天车强行抽取龙塘的水去，本想发作，拆掉那个天车。然而，他知道这天车是华老师的真灵所变，如果去拆，势必要与华老师有一番生死争斗，将来会结下很深的仇怨。他正在犹豫不决的时候，早有两位天兵天将降临在太平山。

　　章祖师赶忙向前施礼，见过天兵天将。"我们奉玉帝之命，前来捉拿触犯天条者。"天兵天将话音刚落，便将那天车嗖嗖嗖地收到手中，升空而去。

箬溪鱼怪

　　嘉庆丙子年冬，道人张钰从龙虎山天师府出发，奉檄来武宁县太平山佑圣宫办事。当他经过箬溪曲池七姑楼时，听到有几个人围在河边说道："快看，快看，那桥下有一条好大的鱼，怕是要成精了。"

　　张道长闻言，便走上前去看看。只见那桥下水深丈余，水面上有一只大鱼，有数尺长，似乎乏力游不动了，泊在岸边，露出背鳍来，尾巴有一搭没一搭地甩着水花。有一个男子按捺不住，说道："看我的，我要把这条快成精的大鱼抓起来。"说完，他就下水去抓鱼。那么冷的天，他也不怕冻。

　　大鱼似乎听懂了人话，闻言就往远处游。捕鱼者就奋力划水，跟着往远处去。这时，岸上有人喊道："不要游远了，天冷水深。"

　　捕鱼者就停下来了。大鱼见捕鱼者停下，转身又游回来，还咧开嘴，似乎在说："来呀，来抓我呀！"捕鱼者见状，又游向前。大鱼就这样时远时近，诱惑捕鱼者到深处去。岸上的人见大鱼如此狡黠，便大声提醒捕鱼者："快回来，此鱼有点古怪。不要抓它了。"

　　然而，捕鱼者被大鱼引诱得昏了头脑，越游越远，有点筋疲力尽了。这时，他的腿抽筋，游不动了，张嘴呼救。他张开嘴巴，就呛了几口水，渐渐就要沉下去。岸上有人见捕鱼者的情形不对，赶紧下去救人。两人上岸后，都冷得打哆嗦。张道长走上前去，掏出火折子，燃起火来，让他们暖和暖和。旁边有人说道："还算命大，没有淹死，差一点啊。这大鱼真是害人不浅。"

　　张道长走到水边，见那大鱼还在水里，隐约可见，说道："此鱼怪也，胆敢害人，不可不治。"

　　他念起咒语，画了一道符，投入水中。不一会儿，水面风平浪静，大鱼消失得无影无踪了。众人见了，都拍手叫好，对这个年轻的道长肃然起敬。

　　张道长告别众人，离开箬溪，来到了太平山脚下。在合港村，见那棋盘巨石洁净可爱，就坐下来休息。这时，来了一个身穿黄色道袍的中年道人，见了张道长叫道："道友，你可是从龙虎山来的？我在此恭候多时了。"

张钰点头道："小道正是从龙虎山来，奉家师之命上太平山。敢问道友，你可是太平山的？"

黄袍道人道："正是正是。我与你一起上山去吧。"

二人在路上边走边聊。张钰说起了在路上遇到鱼怪的事情。黄袍道人掐指一算道："此事恐怕还未了断，还是要小心为妙。"

到了太平山巅，黄袍道人说先去通报一声，就迈开步伐，进了佑圣宫。张钰在后面慢慢走着。这时，从宫中出来一个老道人，须发皆白，瘦骨嶙峋，精神矍铄，正是太平山住持，将张钰迎了进去。进了宫中，张钰拜了祖爷章真人的肉身，抬眼一看，很是眼熟，原来祖爷就是那个迎接自己上山的穿黄色道袍的道人。张钰感动，不由得多拜了几下。

翌日上午，张钰在住持的带领下在太平山佑圣宫前漫步。忽然，从远处飞来了一条蛟龙，长一丈有余，张牙舞爪，对着张钰就抓来。张钰猝不及防，眼看就要被蛟龙抓到。这时，住持飞出一剑，对着蛟龙射去，口中怒喝道："大胆孽畜，敢来太平山撒野！"

那蛟龙避开了飞剑，又扭转身子，伸出利爪，对着张钰扑过来，嗷嗷叫唤着，扬起阵阵腥风。张道长此时有了准备，挥动双掌，望空拍出，正中蛟龙。蛟龙怪叫一声，看将要跌落在地，立刻又弹身起来，飞到半空，恶狠狠地扑下来。那一对利爪，犹如钢铁，抓到地上，出现一个大坑，声势吓人。

张钰与住持联手与蛟龙斗了一阵，不分胜负。斗了许久，双方都有点累了，蛟龙飞上了佑圣宫前的一棵千年银杏树，在树丛中歇息。住持气喘吁吁的，说道："这条蛟龙，不在水里，跑到这山上来捣乱，着实可恶。只是我们联手一时都打不过它，要是祖爷出面就好了。"

正说着，太平山上空传来轰隆雷声，晴空一个霹雳，正好击中了佑圣宫前面那一棵银杏树，顿时烧起了大火。蛟龙被困在烈火中，惨叫连连，却逃脱不得。张钰拍手道："看来，是祖爷显灵了，发雷火灭了这蛟龙。"

说也奇怪，银杏树上的大火并没有蔓延到其他地方，只是将这树和蛟龙烧了三天三夜。最后大火熄灭了，地上一片灰烬。灰烬里有一粒粒的骨头。太平山上的很多信众看到了，捡起来尝一尝，有点香味，还有点粘舌头。听说那是蛟龙被雷击剩下的骨头，大家都纷纷来捡取拿走了。

事后，太平山住持通过打杯珓得知，这条蛟龙就是箬溪的那条鱼怪，因不满其祖孽龙被困在罗坪万寿宫的水井里，一直在伺机报复武宁人。幸好，这条蛟龙被祖爷章真人灭掉了，从此修河平静多年。

火烧佑圣宫

清朝嘉庆甲戌岁，这年初冬，武宁太平山佑圣宫忽遭回禄之灾。那一把火来得很突然，叫人迷惑不解。那天，天刚蒙蒙亮，道人起床敲钟，宫中道众纷纷起床练功。大家在后山平地站桩时，忽然，一道红色火球从天而降，落在了佑圣宫屋顶上，顷刻之间，就把佑圣宫的半个屋顶烧着了。众道士急忙赶去，打火的打火，提水的提水，大呼小叫忙乱起来。

突然，刮起了一阵风，慢慢旋转着。风助火势，火借风威，那火越来越大，浓烟滚滚，黑雾遮天。不一会儿，太平山上的万福宫、万禄宫和万寿宫都烧着了。有两个道士跪在佑圣宫前哭喊着："祖爷啊，保佑啊，赶紧灭了这大火啊。不得了啦，这火要烧死人啊。"然而，祖师爷却似乎充耳不闻，对这突如其来的火灾无动于衷，一任那火继续烧下去。

大火越来越烈，宫中通红一片。一些救火的人眉毛胡子都烧掉了，龙塘的水也用掉了不少，眼见要干了。然而，火势丝毫不减，甚至越来越烈。看来，人力是无法扑灭这熊熊大火了。道士们只好远远避开火势。不一会儿，太平山上万福、万禄、万寿三宫全部烧着了。就连一天门的老柏树都烧着了，噼里啪啦，火势着实吓人。后来，清点了一下，老柏树共烧毁了12株。那都是千年的老柏树啊，一棵棵长得那么茂盛，真是怪可惜的。

火越来越大，佑圣宫的大殿塔顶烧得通红，最后落在地上。佑圣宫在大火中垮倒了，福、禄、寿三宫也全部化成为断壁残垣。众道士的心沉了下去。有点奇怪的是，这场大火只是把几座宫殿烧毁，烧了千年柏树，却没有烧毁太平山其他树木，更没有烧死一只动物。大火似乎被那一股小小的旋风控制在一定范围内。

这场火持续了一天一夜，第二天黎明时火才熄灭。太平山几座宫殿烧得乌焦。火熄之后，满脸黑灰的道众赶紧去看祖师的肉身。只见章祖师玉体端坐在石塔之内，身体上黑色灰尘有四五寸厚。道众等将灰尘拂拭干净。一位弟子说道："祖师啊，你受伤了吧？火这么凶，你肯定被烧坏了，这如何是好啊。"奇怪的是，那么大的火烧过之后，章祖师身上的道袍居然毫无损伤，肉体跟从前一样还是金色的。他那双炯炯有神的眼睛，充满着慈悲的神情，无言地看着大家。

众道士见祖爷安然无恙，大家都镇定下来，不再慌乱。只要祖爷在，太平山的魂就在，重建宫殿指日可待。

一年后，太平山佑圣宫和万福、万禄、万寿三宫都又建起来了。章祖师的肉身依然安放在塔内。座下的十大雷神也重新塑像，一切又恢复了以前模样。

然而，人们心里还是有个疑团，为什么章祖爷神通广大，保国佑民，却不能保护自己的地盘，反而让一把火将太平山烧个精光呢？有信众将这个问题询问道士。道士就将这个问题问太平山的管事师父。师父于是定了一个日子，当众向章祖师问个明白。

"祖爷啊，你道法无边，能呼风唤雨，跟雷神火神都是朋友，随时能召唤他们。今次，为何任那火神纵火烧毁我们的太平山呢？这其中一定有什么缘故啊。你若不明示，恐怕会遭我等凡人猜疑。为了给我等释疑，你可愿意托个梦给我们？若是可以，就一连三次胜筊。"

于是，焚香，在祖师像前问筊，连问了三次，都是胜筊。祖师答应托梦了。

当晚，这位管事的师父和几位弟子都做了个梦。第二天，大家聚在一起，讲述自己的梦境。你一言，我一语，把太平山火灾之谜弄清楚了。

原来，章祖爷预先知道湖北阳新县和江西武宁县这两个地方有一次劫难，将遭遇一场火灾，这场火灾将损害两县百姓成千上万人的性命。章祖爷怜悯百姓，于是向玉帝请求免灾。玉帝不准，说两地该有此灾，此乃天意，不可违抗。最后，祖师无奈之下，特将自己的宫殿烧毁，以代两地火劫。章祖爷就这样牺牲自己而解救了百姓。

观风山大白蛇

清朝道光十四年，武宁县大旱。县城百姓去凤城殿向郑巡元帅求雨。一信众道："郑大元帅啊，我们这里好久都没下雨，水稻都无法种下去，菜也没得吃了，你可要给我们下一场大雨啊。"

信众们打杯珓问了郑巡，郑巡答应择日下雨。

其实，郑巡并不知此地久不下雨的缘故，于是去太平山问师父章真人。

章真人道："要说起来，最近还真是旱情严重，天上云都没有，哪儿有雨下。"他掐指一算，对郑巡说道："原来如此，你且随我来。"

章真人带着郑巡来到武宁县城东北侧的观风山。观风山在县东北侧三十里。横亘如屏，其平端豁露，可以坐观一邑之风，故名"观风山"。又以其山形远望如棺材，俗传仙人玉棺，又名"棺材山"。

二人登上观风山最高峰。山上草木葳蕤，云雾缭绕。章真人指着前面说："你看，那是什么？"

郑巡说："那是一朵白云。"

章真人轻轻说道："不，你再看看那里。"

郑巡放眼望去，只见一条大白蛇从山洞里缓缓爬出来。所过之处，草木倒伏。白蛇身长三丈有余，身子比水桶还要粗。它爬到山峰最高处昂起头来，对着山峰旁的那朵白云，吐出长长的信子，不停吮吸。眼见那白云慢慢变瘦，变成一丝丝一缕缕的，不一会儿，一朵白云全部被吸进这条白蛇腹内。

大白蛇吸完了白云，晃了晃身子，似乎心满意足，然后慢腾腾地回到洞里。

郑巡几乎闻到了大白蛇发出的腥味。他说道："师父，这是蛇妖吧？它在此山吸云，此地的云都被它吸光了，难怪久旱无雨。没有云哪来的雨啊。这蛇妖不是好东西，我们立马把它除掉吧？"

章真人道："它虽是妖，若是未曾做过什么恶事，我们也不能造次。吸食白云或许是它修炼的法门，还是先查明情况再说吧。"

章真人念起咒语，请出了土地神。

土地神出来了，施礼道："见过章真人。"

章真人道："请问，大白蛇是何来历，为何在此地吸食白云？是否犯有伤人的罪过？"

土地神道："大白蛇来此三个月了，不知其来自何方。一日，忽然从云端掉下，从此就在此山洞居住。来时没有这般粗壮，在此吸食白云修炼后，长势极快。倒也不曾伤害人畜。"

章真人谢过土地神，带着郑巡下山去。在路上，章真人忽然想起白素贞，或许她知道这大白蛇的来历，便带着郑巡来到双龙观。章真人在白蛇和青蛇的神像前行了个礼，祷告一番，不一会儿，白素贞和岑碧青现身了。

章真人道："见过二位仙子。"

郑巡赶紧道："二位仙子好。"

白素贞道："章道长，你来有何贵干？"

章真人说道："近来，在观风山之巅，发现一大白蛇，每天吸食白云，弄得武宁县大旱。不知此白蛇是何来历，特来向白仙子请教。"

白素贞道："你来问我，倒也算是问对了。此是我四川峨眉山的一个子孙，因为贪玩，一路飞来，失足跌落在地，受了小伤，需要静养一段时间，吸食白云恢复功力，才能重返天空，飞回峨眉山。此是他的劫数，我们也不便帮他，由他去吧。"

郑巡道："这白蛇贪玩，可是把武宁的百姓害惨了，弄得大旱。他为何偏偏要吸食这里的白云呢？"

青蛇岑碧青笑道："因为这里的山好水好空气好，云朵都是甜的。"

郑巡道："可是，他把白云都吸掉了，没有云就无法下雨啊，武宁境内旱情严重，此事如何是好？"

岑碧青道："无妨，他再休养个把月就可以离开了。"

白素贞说道："是的，再等个把月吧。"

章真人听明白后，就告辞了。

路上，郑巡说："师父，她们怎么能这样啊。"

章真人道："是的，白素贞和岑碧青如此言说可谓是偏心。我看，武宁的老百姓不能再受旱灾之苦了，我们另想法子吧。"

郑巡道："是啊，我们要为武宁百姓着想。去把白蛇赶走吧。"

章真人道："此言甚合我意。你去吓吓他，让他知难而退，离开此地就好。切不可伤害他，免得白素贞责怪。"

章真人带着郑巡返回观风山最高峰。郑巡提着斧头，站在洞口厉声喊道："孽障，快出来受死。"

那大白蛇闻声，从洞中出来，昂起头来，吐出长长的信子。郑巡瞪大眼睛，对着大白蛇挥舞斧头，道："孽障，你还不滚走，我就一斧头劈下去了。"

白蛇缓缓向郑巡游动过来，瞪大眼睛，吐着信子，发出"咝咝咝咝"的声音。

郑巡道："我真的要劈下去了。"

白蛇突然跃起，对着郑巡扑下来。

章真人道："好大胆，还不退下。"说着，大袖子就挥了出去。

一股罡风，将白蛇推倒在地。白蛇在地上翻滚，痛苦地呻吟几声。

正在这时，青蛇岑碧青赶来了。她厉声说道："我姐姐就担心你们为难他，果不其然。你们过分了吧。"

章真人道："好吧，我们走，一个月后，若是他不走，我们就不客气了。"

岑碧青道："一言为定。"

章真人对郑巡道："我们回去吧。"

回太平山的路上，郑巡摇头道："师父，仙人也讲情面啊。"

章真人道："仙人也是人啊。"

一个月后，白蛇还没走。每天还是吸食白云。那一日，有大雷电绕着山峰七日七夜，山上草木都烧毁了，最后，白蛇就走了，不知所终。

乱兵挨雹子

林蔚，是太平天国忠王李秀成手下的一名骁将。清朝咸丰年间，岁在乙卯，他带领兵卒数千人，攻打湖北和江西各州县，遭到了曾国荃率领的清兵的激烈反击。林蔚损兵折将，兵卒已无斗志，只好率领部分残兵退到了九宫山。在瑞庆宫大殿，林蔚见到石塔内端坐着一个道人的肉身。石塔前，还插着一些香火。一个老道人见兵卒来了，吓得躲起，还是被抓了过来。林蔚问道："那肉身是谁的？"

道人说道："回将军的话，这是我们九宫山的祖师真牧真人张道清的肉身，有好几百年了，甚是灵验。"

林蔚道："天上只有一个上帝是真神，你们道家只会装神弄鬼的，人死了留着尸体何用？不如好好安葬，免得你们借此肉身骗人敛财。"

于是，林蔚叫部下将真牧真人张道清的肉身移下塔内，打算安葬在真君石殿的神龛下。

几名兵卒挥舞锄头挖土，大约挖了二尺深，忽见瓦坛一只。兵卒挖出瓦坛，立即交给林蔚。打开瓦坛，发现里面有一块薄薄的黄绫，横顺约二尺。上面写着几句话："兔从火出，兔见木藏。但看六五，月减清光。历劫非殃，天命靡常。运周九陆，吾道后彰。"落款是张道清。林蔚见到这黄绫，虽然不能完全解开其意，倒也猜到了几分，知是真牧真人张道清留下的话，预料到有今日之事。旁边有一位副将说道："林将军，此事不可造次，还是作罢。"

林蔚想了想，就叫人将真牧真人的肉身送回到石塔，带兵继续前行，来到了武宁县太平山在佑圣宫安营扎寨。那时，因为兵荒马乱，太平山佑圣宫已经没有住持道长，没有朝拜的香客，山上是荒凉一片。大殿内，还坐着章真人塑像，旁边是郑巡元帅、邓九先锋，十大雷神分立左右。由于无人照料，神像身上布满了灰尘，还结满了蜘蛛网。众兵卒一路被官军追杀，连连失利，心中憋了一股闷气。有一个副将见到大殿内的神像一个个睁着眼睛盯着他，似乎在嘲笑他，不由得怒从心头起，将一尊神像推倒，用脚践踏。还喊道：“你不是神仙吗？有本事显灵啊。怎么不说话啊？哑巴了吗？”

众兵卒见状，嬉笑着过来，也来毁坏神像，脚踏手推，刀砍剑削。他们发泄了一阵后，心头舒畅多了，便开始煮中饭。饭煮好后，首先端给林蔚吃。林蔚吃了一口，吐了出来，喝道：“怎么拿生饭给我吃？”煮饭的兵卒忙跪倒在地说，小人该死，小人该死。

一位副将舀了一碗饭，抓了一口，尝了尝，也说是生的。火是旺的，水是滚烫的，饭怎么不熟呢？继续煮了一会儿，还是不熟。没办法，他们只好吃半生不熟的饭。有个兵卒说：“饭煮不熟，莫非是这山上的祖师在用法力惩罚我们吗？”

林蔚闻言，呵斥道：“休得胡言乱语，就是有神仙在此，我也不惧，我们太平军是信上帝的，我们是万能的上帝的儿子，不怕这些神灵。且看我的手段。”他又带兵进入佑圣宫大殿，手执兵械，打算闯进宝塔内毁坏章真人的玉体。刚刚走到塔门，林蔚忽然脚不能动，口不能言，站在那里呆住了，泥塑木雕一般。顷刻间，殿上刮起狂风，呼呼地吹着，吹得他们难以睁眼。天忽然变了，本来是中午，太阳高照的，仿佛变成了黑夜，几乎昏黑不见人。“噼里啪啦”瓦缝内落下冰雹，如饭碗大，不计其数，飞起乱打众兵卒。“哎呦，哎呦。”众兵卒被打得头破血流，叫苦不迭。

“祖爷显灵了，祖爷显灵了。”有一个来自湖北的兵卒知道太平山祖爷章真人很灵验的，忙跪下道：“祖爷饶命，祖爷饶命。”众兵卒也跟着跪下叩头，说道：“祖爷饶命。祖爷饶命。”

外面站着的几个兵卒听到殿内发生了变故，忙跑进来，点亮了火折子。“快救林将军出去！”有人喊道。一个兵卒趁着微光，将林蔚背出大殿，一口气跑到太平山一天门外，在一棵大树下躺着。这时，天放晴了，出现蓝天白云，冰雹消失了。

兵卒给林蔚喂了一点水。林蔚渐渐苏醒，脸色由苍白缓缓转为红润，头脑也清楚了。回想刚刚发生的事情，感觉就像做了场梦一般。

“这太平山的祖爷太厉害了，不可得罪，天上人间的神灵都不可得罪。”他不敢再行侵犯，焚起三炷香向佑圣宫大殿方向跪拜，接连磕了九次头，表示悔罪。然后，他带着手下就赶紧离开了太平山。从那以后，林蔚带着他的兵卒在行军途中，凡是所过庙宇都焚香拜谒，分毫不敢触犯。

浣云亭

　　清朝咸丰年间，武宁县有一个才女，名叫张浣云。她长得秀丽纤弱，有一颗玲珑剔透的心，满腹诗书，出口成章，写的诗词迥出尘表，有空谷幽兰的韵味，常常在县城闺阁里传阅，大家对她甚是悦服。

　　"浣云"是老师给她取的号。于是，大家都称她为浣云，原来的名字倒没人叫了。张浣云的父亲名叫张友山，是一个小小的文职官员，案牍操劳，积劳成疾，英年早逝。父亲生前给女儿订了一门亲事，男子名叫熊远绍，已经取得了孝廉功名，在家等授官。他常对张浣云说，快了，快了，当官之日，便是迎娶之时。张浣云笑笑，说不急不急。

　　那一年，张浣云过生日，熊远绍送来一些成色十足的黄金，让她凭着自己的喜好，去打制一副金手环。

　　张浣云说："我不喜欢装饰品，我喜欢看书。不如用来买书吧。"

　　熊远绍道："你不要黄金首饰，而要诗书，真不愧是出身书香门第，去买书吧，只要你高兴就好。"

　　张浣云来到书肆，买了许多自己喜看的书。店家见她有钱，还很好说话，便劝她助印经书。原来，书肆新刻了一部劝人为善的经书《章祖师避劫宝训》。店家说，只要愿意出钱，可以在经书里印上助印人的名字。这些经书将免费赠送给人，助印者的芳名也将随之四处流播。

　　张浣云翻阅了样书，见里面有"敦孝悌以重人伦，重农桑以足衣食、尚节俭以惜财用，明礼让以厚风俗"等等内容，便答应出钱助印，却说不必刻上名字。熊远绍听说此事，心中大大赞许。

　　甲寅年（1854年），一个寒冷的冬天，太平天国的部队攻打武宁县城。战火燃烧起来，城里一片混乱。战乱中，熊远绍不知所终。张浣云与母亲郑宜人在两个女用人的帮助下，逃到偏僻的严阳大源避难。后来兵声紧了，又往靖安县去躲兵祸。路过白崖山时，用人抬着轿子，走路都发抖，觉得那山委实太险峻，而路却过于崎岖。

　　"下山的路太难走了，尽是枯叶，滑溜的，旁边悬崖峭壁，掉下去会没命的。我不敢走了。"前头的一个女用说着，就停下脚步，不愿意走了。后面的一个，也跟着停下。

张浣云在肩轿里，卷起帘子向外看，见山顶树枝冻裂，寒风汹涌而来，四处几乎杳无人烟，一股悲怆之意油然而生。

张浣云下轿来，四人沿着山路慢慢走着。忽然，张浣云脚下一滑，一屁股坐在地上，迅速向下滑去，越滑越远，最后，掉进一个山洞里。

"小姐，小姐。""女儿，女儿！"哭喊声在山谷回荡。

张浣云跌进了一个不是很深的山洞里，听到呼喊声也应答了。但是，阵阵呼啸的寒风吞噬了她的声音。

张浣云在山洞里，一时进退不得，方寸已乱。这时，她灵光一闪，想起了在书肆里见到的那本《章祖师避劫宝训》，上面写着几个字，"若有危难时，可念祖爷咒。"她本来就有过目不忘的本事，当即回忆起祖爷咒："请起平公章真人，修仙炼道得为神，五湖四海保安康，降福降恩保太平。"

念了三遍，就听到有人在耳边说道："你且随我来！"

张浣云抬眼一看，只见一个身穿黄色道袍的中年道人，仿佛站在虚空中，递来一把雨伞，让她抓着伞柄，步出了山洞。倏忽之间，道人不见了，只有一把伞，真真切切的在手里。张浣云握着伞柄，那伞就飞了起来，带着她往山上飘去。借助伞的力量，张浣云回到母亲面前。她刚一落地，那把伞就徐徐飞走了。

母亲郑宜人见女儿安然无恙回来，又惊又喜，忙问女儿是如何回来的。张浣云望着越飞越远的伞道："多亏了那把伞，送我回来。"

郑宜人道："怎的平白出现一把伞？怎的又飞走了？"

张浣云道："那是太平山章真人的伞，自然十分神奇。"

太平军退去后，武宁县城池一片废墟。张浣云只好又返回大源一个叫芙蓉窝的小地方暂住避难。

一天晚上，张浣云做了一个梦，梦见了一个身穿黄色道袍的中年道人，手里拿着一把伞，站在她面前，微笑不语。道人旁边，是一个身穿绯红裙子的女子，笑着对她说："你就是张浣云？我读过你的诗词，写得真好。我见你的诗词常常有出尘之意，可见你也是个有仙缘的人，可愿随我们去修仙？对了，我叫许嫣然，他是章权孙，你们见过面的。"

张浣云知道来人是祖爷章真人，自称许嫣然的想必是一位女仙，仙姿绰约，满面春风，看着她，就让人心生欢喜，不由得满口答应道："我愿意，我愿意。"

许嫣然道："如此甚好，你且把俗事了结完毕，时候到了，我来接你。"

醒后，梦中情景历历在目，张浣云知道自己该去修仙了。她想了想，在去修仙之前，还要做好一件事。张浣云便与祖母和母亲郑宜人商量。要在武宁通往靖安的白崖山上建一石亭，方便行人，以作休整。此亭不可以盖瓦，须把石料砌得像桥拱一样，亭的四角要翘起来，式样要新颖别致，还必须用白崖山的石打造，亭子里面要安排人们坐歇和临时睡觉的地方，要刻上工匠的姓名。

建议得到了大家的赞同。张浣云即刻买下山地，招募工匠，筹料建亭。足足花费了四十斤银子，石亭才告竣工。建成之后，只有张浣云知道，这个亭子，远看就像祖爷的那把伞，庇佑着众人。

从此，这里过路的人多了起来，大家都喜欢在此亭歇息，不再担心风霜雪雨，也不怕太晚了没有暂宿的地方。亭子建好不久，张浣云就被许嫣然接走去修仙了。母亲为了瞒人耳目，对外称张浣云因遭受风雨，不幸染病，一病不起。当地人为了纪念建亭人，一致同意把此亭叫作"浣云亭"。

一百多年过去了，至今，在白崖山上留有浣云亭遗址，还有一块石碑记载武宁才女张浣云的故事。

潘桃

潘桃招赘的丈夫徐可人才 30 岁就病死了。潘桃送灵柩去丈夫的老家中村。到了中村，拜见了老人，安葬下徐可人后，住了两个晚上，第三天晚上，潘桃一个人在房里睡，突然，有两个人从窗子里翻进来，捂住了她的嘴巴，把她拖出房去。潘桃知道遇上了歹人，于是奋力用脚踢着。这时，又来了第三个男人抓住她的脚，抬了一阵把她抬进了一间房子里。

两个男子离开了，一个临走时还说道："黑子，我们就帮你到这儿了，余下的靠你自己了。"

潘桃问："你叫黑子？抓我做什么？"

黑子道："桃子，莫怕，我叫黑子，跟徐可人是一个村的，小时候，我们一起玩的。我不会伤害你的，我是想你做我老婆。可怜我 30 岁了，还没有老婆，不想打光棍一辈子，就请你行行好了，答应我吧。"说罢，黑子就把潘桃紧紧抱着。

潘桃一边挣开，一边道："黑子，你真的喜欢我？不嫌弃我是寡妇？"

黑子道："前几年，你来中村，我第一眼见到你就喜欢上你了。我真心一片对待你，若有假天打五雷轰。"

潘桃道："好吧，我信你，不用发誓了。事已至此，还有什么可说的呢？我已经被你带进屋了，就是你的人了，这事就算成了。不过，你总得让我见见你的娘亲吧。"

黑子道："好，好，我带你去见娘亲。"潘桃跟着黑子进了他娘亲的房间。这是一间小房子，月光从小窗子里照进来。"娘，我带个人来看你了，你帮我看下，做媳妇合适吗？"黑子笑着道。

老人在床上睡，还没弄清楚事情原委，问道："什么？"

潘桃道："黑子，你且出去，我跟婆婆说些体己话。"

黑子出去了，潘桃将房门紧紧拴住，然后，"扑通"一声，跪在了老人跟前。老人忙问何故？

潘桃道："我是徐可人的老婆，前日里送他的灵柩回村里。谁知，今夜被你儿子黑子伙同他人劫到屋里来了，你要救救我。"

老婆婆看着潘桃，说道："我见过你的，是个标致的小娘子，难怪我儿子打你主意。唉，我儿子不争气，30岁了，还没有家室，可是劫你来也不是个事啊。"

潘桃道："古话说，好女不嫁二夫，我是不会再嫁人的。要我嫁人，我宁愿去死。看在同是女人的份儿上，我求你了，让你儿子放过我吧。"

老婆婆道："好吧，你是烈女，我敬重你，不会不帮你的。今晚，你就跟我一床睡吧。"

黑子在门外敲门，喊道："桃子，出来吧。"

老婆婆道："今夜已晚，桃子就跟我睡了，有事明天再说。"

翌日清晨，黑子又来敲门，喊道："桃子，出来吃饭了。"

桃子默不作声，老婆婆道："桃子昨夜受了惊吓，人不舒服，让她多睡下吧。"

老婆婆出了房门，去厨房里了。黑子敲房门，拴住了。他不敢强来。

又过了一天，黑子在门外敲门。潘桃还是在房里不出来。黑字说："桃子啊，我是真心的，我唱歌给你听吧。"

黑子的两个同伴也在外面唱山歌。一个唱道：

"单身汉，汉单身，苦了单身一个人，吃了几多冷菜饭，穿了几多龌龊衣，挨了几多冷面皮。"

一个唱道："大河涨水小河浑，岸边站个打鱼人，打鱼不到不收网，连姐不到不放心，吵得村里不太平。"

最后，黑子唱道："远望大姐靠门框，望见情哥进了房，姐呀！我不是高山烈猛虎，我不是瘦田饿蚂蟥，出来相见也无妨。"

任三人如何唱，潘桃在里面只是不吱声。

三人唱唱歇歇，闹了一天，潘桃还是不开门。黑子的同伴不耐烦了，要破门而入。

"你们还是要逼我吗？再逼，我就死在这里了，房里是有绳子的。"潘桃大声地说道。

僵持到第五天，来了一个男子，自称是潘桃的哥哥，名叫潘阳。他是接到黑子娘亲托人带的口信赶来的。潘阳对着屋内大声说："妹妹，你放心，哥哥我来接你回家了。"

潘桃在屋里叫道："哥哥，快来救我。"

黑子见潘阳孤身一人前来，不当一回事，喝道："你来干什么？"

"今天，我就是要带我妹妹回家。"潘阳说道。

黑子说："就凭你一个人吗？"

黑子的同伴围了上来，三个人把潘桃的哥哥围在中间，虎视眈眈，像是要吃人。

潘阳不慌不忙，掏出一张符来，说道："这是我在太平山祖爷那里求来的符，祖爷会给我力量的。"说完，他拿出打火石，将纸符烧了，饮了一点井水，吞进腹内。

潘阳念起了咒语："请起平公章真人，修仙修道得为神，太平山上得肉身，坐在此地应吴楚，五湖四海保安康，远近男女来朝拜，降福降恩保太平。"

吞下了纸符，念完咒语，潘阳就像变了一个人似的，涨红了脸，浑身散发出一种说不出的力量。他推开黑子三人，大踏步走到一块田里，那田里有一块巨大的石头，宛如一间小房子。潘阳道："我今天露一手给你们看看。"

说罢，潘阳就对着那巨石推了一把，那小房子似的巨石被推得歪了一歪。石头上有一棵大树，潘阳飞身上去，把那树拔了起来，丢在一旁。

这一下，把众人都惊得目瞪口呆的。

黑子道："好，我们服了，你把人带走吧。"

黑子的娘亲赶紧去把潘桃带出来了，交给了她的哥哥潘阳。

正在这时，县丞带着四个衙役也来了，将黑子和他的同伴抓起来，鞭笞了一顿。原来，这也是黑子的娘亲暗中叫人告的状。

县丞道："潘桃能守节不移，特赠送彩帛四匹。以示嘉奖。"县丞令中村的里正安排乐队，敲锣打鼓，送潘桃回家。

回家后，潘阳说要去太平山谢神。潘桃也跟着要去。潘桃在章真人神像前祈祷，请祖爷帮忙解决中村单身男子的婚姻大事。

许嫣然对章真人说："那村里的单身男子确实可怜，那么多。阴阳平衡，才是正道。我们要帮帮他们才好。前日里，我看见安徽那边，有许多人逃荒，其中有不少女子，可以嫁给这些单身汉，如此一来，岂不两全其美？"

章真人点头称是。于是，在章真人和许嫣然的引导下，有三十来个逃荒的女子嫁到了中村，和村里的男子组成了家庭，开始了新的生活。

回头山惜字亭

清朝光绪二十一年，春日，回头山上杜鹃花于和风里微微摇曳。一群鸟儿在佑圣宫前欢快地鸣叫。大殿内，一位年轻的书生身穿素净衣衫，在祖爷章真人神像前恭恭敬敬地焚香、叩头、祈祷。这个清瘦的书生道："我名刘商予，乃湖北兴国州朝阳里刘家庄人氏，读书为业，寒窗十载，苦苦求索，只为一朝能科举及第。望祖爷保佑我心想事成。若能遂心，定当厚报。"

尔后，刘商予进入考场，心情舒畅，总感觉有一个人站在旁边暗中相助。考试时，不假思索，下笔成文，一挥而就，且那字迹也比平日里写得端正，颇有馆阁体的味道。出榜后，刘商予名字排在第一，中了状元。

刘商予心情愉悦，骑着枣红马，戴着大红花，回到了家乡刘家庄。他知道这次自己能够金榜题名是祖爷章真人显灵、暗中护佑。为了报答祖爷的恩典，他斋戒沐浴，准备去回头山还愿。这天夜里，刘商予做了一个梦。他梦见了祖爷章真人。

章真人说，"你知道你为何能考上状元吗？"

刘商予道："全仗祖爷的护佑。"

章真人道："不，是你自己积了阴德。你平日里尊敬圣贤，爱惜写了字的纸张，经常去收集纸张，将那写了字的废纸都焚烧，不让其受到玷污，你是个真正的读书人，你能如此，我岂能不帮你。"

刘商予道："这是我母亲教我的。她虽不识字，却颇尊重书本，尊重字纸。她常常告诉我，书中自有黄金屋，书中自有颜如玉。书是最宝贵的。她不仅尊敬书本，还爱惜字纸。每每见到地上有写了字的纸张，都要拾起来，叠好，再烧毁。她说，字是有灵性的，不能被人踩了，污了，要烧化成灰，归于天庭。若是写有字的纸张被用作解手之用，屁股要生疮的。她还教育我写字要端正，要认真，写字时若遗漏一笔则会寿减一天，多写一笔则会在死后被阎王责罚一棍，想要长寿或身后不受棍棒之苦，就得好好学习。"

章真人赞叹道："你家有贤母啊，教出了你这个好孩子。她说得很对，字是有灵性的，字乃圣人仓颉所造。字成之日，惊天地，泣鬼神。天降谷雨，以庆贺。百鬼夜哭，那是恐惧。字是有灵性的，不可受到玷污，若是字纸遗弃在地，被人践踏，被扫把扫来扫去，就是斯文扫地啊。珍惜字纸，就是尊重知识，尊重圣贤。如若践踏字纸，就是践踏知识，一个人如此，便会遭到报应，一个时代如此，也会遭到报应。"

刘商予道："说起来，还真是的。我们村里有一个老人，双目失明，以敲竹板行丐为生。他年轻的时候，是个读书人，考中过秀才的。考取秀才之后，欣喜若狂，把从前读的圣贤书全部撕掉，踩在地下，说自己为这些书受够了苦，终于要有出头之日了，从今后可以不看这些书。后来，他就瞎了眼睛，再也不能看书了，也就无法继续参加科举考试。从此一蹶不振，潦倒一生。人们都说这是践踏圣贤不尊重字纸的一种报应。"

章真人道："我见你敬惜字纸，知你对知识心存恭敬，对圣贤心存尊重，乃可造之材，便助你金榜题名。望你日后依然敬畏文字，不可用文字造孽，要凭文字造福。须知道，一字可以活人，一字也可以死人，能不慎哉？"

刘商予恭敬地回答道："多谢祖爷教诲，我一定铭记在心，不敢欺心。"

刘商予醒来以后，梦中的情景历历在目，祖爷的话语句句在心。他想到了去回头山还愿，最好的法子是在山上建造一座"惜字亭"。

于是，刘商予就去星子县运来大理石，请工匠在回头山上建造一座惜字亭。亭子共三层，底层是实心的，中层有拱形小门，内空，用来烧纸，顶层为四石柱。顶端成葫芦状，寓"福禄"之意。亭子一侧有"恩光普照"四字。焚字炉炉口穹形门洞上方雕饰扇形门额，门额内精雕"惜字炉"，炉门两侧雕刻有对联："莫谓断简残篇毫无足道；须知千金一字最是堪珍。"

此惜字亭至今犹存于回头山佑圣宫前，历经百年风雨而巍然挺立，给人无限启迪。

聂云九求雨

聂云九，曾在太平山上做厨师，接替郑巡为众人做饭。有时，章真人去炼丹，聂云九也去帮忙烧火，被称之为"火君"。他对炼丹修道颇感兴趣，常向章真人请教，两人相处很融洽。

后来，聂云九学道有成，被封为聂真人。羽化后，在武宁县升仁乡十六都樟塅地方为福主。地方上有黄姓二十余家，为聂真人单独盖了一小庙。聂真人的木雕像端坐在案上，朝夕接受香火供奉。村里人常常来聂真人庙求财、求子、求医。有人来求，聂真人便附体在守庙的"马子"身上，说出判词，或允人所求，或否决推辞，颇为灵验。

清朝宣统己酉岁六七月间，武宁县旱魃为灾，每天，骄阳当空照耀，晒得那路上黄尘滚滚，水田里尽是裂缝，像是喘息的大嘴。禾苗无水灌荫，将欲枯死，只差一点火星就要焚烧起来。村里的水井已经见底，人们吃的水都几乎没有了。

"再不去太平山求雨不行了，人都要干死了。"樟塅村里姓黄的二十三人，抬着聂云九的雕像，带着庙里聂云九的"马子"，来到太平山求雨。

有人提议，为了快点降雨，不如把太平山的老水井汲干，将井底新水收入筒内带回家去，这个办法以前有人求雨时用过，百试百灵的。"好啊！"众人附议，闹腾腾的，呼喊着，打算去汲干老井。

当时，太平山的住持道长是全万载，见状，阻止道："不可以，你们诚心来求雨，只要祖师准雨，何必汲井？"

姓黄的为首一人说道："今天领我们来的是聂云九真人，你可知道聂真人与太平山祖爷的关系？当年祖爷在山上修炼时，聂真人为火君，助章真人修炼有功，今日聂真人为神，常与祖爷往来。聂真人来了，祖爷若知道，欢迎还来不及，就凭你怎么敢阻拦我们？"

全万载道长说："既如此，我也不多说了，大家同上大殿跌筶，叩问祖爷，全凭祖爷做主。"

全道长领着众人，在祖爷像前一连问了三回，祖爷的意思都是"只准发雨，不准汲井"。

姓黄的众人，不遵祖爷之言，还是想去汲井。全道长说："祖爷说了不能汲井，你们为何不听从呢？祖爷怪罪下来，事情就麻烦了。"

一个姓黄的人说道："我们聂真人跟祖爷是好朋友，应当没事。"

另外一个人说道："今日聂真人也来了，若是真的不能汲井，聂真人怎么不显灵阻止我们呢？看来，聂真人是默许了。哈哈。"

他们就这样，仗着人多势众，不理睬全道长的劝阻，只顾去汲井。他们弄来水桶、水瓢，忙活起来，将水井汲干，见底了，收满井底新水三筒，还捉了井底的三只黄角泥鳅放在竹筒里，呵呵大笑，扬威耀武而去。全道长势单力薄，只好在一旁摇头叹息。

姓黄的众人抬着聂真人雕像，带着三筒新水，路过一个名叫畈上的小地方，被人拦住了。该地百姓知道姓黄的去太平山求雨来，带来了三筒水，早齐集二三百人，前来抢水。他们喊道："把水留下来，放你们过去。"

姓黄的众人开始不服，和拦路的打斗起来。毕竟才二十余人，还有两个是抬着聂真人木像的，只能一旁观战，不好动手。于是，双拳难敌四手，姓黄的众人落败了，三筒水被抢走。在打斗中，其中一个竹筒被打开，里面的泥鳅也随水冲出。登时，畈上村的上空乌云布满，大雨倾盆，水田里水涨五六尺深。人们慌忙叫道，水够了，水够了。

黄姓众人垂头丧气地回到樟墩村，把三筒新水被抢的事情告诉村里人。群情激愤，"我们樟墩人怎么能这样被人欺负？"村里又召集了千余人，手持扁担、锄头等武器，赶到畈上去，要大战一场。畈上的人一来是抢水理亏，二来是认为水够了，不想再生事，乐得顺水推舟，就将剩下的两筒水交出来。樟墩村的人将两筒水抢回了，兴冲冲回村，把两筒水安放求雨坛上。守庙的庙祝焚了三炷香，念了求雨咒语，将两筒水晃了几晃。霎时间，樟墩村上空乌云笼罩，电闪雷鸣，瓢泼大雨下了起来，田地上大水通流。一些鹅啊鸭啊乐得呱呱大叫，扑打翅膀，冲进雨中。这时，聂真人立时附体在马子身上，警告众人道："速速收坛，将请来的水接上神龛，泥鳅送回太平仙山，百事皆吉。不然，后果堪忧。"樟墩村的人打算将求雨坛收起来。不料，与樟墩毗连的另一个村庄认为雨尚未下足，不肯罢坛。他们趁人不注意，竟将竹筒内的水和泥鳅概行倒出。顷刻间，洪水滔天，大雨三日不止，田地禾苗一概冲坏，当地百姓苦不堪言。就这样，因为自行其是，不听章真人的话，黄家人天旱求雨反遭受洪水灾害。

万年椰瓢

话说佑圣宫建成以后，有一日，章祖师练完功，在丝罗山上闲游，于一个山坡处遇到一位身穿羽毛衣服的中年道人。章祖师微笑着跟他打招呼。道人点头微笑，说道："我乃王子乔，跟武宁修道者甚有缘分，曾经去紫鹿岭访过丁令威。知道你是一个修道有成者，作为修道人必须要用椰瓢盛食物用餐才更有道家风范。我如今送你一个椰瓢，希望你好好珍惜。"道人说完，就拿出一个椰瓢送给章祖师。

章祖师双手接过椰瓢，细细察看。只见这个紫红色的椰瓢如饭碗一样大小，坚硬如铜钱，光润如宝玉，心里很喜爱。正要拜谢，然而王子乔忽然不见了。章祖师望了望四周，不见人影，只有一阵香风缭绕。章祖师知道今日遇上了神仙，惊叹不已，心中说道："这是上天赐予我的宝物啊，我一定要加紧修炼，方不负上天厚爱。"他连忙跪在山坡上，拜谢天恩。

回到佑圣宫里，章祖师拿着椰瓢赏玩不已。一时兴之所至，就用指甲在瓢底刻下一条龙。这条龙刻得活灵活现，仿佛要飞起来。从此，章祖师每次用餐时，必用此瓢。吃完饭，必细心擦洗此瓢，小心轻放，谨慎收藏，朝夕不离，爱惜有加。每当看到此瓢，章祖师就想起上天的厚爱，于是信心满满，加紧静养修炼，期望早日飞升得道。

后来，章祖师如愿以偿，肉身成圣，得道成仙。这个椰瓢就留给徒子徒孙了。代代相传，诚敬收藏。

明朝成化年间，天下大乱，有许多散兵游勇流窜到太平山。太平山佑圣宫和万福宫被洗劫一空。为躲避兵乱，太平山的道士都纷纷逃命。这只椰瓢仿佛有灵性一般，自己飞到了太平山一天门老柏树上。那参天老树，有几丈高。椰瓢藏在枝桠深处，像一只鸟隐于巢中。当时，有道人遗言："太平山有千年柏树，万年椰瓢。"

九十多年过去，太平山没有道人主持香火，两个宫殿一片冷冷寂寂。这只椰瓢独自在树上，得天地之清气，受日月之精华，好像在独自修炼一般。每当天晴气朗之时，这只椰瓢就放出一片霞光，照耀山谷，引来百鸟歌唱。

清朝咸丰甲戌年，即 1814 年，太平山遭遇火灾。山上佑圣宫和万福宫两个宫殿都被烧毁，火势延绵不绝，将那棵老柏树也烧毁了。"啪"的一声，这只椰瓢从树上坠落，却是毫无损伤。宫中道人看见，喜出望外，连忙拾起，捧回宫中，好生收藏。宫殿烧毁后，需要重建。当时太平山当家的是黄道长。他想重建太平山宫殿，却苦于资金缺乏。他知道这个椰瓢是个宝贝，便携带着它去县城当铺里典当了一百七十两银子。有了这笔资金，佑圣宫和万福宫于是开始重建。

　　太平山上有一个宝贝椰瓢的事情就传开了。县城里有一个名叫谢太昌的老板闻得太平山宝贝出现，于是有心谋取。谢老板多次托人向黄道长传话，愿意出重金求购此宝。黄道长思虑再三，考虑到太平山正是处于需要资金的艰难岁月，为了兴建道观，重振道门，出售椰瓢，想来祖爷不会怪罪。黄道长于是应允了，将椰瓢从当铺中取出来，卖给了谢老板。

　　得到了这个椰瓢后，谢老板欣喜不已，细细把玩完毕，将椰瓢用上好的黄色绸缎包裹好，放在店铺楼上的樟木箱中，用铜锁锁好。谁知道，店中从此不得安宁。日夜楼上好像有无数人在走动，吵吵嚷嚷，喧嚣不已。上楼看时，却空无一人。这样一来，店内的老板和伙计都万分惊惧，认为这个椰瓢是个圣物，不该留在店里。

　　谢老板急忙将椰瓢送上太平山，在祖爷面前忏悔，说自己不该贪心太重，私自留下椰瓢，请祖爷原谅。说来也怪，将椰瓢送还太平山后，谢老板的店就再没有什么异样了，而且，店里生意越来越兴旺。

　　自那以后这个椰瓢就藏在太平山万福宫中。如果有遇到邪魔成病者，将此瓢磨下一些粉末，冲水吞服，就可以邪退病愈。不是有缘人，难得见此宝。

修路一愚公

武宁县安乐乡松墅村有个汉子名叫李元德。50岁那年，他突发奇想，要做一件事：去挖山修路。村里有紫鹿岭、青牛洞两处的山路险隘无比，曾有行人和牛羊摔下山去，为此，他要去修出一条坦途。

妻子劝阻他，说他一把年纪了，何必去做这样的事情，又赚不了钱。

儿子担心他，怕他一个人出门出事。但是，他坚持要去。他说："古时候，有个愚公，他一个人把一座山移走了，我要学他，把村里路修好。为的是让身后子孙不再行走险峻的路。"

妻子和儿子知道李元德的脾气，是一头倔牛，他认准的事情，非要做不可，只好由他去了。这一干，就是近三十年。

这是一个冬日的早上，79岁的李元德带着器具出门去。他须发雪白，肌肤黧黑黑，但是筋骨还很硬朗。临走前，他对妻子和儿子说了一句："我去做事了。中午不回家吃饭。晚上也许不会回来住。"

妻子说："你去吧，你去吧，我拦不住你。"儿子说："你自己小心点，不要受伤。"

李元德点点头，头也不回地往前走去。

李元德走在村里路上，几只狗对着他摇着尾巴，轻轻吠着，如打招呼。村里人见他背着棉被，拿着铁锤和铁钎出门，就跟他说道："你又去修路啊。"李元德"嗯"了一声，算是作答，自顾自往前走去。他知道，村里人是不理解他的，也没必要多说什么。

村里人常常议论李元德，说他是个傻子，大人们常常教育自家的孩子们不要学他样。

快三十年了，李元德不是把精力放在治理家产上，而是挖山修路。除了种一点口粮，维持生活，就连家里的菜园都是靠妻子去打理，家里的事情几乎不管了。儿子大了后，能挑担了，田地里事情就交给了儿子去做。不管天晴落雨还是下雪打霜，李元德都出门去挖山修路。

安乐乡境内的紫鹿岭、青牛洞两处的山路是越来越平坦了。李元德硬是凭借一己之力，凿岩石，挖山坡，铺沟壑，让险隘的山路变成好走的小路。他说："不管坎坷的路有多远，我每天前进一点点。"路上的行人见了，有人也会说几句感谢他的话。

这个冬日的早上，李元德顶着风雪，腰系着麻绳，握紧铁钎，舞起铁锤，在红岩绝壁上凿着，凿着。天地间，仿佛只有风雪夹着铁锤凿山岩的声音，显得那么孤独。夜幕降临了，凄清的月光下，风雪依旧在翻搅着。李元德带了棉被，在岩洞里住下。

这时有一只老虎走进岩洞，也许是被风雪催赶进来的。它望了望李元德，李元德也借着微光望了望它，心里有点惴惴的。老虎坐在岩洞里，似乎懒得理睬李元德，只顾舔自己的皮毛。李元德此时疲惫不已，眯着眼在一旁睡去。老虎忘了旁边有一个人，李元德也忘了旁边有一老虎。天亮后，老虎张开大嘴，打个哈欠就走了。李元德吃了干粮，活动下筋骨，继续干活。

李元德系着麻绳，把自己悬挂在岩石上，在峡腰上开凿峭石。突然，上面有一块岩石松动，掉下来，砸伤了他的腿。虽然没有出血，但肿得厉害，骨头都受损了。干不成活，他只好躲进山洞里休息。稍微好一点，他就一瘸一拐地回家去了。在家躺了三天，不顾家人劝阻，继续出门干活。后来，遇上刮风下雨的日子，他的腿就格外疼。但是他还是坚持出门挖山修路，从不停止。他心里仿佛燃烧着一团火给他温暖，也给他前行的力量。

腊月里的一天，他忍着疼痛，在山岩边忘情地劳作着。这时，来了一个穿着褐色道袍的中年道人，微笑地对他说："你的腿有点疼吧？七天后是春节，大年初一日，你还是到这里来吧，我给你治疗脚疾。"

正月初一，道人先到了，拿出一个葫芦，倒出一杯药水，让李元德饮下。一股清凉，顺着喉咙而下，李元德感到全身毛孔都舒坦了。不一会儿，腿部疼处有火烧火燎之感。然后，灼热感消失，腿部舒适了，再无痛感。李元德谢过道人，问道："道长从何处来？"

道人笑道："贫道从太平山而来。施主热心挖山修路，功莫大焉，感动上苍，可增寿一纪。"

十二年后的一个夏天，李元德去世了。办丧事的那天，一个穿褐色道袍的中年道人来送礼。写礼簿的时候，收礼的人问道长姓名。道人答道："太平山章哲。"

"你是章真人？你真的是章真人啊！"写礼簿的人去过太平山，见过祖爷的神像，认出来了。他抑制不住内心的激动，大声叫道："太平山祖爷来了，太平山祖爷来了！"村民闻讯，纷纷围拢过来。山村沸腾了。

章真人说道："李老先生，几十年来挖山修路，其功在千秋万代，其心苍天可鉴，为表示对李老先生的哀悼，我请天公立马降下雪花，送李老先生登山。"说罢，章真人脚踏罡步，手握剑诀，焚烧纸符，口念咒语。一会儿，阴云密布，寒风吹刮，天上飘起了纷纷扬扬的雪花。有几朵雪花，萦绕在老人的棺木前，像是无限依恋。

送李元德老先生归山后，雪就停了，照旧是夏日骄阳高照，章真人也隐身不见了。村人见章真人现身来参加葬礼，还做法让夏天落雪，都惊呆了。想不到一个普普通通的老头去世后，居然惊动了太平山祖爷。从此人们对李元德有了新的认识，不再说他傻，还把他的事迹上报给官府。

李元德死后，他的儿子紧跟父亲当年的步伐，走上了架桥修路的旅途，获得人们的交口称赞。后来，李元德的挖山修路的事迹进入了《武宁县志》，流传至今。

太平山黄杨宝树

前世一块板

民国七年（1918 年）八月初一，东林乡的汤序冬去太平山朝拜祖爷章真人。在朝山的人流中，汤序冬遇见一个年轻女子。二人一见如故，攀谈起来。女子时年 30 岁，双肩削瘦，眼形如蜜蜂，鼻挺而秀气，口小唇薄。她行走时风摆杨柳，婀娜多姿，直走得气喘吁吁，香汗淋漓。汤序冬以手牵之，欣然接受，以手挽其纤腰，也不拒绝。汤序冬以目挑之，女子也含笑回视而已。问她是何方人氏，说是船滩人，姓陈。家有夫婿，夫久病，特上山来求医。

爬了一阵，陈氏说歇息。汤序冬也在树丛旁坐下，吃干粮，喝泉水。汤序冬的水已经喝干。陈氏将自己喝的水壶递给他。汤序冬微笑接过，慢慢品尝。

陈氏歇着歇着，就不想走了，汤序冬说，走吧，时候不早了。陈氏蹙着娥眉说："奴家走不动了嘛。"

汤序冬说："来，我背你走。"说罢，就背起女子走。陈氏软软的附在汤序冬身上，好像一块糖，要融化在他的心里。汤序冬越走越带劲，不一会儿就到了太平佑圣宫门前巡山殿。陈氏喊着要下来。此日，上山朝拜的人甚多，宫中忙不过来。当夜，许多香客在山上歇息，男女睡在一个大房间，打通铺。午夜时分，众人在暗黑中酣然入睡，鼾声此起彼伏。汤序冬摸黑爬到陈氏旁边躺下，陈氏也没入睡抱紧了汤序冬的脊背。二人身上薄薄的被子紧紧裹着，一时波涛微微翻滚，做成了好事。汤序冬心想，我这段风流真是神不知鬼不觉，心中暗暗得意。

翌日，二人结伴下山。临别时，汤序冬问陈氏的村庄所在，望异日再相聚。陈氏却不愿意告诉他，只说家在船滩。问她名，也不告诉。汤序冬再以言语挑逗，她神色凛然，跟在山上的亲密情形完全不同，彼此似乎成了陌生人。女人心，海底针，真是琢磨不透。汤序冬叹息道。

汤序冬回家后，还在回味与陈氏的点点滴滴，忍不住在村里的男人面前吹牛，说自己在太平山上有了一场艳遇。村里有人反驳道，这是不可能的，朝拜祖爷时，连荤腥都不可以吃，更忌讳男女之事了，谁敢在祖爷跟前行苟且之事呢？曾经，有一个男子在朝拜祖爷时，跪在地上看到前面跪着的一个女子三寸金莲很诱人，心生邪念就用手去摸，还伸开食指和拇指去量金莲的长短。谁知，祖爷双目炯炯，看见了这一幕，惩罚了这个男子。男子的食指和拇指，就那样比画成一个"八"字，收不回去了。他回到家里，过了几天还是那样伸着，知道是祖爷的惩戒，就到太平山上佑圣宫中祖师面前忏悔。诚心忏悔后手指才复原。

汤序冬说道："我不信，太平山祖爷哪里有这么灵验，我在山上睡了一个姓陈的女人，就在他眼皮底下做了好事，他都不知道，他是不是眼睛瞎了啊。"说罢，他就把自己和陈氏的事绘声绘色地讲了一遍。众人听了，将信将疑。

当天晚上，汤序冬做了一个梦。他梦见自己走在一条崎岖的小路上，看到一个年轻女子，蜷卧在路边。他走近细看，认出那个女人原来是陈氏。她满头秀发，散乱地堆着，面庞苍白如纸，双唇发乌，双目紧闭。汤序冬大惊，这个陈氏，怎么躺在路边无人管？汤序冬喊了几声，陈氏并不应答。他俯身去。摸了摸陈氏的手，冰凉；摸胸口，全无温热；再探鼻孔，毫无气息，才知道陈氏已经死去多时。人死不能复生，要为之安葬才好。汤序冬站起来，望了望四周，觉得这地方很是陌生，不知身处何方。他走了一阵，看到前面一房屋，便上前去，求主人施舍一棺木，掩埋陈氏。

主人说家里贫寒，没有备下棺木，只有一块木板可用。汤序冬就谢过主人，拿起这块木板，让陈氏躺在板上，入土为安了。他刚埋葬好陈氏，这时，迎面来了一个身穿黄袍的白胡子道人。道人说道："汤施主，这是你前世亲身经历的一幕，你那时做了一件好事，积了阴德，所以才和陈氏有一夜露水姻缘。你听着：前世化她一块板，赐你今世睡一晚。我只装个没看见，你还骂我瞎了眼。"

汤序冬听了此语，明白过来，道人就是祖爷章真人，被祖爷喝破此事，心下震惊，当即惊醒过来。第二天，汤序冬沐浴斋戒后，步行上太平山，跪在祖爷面前忏悔。后来，他自己把祖爷梦中显灵的事情给大家讲了，说自己从今年以后要敬畏祖爷，做一个本本分分的人。

岩山辟尘洞

民国 4 年（1915 年），太平山当家住持雷辟尘发下帖子，邀请江西和湖北的知名人士上山，说是请大家共同做一个见证。

雷辟尘是船滩东岸村人，家境一向富裕，衣丰食足，全家共享天伦之乐。29 岁那年，妻子离世，未曾生育孩子，而父母已亡故几年了。雷辟尘突然领悟到：人生在世，宛如一场春梦，不如及早回头，修道成仙，脱离苦海。于是，他收拾东西，带了一个包袱，徒步走到太平山，拜了太平山住持道长卢理忠为师。那是清末乱世，太平山上甚是荒凉。卢道长收了雷辟尘为弟子，赐道名为雷万诚，为广惠门下三十六世弟子。卢道长见雷辟尘刚正笃实，坦直待人，办事干练，很是赏识他，说道："当此之时，宫中零落，得此贤徒，我无忧矣。"于是，卢道长就请雷辟尘管理道宫里的所有家务。

雷辟尘推辞道："师父啊，我年纪轻，资历浅，性愚钝，如何能统管宫中事务？"

卢道长不允许雷辟尘推脱。雷辟尘只好接过这个重担。这时，他才知道，太平山道宫的家底实在是太薄了。宫中神像破损，却没有储备的石头可用，也请不起石匠来雕刻。粮食不足，吃了上顿愁下顿，偶尔来了登山朝拜的香客要住宿，能够接待的只有一床破棉絮。道宫还欠了一些债务，真是艰窘万状，莫可言喻。

雷辟尘提起精神，用心打理，奋然有为。招贤能众徒，邀才德道友，聚集在一起，辟荒山，事耕种，出作入息，夙兴夜寐。他事事带头，早上起得最早，晚上最晚休息。雷辟尘自己勤劳节俭，也要求别人一样。这样，就惹得有人心生埋怨。认为跟着他做事，又吃苦，却不能享受。几年后，太平山道宫的收入比之前增长了百倍。道士们食用丰足，道宫事业蒸蒸日上。

雷辟尘又铸造大钟，造化钱炉，油漆横屋，建造仙坑巡王宫，倡建城市太平行宫。凡此种种，得到了很多信众的称颂。

1915 年，雷辟尘 47 岁了。他想到，自己上太平山是为了修道的，却为了兴建道观，忙了这么多年，该回归本意了，于是有了离开太平山的念头。

接到帖子后，江西和湖北两省的商界、文化界五十多人上了太平山，聚在一起，听雷万诚说话。

雷万诚中等个子，皮肤偏黑，很是壮实，高额头，看上去充满睿智。他站起来施礼道："感谢各位居士，于万忙之中，应邀而来。今日无有别事，乃是要请各位做个见证，因本宫事务繁杂，道众日多，山门兴旺，管理为难，而我操劳多年，心身疲惫，该去修身养性了，因此，我把道宫中所有事务全委托给师弟全万载。我不再在太平山了，要去岩山修炼。还请各位以后，继续支持太平山。在我手上，宫中还剩余钱粮价值千两银子，宫中道友，生活无忧，我亦无忧。我作了一首诗，表明心迹，不怕贻笑大方，念给大家听一下。

> 万事抛开悟夙根，诚心专一性安然，
> 辟除名利心常静，尘视人寰道自来，
> 拙懒性情思乐境，夫妻恩爱别多年，
> 卧游不作华胥梦，云隐山中玩碧烟。

众人听得明白，这是首藏头诗，万诚，辟尘，拙夫、卧云，都是雷辟尘的名、字、号。众人听了热烈鼓掌。

全万载站起来说道："辟尘师兄要辞去道宫中职务，真是出乎意料。他去意已决，我只能祝福他。师兄做事总是出人意表。前几年，他兴建城市太平行宫，修建仙坑巡王殿，我是反对的，认为他大兴土木，耗费钱财。后来，我才想通，他这是为了扩大太平山的事业，为祖师添光彩。他如今去岩山，也是为了光大道教门楣。他把担子卸给我，我无法推辞。此后，还望各位一如既往地支持太平山。"话音刚落就赢得了一片掌声。

这时，有个名叫成兰芬的人站了起来，说道："我说两句啊。雷辟尘这些年为太平山尽心尽力，做了不少事，大家有目共睹的。越是做事的人，也就越容易得罪人。说实话，我一开始，对他也是有意见的。我跟他私交很好，他修建城市太平行宫的时候，我想要接这活的，可是，他并不因为我和他关系好，就把建设的事情给我办理，而是找了几家，多方考察，最后选了一家最合适的。当时我心里有气，过后一想，雷辟尘这样毫无私意，是正人君子所为。我深感佩服。如今，太平山上各项事情办得井井有条，且钱多、粮多，他不以为荣，辞去当家住持，到岩山去修行，这堪称人杰啊。我送他一副对联吧。

"万事更新，且待开三四处宫门，愿道教广行，香火长留光世界。诚心养性，虽受了十五年磨折，喜功成告退，仙风吹送上岩山。"

他刚一念完，众人就大声叫好起来，说想不到成掌柜这么有文才。

接着，一个名叫熊太魁的站起来，念了一副对联，表示赠送给雷辟尘。

"辟开太平眼界，庙貌重新，千秋事业垂大地，尘扫佑圣宫中，滓渣尽去，一生功德著名山。"

当日，有十来位文人当场吟诗作对，赠送给雷辟尘，众人一边诵读，一边叫好。大家吃罢斋饭，各自散去。

雷辟尘辞别了太平山，到了澧溪岩山。岩山距离县城三十公里，木石皆奇，山水清丽。山上有白羊峰、仙石、罗汉岩、旗枰石、狮岩、风洞。岩上生茂草，青葱可玩。有鸟儿飞鸣，自由自在。登上此山，则令人心旷神怡，有超然物外之感。前人有诗为证：

借得游仙屐，来寻物外天。

烟销孤佛出，云暖一羊眠。

空洞风难息，残枰迹自传。

奇幽穷不尽，斜日挂崖巅。

岩山得名，据说跟吕洞宾有关。宋朝时曾在此山设有元皇宫，后来废弃了。雷辟尘在俗家弟子成华的支助下，花费银子一锭，铜钱两百余串，粮食一十二石，造成了一个道观，名为太平观，崇祀章祖师的木雕神像。在道观的右边不远处，有一石巷。巷中有石洞，洞内干爽清幽，如天然的房子，有两三亩大小，里面有石梯、石楼、石床、石帐等。雷辟尘常常在洞中清修静坐，名其为辟尘洞。

雷辟尘从此在岩山静心修炼。早晨，烟消日出，他眺望宁山百里，可望见辽山、柳山，山川相缪，郁乎苍苍，足以开拓心胸。傍晚，他眺望修水，长河风帆上下，往来络绎，令他眼眸舒张。晚上，云破月来之际，更是别有一番风味。他独自在此修身养性，静炼道功，晨钟暮鼓，持诵真经，一声声，响震山谷。他运用道法和道医，渡人济世，尽心竭力，从不懈怠，赢得了信众的口碑。有人知道辟尘洞后，就来山上探幽，带着被子和干粮，在此流连忘返。

如今，太平观改名为圣灵宫，香火依然旺盛。

阮方舟驱邪

民国年间，武宁县城西门头有一户人家，家境殷实，有上下两重的大屋。屋后有一棵大樟树。这棵树，枝繁叶茂，参天蔽日，树干粗壮，要五六个人才能合抱，估计有上千年了。

一日，主人心血来潮，命人将这棵树砍了。砍了以后，主人夜里做梦，梦见有个声音说道："你住你的，我住我的，你毁掉了我的屋子，我要你不得安宁，直到搬家为止。"

后来，他家里就出了不祥之事。一天下午，他家里用来喂猪的红薯藤，本来是割来绑成一捆捆的，放在家里，突然就凭空飞起来，满空飘舞，最后掉在地上，乱得一塌糊涂。

晚上，家里人在洗澡，衣服无缘无故没有了。不知道是谁拿走了，也看不到什么东西。一到下午，指头大的石头子，就击打在人身上，疼得人哭喊不已。

这样的情形持续了几天，主人知道家里出了邪气，就请县里的道士来驱邪。道士倒了一碗清水，打算画符做法。一会儿，碗里的清水就变成了尿液。骚气扑鼻。道士的令牌、法牒、法器，被扔在地。空中还响起了阵阵冷笑声。道士吓得赶紧走了，辞别东家说另请高明吧。

主人无奈，只好到处去访厉害的道士。有人告诉他，太平山脚下东坪村有一个道士，名叫阮方舟，很有本事，能运雷法，每年八月朝仙月都在太平山佑圣宫里打醮，是山上必不可少的角色。主人就去请阮道长。阮方舟问了一下情况，然后说道："你等我一下，我要问过太平山祖师的意见，才告诉你去还是不去。"

阮方舟焚香，祷告，打筶，询问祖师的意见。祖师说可以去，但是有风险，要小心，不要勉强。

阮道长于是带着徒弟朱璧坚和阮英贤跟着东家去了。一到那人家里，正是下午，那怪事又出现了。东家道："你们看，你们看，就是这个样子。"那些红薯藤在四处飘飞，像是一个人披头散发的样子。小石头子乱打，打得墙上、房门上乒乒乱响。

阮道长四处看了看，说是狐狸精作祟。那棵千年大樟树，是狐狸精的居所。大树被毁，狐狸精报复东家。阮道长说，这个狐狸精很厉害，我也没有把握一定能制住它，只能试试看。

阮道长叫徒弟打了一碗清水，放在案上。过了一会儿，清水仍是清水，没有变成尿液。于是摆上令牌，法牒，焚香祷告，念咒语。阮道长脚踏罡步，手拿宝剑，挥舞起来。徒弟朱璧坚和阮英贤在一旁举着令旗掠阵。三名道士忙了好一会儿，都累得满身是汗了。

然后，阮道长叫东家去洗澡，他帮东家拿衣服，紧紧地攥在手里。东家洗完澡，衣服还在。

晚上，阮道长在睡觉时，做了一个梦。梦里，一个白衣女子对他说："我本狐仙，在此大树上修炼。跟这个人无冤无仇，他平白无故毁掉我的居所，我吓他一吓，让他离开这个屋子，我难道错了吗？你仗着自己的雷法高明，就来管这个闲事，你要知道，管闲事是要付出代价的，你识相的话，就离开吧。"

阮方舟回答道："大胆妖狐，骚扰人类，罪不可恕。我替天行道，何惧之有？"

白衣女子道："是他砍树在先，罪过在他，不在我。你这样帮他，不就是为了金钱吗？你还好意思说是替天行道。你不要一意孤行啊，免得到时后悔。"

阮方舟道："你不要伶牙俐齿的，速速离开为妙，须知道法无边，雷法无情。"

白衣女子道："我并不怕你的道法。只缘我的祖上跟太平山祖师爷甚有渊源，因此不与你为难。"

就这样，阮道长带着两个徒弟，在东家住了三天，做了三次法事。三天都风平浪静，没有怪事出现。估计狐狸精被赶跑了。于是，他带着徒弟告辞回家。

东家见邪气不再出现，家里平安无事，心头大喜，请来一顶轿子送阮道长回家，轿子上还披红挂彩，一路燃放鞭炮，奏响乐器，欢送道长。轿子从县城西门出发，一路前行。走到半路，阮方舟道长突然嗓子哑了，说不出话，从那以后，他一直都失音，再也不能打醮做法事了。

朱璧坚的法术

　　每年的农历八月是太平山的朝仙月。八月初一起，上太平山朝拜的香客络绎不绝。山上就像赶庙会似的，人群熙熙攘攘，还有不少提篮做小生意的人。太平山宫观里的道士也开始忙了，要做太平醮，为信众们祈福。

　　这是 1993 年的一个朝仙月，来自江西和湖北的道士有二十四人，在太平山上忙碌着。这天，上午打醮忙了好一阵，下午没有事情。众道士坐在万禄宫道士房里休息。太平山当家住持张炳仁道长对朱璧坚道长说道："朱先生，朱先生，听说你有遁法的，你能变点东西来吃一下吗？"

　　朱师父道："别听人瞎说。我没有啊。"

　　徐臣金就暗暗发笑。他上太平山时，见识了师父的本领。

　　其时，年近二十的徐臣金刚刚拜师不久，师父朱璧坚带他上太平山做法事。那时，山路不通车，走上太平山要花两天时间。徐臣金和师父在太平山下合港村一户人家住了一晚，吃了早饭，开始爬山。徐臣金背着行李在前面走，朱师父在后面走。朱师父年纪大，那时 73 岁了，身材矮小，单薄，还有气管炎的毛病，不能走快。走了半天，午饭时分，徐臣金的肚子饿了。他对师父说道，表姑父，我饿了。原来，朱璧坚是徐臣金的亲戚。

　　朱璧坚道，你饿了吗？要不你走快点，早一点到太平山上去吃饭。

　　徐臣金道，那不行，我不能一个人先走。

　　朱璧坚抽着两元钱一包的红豆烟，慢慢走。走到喝水沟。朱师父道："你真饿了是吗？饿了就歇一下吧。"从太平山脚下到山顶，有四十五道弯。走到了喝水沟，若是不及时歇脚的话，以后就没有水喝了。除非到了山顶。

　　于是，师徒二人就坐下来喝了一点水。朱师父抽烟，一根烟才抽三分之一。他问道："臣金，你真的饿了吗？"

　　"我真的饿了，还有假的吗？"

　　"你到上面一个路口弯角去看一下，看有东西吃吗。"

　　徐臣金早知道师父有道法，可以变东西来吃的，但不好开口要师父变。

如今，师父主动说路上有东西吃，看来，师父在施展神通了。徐臣金喜滋滋地跑到路口去，没看到什么东西。他回来说，表姑父，没有东西。

朱师父又抽了几口烟，说道，你再上去看一下。

徐臣金又跑上去看，没有东西。他回来说道："没有东西啊，表姑父，你不要骗我啊，我本身就饿了，没力气走路。你还弄得我跑上跑下的。"

"还有这样的事吗？"朱师父抽完了这根烟，丢掉了烟头，又抽一根烟。说道："你再上去看一下，到更上面一个弯角看看。"

徐臣金就提起精神，到更上面弯角处去看。真是怪事，路边上放着三个湖北通山大畈麻饼。那种饼是十个包装的，用纸包好。这里三个连着纸一起，好像是从一筒饼里拆下来的一样。徐臣金乐了，赶紧跑下来。

"表姑父，这里真有三个大麻饼呢。"

"你肚子饿了，就吃吧。"朱师父轻描淡写地说道。

徐臣金首先拿一个饼给师父吃。朱师父道，我吃不了一个，只要半边。徐臣金就掰了半边饼给师父，自己吃了一个半。那个饼不能急着吃，会哽喉咙的。徐臣金一边喝水，一边吃饼，人就舒服多了。

徐臣金手里还有一个饼。朱师父道，你饿了，全部吃掉吧。

徐臣金打了一个饱嗝，说道，我饱了，不想吃了。

朱师父道："吃不完了，你就还回去吧，在哪儿拿的，还到哪儿去。"

徐臣金于是就把饼放在路上，半个月后，徐臣金下山，特意去看看，没有了。

所以，徐臣金是知道师父能变东西的。他也不多言，就微笑地望着师父。

张道长见朱璧坚不肯露一手，就用激将法道："我就晓得你没有这个功夫，你要是有这个功夫那还得了。"

朱师父一听，就说道："炳仁，炳仁，要是我弄得来又怎么办？"

朱师父年纪比张道长约莫大 30 岁，且朱师父是正一派的，张道长是全真派的，所以可以直呼其名。

张道长道："你若是弄得来，这个就归你了。"说罢，他从口袋里掏出一张百元大钞来，是蓝色版本的，往桌上一摔。

朱师父道："钱，我是不要你的。这样吧，你去把外面坪里那个花生篮买来，大家打平伙，乐上一乐。"

张道长道："可得，可得，要是你弄不来又怎么办呢？"

朱师父道："那就我去买花生给大家吃咯。"

众人在旁边看热闹，很是开心。反正不管谁输谁赢，众人都有东西吃。

朱师父道："臣金，你去佑圣宫雷神堂拿几张火纸来。"

徐臣金就走去拿了几张火纸来。朱师父接过火纸，叫徐臣金帮忙点火。火纸点燃了，朱师父拿在右手上，扇了几扇。口中念念有词，走到了门口，眨眼之间，不知怎的，朱师父的左手上出现了一只香蕉。

"这个不算，这个不算，这是别人给你吃的，你放在袖子笼里，溜出来的。"张道长说道。

朱师父说，你赖皮的。两人就在扯皮。其他人也不做声。

过了一会儿，张道长说道："这样吧，你要是能弄来一包蜜枣，就算你赢了。"他是当家师，知道山上没有蜜枣的，所以出了这道难题。

朱师父道："你赖皮的，我不跟你来了。"

这时候，太平山道观里的明出纳说道："朱师父，你老人家就弄一下吧，大家都在这里呢，你又不是没有这个功夫。"

朱师父这才答应再来一次，他念了口诀，烧了火纸后，对明出纳道："你去万福宫楼上，进楼口的第一间房里看一下。"

明出纳第一次去看，没有，第二次去看，还是没有。第三次，朱师父道："你看仔细点。"

明出纳心头起火了，走到房里去，将床上的被子都抖开了。只见傍着墙壁的那地方放着一包蜜枣，拿在手里还热乎乎的。他拿来，说道："真古怪呢，还真有一包蜜枣。"

蜜枣拆开，大家分了吃。张炳仁道长不便食言，只好去买来一篮花生，大家吃个不亦乐乎。

朱璧坚师父还会"招引"，就是为丢了三魂七魄的人把魂魄找回来。这些，都是徐臣金见识过的，也是得到很多人公认的。

后记

　　太平山，原名丝罗山。山川俊秀，具有浓郁传奇色彩。在我少年时期，就听闻过太平山祖爷的神奇故事。2003 年，我于瞿春生师傅那儿，见到了一本民国时期石印版《太平山志》。从此，我对太平山章真人有所了解。章哲，本是一乡间青年，生逢南宋末年乱世，渴求过上神仙的好日子。他穿越兵燹，访师，学道，想摆脱红尘纷扰。画符，念咒，炼丹，终于肉身成圣，坐镇吴楚交界的太平山。近千年了，太平山祖师爷座前香火至今连绵不绝。

　　天行健，君子自强不息。章哲从一个普通的农家子弟，修炼成一位名闻两省的真人，创下道教广惠派，在中国的道教谱系中占了一席之地。这真是一个励志的故事。那时，我萌发了要为章真人写一本书的念头。2016 年，我写了一篇短文《凡人修仙望太平——太平山祖爷传略》，算是写了个提纲。2020 年春天，与文友登上太平山，归来后，坐在车里，我对曾祖华老师说，我要为章真人写一本书，我在祖爷面前发愿了的。他说，好，很期待啊。恰好此时，陈修宁老师借给我一本《灵山》的书。我读着读着，从该书中找到了一种腔调，适合用来写太平山传奇故事。我马上动笔写下一篇《客访仙人潭》。写完后，在我个人的微信公众号里发出来。一些朋友读后，对我颇加鼓励，于是，我就坚持连载，直至写完此书。

　　在此书写作中，为了增加可读性，我用了虚构的手法。比如，我为章哲配了一个修仙的女伴，这个女伴，是樱花树精。灵感源于太平山的樱花谷。还虚构了一只太平鸟。这只鸟儿的灵感源于湖北省编印的一本《太平山传奇》小册子。我在武宁县明清县志里找了一些跟章真人有关的素材，加以发挥。同时，也有一些故事原本跟章真人无关，可是，为了讲好武宁故事，传播武宁山水名胜，我也插入本书中。这些故事，纯属虚构，不能以史实论之。

　　写作此书时，我从吴国富教授和徐臣金编撰的《太平山典籍汇编》中撷取了不少素材，在此表示感谢。

　　感谢徐罗法道长，为我讲述了一些精彩故事，丰富了本书的内容。

感谢江南风雅颂采风团，让我能够亲临太平山、回头山、梅林等地，搜寻素材，觅取灵感。

感谢武宁县历史文化研究会，使我有机会实地考察章真人诞生之地仙人潭，还有玉清万寿宫、纯和宫等地。

感谢仙人潭的章荣寿，为本书提供了家谱等资料。

感谢文友张雷，在本书出版过程中给予帮助，感谢一直支持和鼓励我的武宁文友们。

因本人才疏学浅，力不从心，此书定有不如人意的地方，敬请读者给予谅解并批评指正。